U0691844

迷人之谜

丁玲

彭漱芬◎著

中国文史出版社

图书在版编目（CIP）数据

迷人之谜：丁玲 / 彭漱芬著；-- 北京：中国文史出版社，2025. 1. -- ISBN 978-7-5205-5017-8

Ⅰ. I206.6；K825.6

中国国家版本馆CIP数据核字第2024A5D411号

责任编辑：方云虎
封面设计：江　风

出版发行：中国文史出版社
社　　址：北京市海淀区西八里庄路69号　　邮编：100142
电　　话：010-81136630
印　　装：河北京平诚乾印刷有限公司
经　　销：全国新华书店
开　　本：710毫米×1000毫米　1/16
印　　张：18.50
字　　数：248千字
版　　次：2025年6月北京第1版
印　　次：2025年6月第1次印刷
定　　价：79.00元

序言

本书所要探讨的是中国现代女作家——丁玲。诗人牛汉在悼念她的诗里这样赞颂她的名字——

这是北方牛车上的铃铎
在炮弹炸得坑坑洼洼的田野
乌黑冰冻的道路上
不停地颠簸，不停地呼喊，不停地一摇一响
丁玲丁玲丁玲……

这是多么悦耳动听的名字，这又是一个迷人的历史符号、一个中外人士心中的“谜”。丁玲也曾说过：“在很多人的心目中，特别是海外人士的心目中，我依然是一个谜。”（《丁玲纪念集》）

1904年10月12日，丁玲出生于湖南临澧县黑胡子冲，原名蒋祎文，字冰之。直至1986年3月4日在北京逝世，她在20世纪的中国度过了82个春秋。可以说，她是20世纪中国的“一本历史书”“20世纪中国活的化石”。如果你想了解20世纪中国的政治、文化、思想、历史的状况与变迁，你必须去解读丁玲及其作品。她是一部厚重的大书，隐藏着解不完的谜。

杨义先生曾说过，她的小说给人以“带露折花的紧迫感”。因此，你可以从她的作品中听到时代的声音、时代的脉搏、时代的要求。而且还可以从丁玲天才的艺术直觉、独具的慧眼中发现尚未被前人发现的许多的“谜”。

法国评论家玛丽安娜·曼说："丁玲作品是中国思想、中国现实的艺术再现，给了我们一张进入中国世界的门票。"

的确，有了这张"门票"，外国朋友就可以自由自在地在20世纪的中国徜徉，去了解20世纪的中国。

丁玲又是一只扑火的"飞蛾"。瞿秋白说过："冰之是飞蛾扑火，非死不止。"这是一个惨烈而辉煌的预言，丁玲不幸被他言中。

丁玲一生有如钱塘江的大潮，大起大落。政治风浪时而将她托上云霄，时而又将她沉入海底。

纵观她的一生，有四次大的浮沉。

第一次浮沉是从《莎菲女士的日记》发表到1933年被国民党特务绑架软禁于南京期间。

1927年至1928年，在短短的两年中，这位年轻的姑娘，连续创作的4篇小说都在叶圣陶先生主编的《小说月报》的头版头条的位置发表，特别是她的《莎菲女士的日记》发表后，在少男少女中刮起了一阵旋风，她成为文坛最耀眼的新星。

然而好运不长，1931年2月7日，丁玲的丈夫胡也频（中国"左翼"作家联盟五烈士之一）遭到国民党反动派的枪杀。27岁的丁玲遭受丧夫之痛！之后，1933年丁玲在上海遭国民党特务绑架，软禁于南京，一关就是3年，这是丁玲的第一次浮沉。

第二次浮沉是1936年丁玲逃到陕北至1942年延安整风运动。

1936年在党组织的帮助下，丁玲终于逃离南京到了延安。丁玲是第一个到达延安的国内著名作家，延安高规格举行了欢迎会，毛泽东、周恩来等都出席了欢迎会。接着，丁玲奔赴前线。1936年12月30日，丁玲在前线收到毛泽东写的一首词——《临江仙·给丁玲同志》。词中称赞她为"昨天文小姐，今日武将军"。这在延安，可以说是史无前例的。于是，丁玲红遍了陕北。

然而好景不长，1942年丁玲因在《"三八节"有感》中揭示了解放区中某些落后的意识而遭到批判，于是她又沉落了。

第三次浮沉从1948年《太阳照在桑干河上》出版，到“文革”后的1979年。

1951年，长篇小说《太阳照在桑干河上》获斯大林文学奖二等奖，丁玲风光一时，在新中国的文艺界立刻行时走运。在此期间，她担任了中国作家协会常务副主席、党组书记等要职。

然而时隔4年，1955年，丁玲突然被定为“丁玲、陈企霞反党集团头目”（丁、陈曾是《文艺报》主编）。“罪证”材料既不与丁玲见面，更不用说核对了，全是闭门造车搞出来的。1957年，全国开展“反右派斗争”，丁玲是“反党集团头目”，那自然是“右派”分子了。从此，丁玲被发配到“北大荒”劳动改造。1966年，“文革”开始，丁玲这只“死老虎”又成了当然的“牛鬼蛇神”。1970年，丁玲被“四人帮”投进监狱，坐了5年牢之后于1975年释放，发配山西劳动改造，直至1979年。这回，丁玲足足沉没了25年，约1/4个世纪。

第四次浮沉是1979年丁玲回京治病，到1986年去世。

1979年，丁玲——这只扑火的“飞蛾”，冒着腾腾的烈焰，终于冲出了火海，回到人间。她那苍苍的白发、深深的皱纹，以及肉体上、心灵上累累的伤痕，镌刻着1/4个世纪的人生苦难。

返京后，她被选为中国作协副主席，恢复了党籍。1984年，党中央为她彻底平反，恢复名誉。

1986年，美国文学艺术院授予丁玲荣誉院士的称号，称赞她是“20世纪伟大的诗人和小说家之一”。

1986年3月4日，丁玲沉落了，她走完了苦难之旅，她死了。

丁玲一生四次的升降沉浮，大起大落，时而誉满人间，时而千夫所指，让人眼花缭乱，莫衷一是，迷惑不解。

除了她的身世之谜以外，丁玲身上还有许多的“谜”！

譬如，丁玲和沈从文都是著名的湘籍作家，但湖湘文化对沈从文的影响是显性的。他书楚语、作楚声、名楚物，表现了这位“乡巴佬”对故土的热恋。人们一看便知道，沈从文是一个乡土作家。

然而丁玲与他不一样。她18岁就离开湖南，从此四海为家，在她心里，还恨死那个“蒋氏大家族”，小说创作中也很少写到家乡……据此，有的研究者便认为湖湘文化对她的影响“很难确认”。

我以为：一个作家的出生之地以及生存环境、文化环境对作家的塑造和影响是至关重要的。要知道区域文化最先开启了作家的心智，传输给作家最初的知识，并濡染、渗透进作家的血液。传统文化、区域文化会像空气、阳光和食物一样，滋养着作家的艺术生命。

那么，湖湘文化是怎样影响丁玲的？细分析，湖湘文化对丁玲的影响是隐性的、潜移默化的，它渗透进丁玲的血液中，溶化在她的骨髓里。丁玲骨子里就是一个典型的湖南人，“湖南蛮子”。

歌唱家李谷一说过：“我们湖南人霸得蛮，吃得苦，耐得烦。”这是湖南人的自我写真。外省人也经常给湖南人画像——“江西老表，湖南骡子”；“敢说‘不’字的湖南人”；“有‘另外一根筋’的湖南人”；“好管大事的湖南人”；“乐于帮忙的湖南人”；“性急还想吃热豆腐的湖南人”；“不讲卫生的湖南人”（指湖南人爱吃臭豆腐）；“成也萧何，败也萧何的湖南人”……这些话，并非山寨版，确确实实从某一侧面说出了湖南人的某些特征，且历来的文人、学者、政治领袖对湖南人也有一些独到的见解——

谭嗣同赞道：“万物昭苏天地曙，要凭南岳一声雷。”

梁启超说：“其可以强天下保中国者，莫湘人若也。”

杨度说：“若道中华国果亡，除是湖南人尽死。”

以上这些评价，都在盛赞湖南人的爱国精神及在强天下保中国中具有举足轻重的地位。

的确，湖南盛产政治领袖和军事将才，历史上有“无湘不成军”之说。湖南人又是不怕死的“蛮子”，盛传辛亥革命就是“广东人出头脑，江浙人出钱，湖南人出血”！

湖南人这种踔厉敢死、强悍炽烈、百折不回的士气民风，在丁玲身上有最集中的体现。丁玲个性气质中的“蛮”“倔”“辣”显然是湖湘文化濡染的结晶。

湘女多情，丁玲作品中感情热辣、阳刚，作品“女性而非女子气”，这亦是湖湘文化浸润使然。本书将逐一解开这些谜。

有人认为丁玲自《莎菲女士的日记》之后，她的小说创作便“丧失了艺术个性”。尤其是对《太阳照在桑干河上》这部长篇小说的评价，由众口一词的赞扬，开始走向分歧。有人说这部小说是丁玲创作的巅峰；有人则认为这部小说“完全丧失了作家的创作个性”，是“公式化概念化之作”。分歧严重，意见对立，关系到全盘否定或全盘肯定的问题。本书将对此作一些具体的分析，以解开丁玲艺术个性嬗变之“谜”。

我总觉得：丁玲是层峦叠嶂的群峰，不是一泓清澄见底的小溪，她始终让人可望而望不透，深邃而又神秘。譬如说，在“左联”时期，当她向“左”转的时候，内心里是否有过政治与艺术的矛盾？在她的创作心境中，潜意识与理性是否有过冲突？感情的潜流有没有过被理性选择压抑的时候？

再说，在个人情感世界里，她与陈明也有让人不解之谜。在中国的传统观念中，大夫小妻，甚至老夫少妻似乎也是不见怪之事。但是大妻小夫则有人见怪了。湘女多情，丁玲更是多情、重情。她和后来的丈夫陈明的生死之恋，让多少人感慨唏嘘。

我国北方有句俗语：“女大三，抱金砖。”但丁玲比陈明不是“大三”而是大13岁。这位小弟弟为何会和丁玲老大姐结为终身伴侣，且荣辱与共，生死相恋，不离不弃？这中间有什么秘密？

丁玲到底还有多少不解之谜？如何解开这些谜？

丁玲曾说过：“人家把我看作这些年我们文艺界的一个谜，我是个作家，只有用自己的作品给人解谜。”因此，每当新作出版之时，她总是热情地给中外朋友送书。

我以为作为一个研究者，只有细细地研读丁玲的全部作品，才能看清其“庐山真面目”，看清楚丁玲其文、其人。拙著《迷人之谜：丁玲》正是我30多年来研读丁玲作品，为解读丁玲所作的一些探索。

目录

第一章　虽盖棺仍无定论之谜……3
◯ 死之歌……4
◯ 奇才奇人的传奇色彩……6
◯ 生前沸沸扬扬，死后争议依旧……8
◯ 丁玲生前死后争议漫论……24

第二章　蒋氏名门家族之谜……35
◯ “蒋氏家族”——传说中李自成的后裔……36
◯ “具有决定意义”的童年印象——家族的败落……42
◯ 母亲——文化的一片沃土……47
◯ “五四”风雨的滋润——叛逆的种子发了芽……52

第三章　小说创作艺术个性嬗变之谜……59
◯ 文坛“炸弹”——《莎菲女士的日记》……60
◯ “左联”时期小说内容和形式转向之谜……88
◯《母亲》——寻求艺术上新的突破……102
◯ 医院的“怪人”陆萍和霞村“不贞洁”的贞贞……119
◯《太阳照在桑干河上》——“公式化概念化”之作？……136
◯ 丁玲小说嬗变之轨迹……158

第四章　湖湘文化对丁玲个性气质濡染之谜 …… 179
“虽九死其犹未悔”——“一条道走到底”之谜 …… 182
“蛮”“倔”“辣”——丁玲个性气质的文化基因 …… 196
个性气质对其小说形象的渗透——丁玲是莎菲？ …… 208
咬牙励志，韧性战斗的文化人格、意志 …… 211

第五章　湖湘文化对丁玲作品的气韵风格浸润之谜 …… 223
诗的激情与浪漫的色彩 …… 225
喜欢“真情性”，“火热、火热” …… 239
“女性而非女子气”的文体风格 …… 241

第六章　附录 …… 251
桑干河畔忆丁玲 …… 252
情系桑干河 …… 256
生死之恋 …… 259
我心中的相思树——悼丁玲 …… 271
回眸：我的丁玲研究之路 …… 278
一个“自讨苦吃”的人 …… 286

在很多人的心目中，特别是在海外人士的心目中，我依然是一个谜。

——丁玲

湖南常德旱春园丁玲纪念馆前塑像

第一章　虽盖棺仍无定论之谜

“丁玲”是一个内蕴深厚的历史符号，也是一个复杂的社会历史现象、一个复杂的文学现象、一个棘手的批评命题。

死之歌

1986年3月4日，长期遭受非人待遇，在死亡线上漫游、挣扎的丁玲，带着满身的伤痕，带着心灵的创伤，终因无力战胜病魔，痛苦地告别了人间。

丁玲一生对死的体验、对生的痛苦和死了又活过来的无奈的体会是何等的刻骨铭心。

她一生见过不少亲人、挚友之死：丈夫胡也频、挚友瞿秋白被敌人枪杀；与母亲结拜为姐妹的九姨向警予壮烈牺牲；父亲的早死；弟弟的夭亡……这一次又一次加深了她对死亡的认识和体验。“那真是千万把铁爪在抓你的心，揉搓你的灵魂，撕裂你的血肉。”①

1931年2月7日，丈夫胡也频被国民党枪杀之后，丁玲迅速“左”倾，并加入了中国共产党。1933年5月14日，她被国民党秘密绑架，软禁于南京。敌人对她威逼利诱，甚至用最卑鄙的手段，在报上大肆刊登丁玲在南京与大特务马绍武同居的消息。丁玲说：“我知道，敌人在造谣，散布卑贱下流的谎言，把我的声名搞臭，让我在社会上无脸见人、无法苟活，而且永世不得翻身。这时，我的确想过，死可能比生好一点儿……历史终能知道我是死了的，死在南京，死在国民党的囚禁中。”

于是，她想到以死明志，上吊自杀，但她终究没有死成。丁玲说这死的体验和死了又活下来的痛苦，“在我后来的一生中，都不能使

① 丁玲：《死之歌》，见《丁玲文集》第8卷，湖南人民出版社1991年版，第393页。

我忘怀”。[①]

在“文革”中，她住牛棚，挨批斗，罚跪、挨打是家常便饭，在众目睽睽之下像被处决的死囚那样被示众，掉到比针还尖比冰还冷的“愤怒的目光中”，她的心在颤抖；1970年，“四人帮”命令北京军管会，将丁玲及其丈夫陈明作为“要犯”关到秦城监狱。

秦城监狱坐落在京北燕山脚下，因位于昌平秦城村而得名。它建于20世纪50年代初，原来关的是国民党战犯。“文革”一开始，这些昔日的敌人都搬走了，改关被“四人帮”判“死刑”的要犯。丁玲带着满身的伤痛，经受糖尿病等多种疾病的折磨，在这里坐了5年牢，直到1975年才释放。粉碎“四人帮”后，丁玲被批准回北京治病。

1984年，中央组织部终于对丁玲的历史问题作了进一步审查并作出结论：“丁玲是一个对党对革命忠诚的共产党员。”

从1943年延安审干中丁玲被怀疑“叛变自首”到1984年中央组织部的结论，她整整等了41年，党组织终于还她一个清白。看了“结论”，丁玲说：“我可以死了。”

丁玲过去曾说：“我是一个死过了的人”，现在，她不是“死过”，而是真的死了。从此，她再也听不到辱骂，再也不会受到折磨了。

① 丁玲：《死之歌》，见《丁玲文集》第8卷，湖南人民出版社1991年版，第393页。

奇才奇人的传奇色彩

丁玲是一个才女，才华横溢。1928年春，《莎菲女士的日记》一发表，便在文坛上刮起了一阵旋风。丁玲一鸣惊人，是年，她才24岁。朋友们赞誉她一出台便“挂头牌”，而不是戏台上背棍打旗喊“啊呵”的角色。孙犁在《关于丁玲》中赞誉道：“她的名望、她的影响、她的吸引力，对当时的文学青年来说，是能使万人空巷的，举国若狂的。”

从此，莎菲与丁玲一起，跨越国界，走向世界。丁玲的作品被翻译成20多个国家的文字。

丁玲又是个奇人，富有传奇色彩。

如前所说，她坐过国民党的牢房，也坐过共产党的牢房；她的小说《太阳照在桑干河上》曾荣获斯大林文学奖二等奖（1951年）；新中国成立之前，她就取道陆路，转第三国，到布达佩斯、布拉格、莫斯科访问。新时期以来，她又应法国密特朗总统邀请，在总统府与总统亲切交谈，这在中国作家中是不多见的。

丁玲还受到美国文学界的重视。复出后，她应美国爱荷华国际写作中心的邀请，赴美进行为期4个月的访问。1986年3月25日，美国文学艺术院授予丁玲“荣誉院士”称号，

1984年人民文学出版社出版的《太阳照在桑干河上》（摄影：李春生）

并给她寄了通知。信中说：“此称号只发给75名美国公民以外的艺术家、作家、作曲家。他们的作品受到美国同行的认可和赞赏。”可惜，通知寄达时，丁玲已经去世多日了。

她的传奇色彩，还表现在中外人士对丁玲在文学史上占有重要地位的赞誉：《人民日报》在《丁玲同志生平》一文中说道：“在新文学的几个转折时期，她的创作都体现了党所倡导的文学发展的方向。”

美国《20世纪百科全书》“丁玲”条目这样写道：“丁玲女士，作为20世纪最有力量、最为活跃的作家，在中国文学史上，占据着一个显著位置。”

美国约·肯·加尔布雷斯说丁玲是“20世纪世界伟大的诗人和小说家之一”。

法国评论家玛丽安娜·曼则说：“丁玲作品是中国思想、中国现实的艺术再现，给了我们一张进入中国世界的门票。”

日本丸山昇说：“在20世纪50年代的日本，丁玲是中国文学家中知名度仅次于鲁迅的作家。”《我在霞村的时候》是战后日本翻译中国文学作品中最早的一篇。《太阳照在桑干河上》则被关心中国未来的日本学生“广泛阅读”。

丁玲在给本书作者赠书上的亲笔签名

生前沸沸扬扬，死后争议依旧

丁玲在中国现当代作家中，是一位争议最多、争议时间最长、评价最为尖锐对立的作家。

丁玲死了，她死后和她生前一样，人们对她的是是非非争论不休！

丁玲在20世纪生活了82年，自1928年《莎菲女士的日记》发表之后，她就成了风云人物。1933年5月，她被国民党特务秘密绑架，因而失踪，这件事成为当时轰动全国的大事。一时间，有传说丁玲已经被杀了，于是写悼诗、开追悼会、出书纪念……丁玲成了“耀高丘”的湘灵，有才有德之女，“左翼”“唯一的无产阶级作家”。此后又传说丁玲没死，于是又有传闻，说丁玲“叛变”了、“自首”了，甚至“和国民党大特务马绍武同居”。后来马绍武受到共产党的制裁，死于上海三马路与他相好的妓女门外，有人说这一案件也同丁玲有关。此时，丁玲“叛变”“自首”的风浪越刮越大。自此，即使没有什么证据，但以后每一次政治运动，都有人举起“叛徒”这一大棒痛击丁玲，从延安时期开始直到1984年中共中央为丁玲彻底平反。尤有甚者，丁玲恢复名誉之后仍有人咬住丁玲不放：“就是叛徒，反党嘛，还怎么平反？”

在丁玲的一生中，遭受批判、排斥，被视为异己的时间太长了。早在1942年延安文艺整风中，她的《“三八节”有感》就受到批判，认为它是“污蔑解放区”的毒草。1955年，她又被划为“反党集团头目”。“文革”中，她挨批判、斗争的次数更是不计其数。

1979年，丁玲复出后，在拨乱反正时期，为丁玲翻案的文章大量出现。这些文章大概有两类：一是对以往被批判的作品重新作出评价；二是对丁玲的创作道路以及丁玲本人重新作出中肯的评价。前者如《褒贬毁誉之间》《〈莎菲女士的日记〉再评价》《莎菲在幻灭、追求中获得新生》；后者如《丁玲创作道路的重要特色》等。这次的"再评价"，也没有出现什么争议，也是一边倒。

我以为：对丁玲其文其人真正形成的大争议有三次。

第一次争议是20世纪20年代末到30年代初。

20世纪20年代末，丁玲以《梦珂》《莎菲女士的日记》刚登上文坛，就一鸣惊人，在短短的3年中，她写下了14篇短篇小说，结集出版为《在黑暗中》《自杀日记》《一个女人》。

20世纪30年代初，人们开始对《莎菲女士的日记》产生了不同的评价和争议。焦点是：第一，如何看待莎菲的感伤、颓唐倾向？第二，产生莎菲病态性格的时代条件及其社会内涵是什么？代表作是茅盾写于1933年的《女作家丁玲》。文章指出："莎菲女士是心灵上负着时代苦闷的创伤的青年女性叛逆的绝叫者。"①

另外一篇争议的小说是《母亲》。主要是围绕着犬马在《读〈母亲〉》一文中提出的《母亲》"对于辛亥革命那一时代的描写太模糊了，太不亲切了"的论题展开的。而茅盾的《丁玲的〈母亲〉》则认为：《母亲》的独特异彩在于"表现了'前一代女性'怎样艰苦地在'寂寞中挣扎'，和对于光明的憧憬，具体地描写了辛亥革命前夜维新思想的决荡与发展，时代描写是清晰的"。

第二次大的争议是1988年由华东师范大学王雪瑛的《论丁玲的小说创作》引起的。

20世纪80年代后期，有个杂志上出现了一个"重写文学史专栏"，对中国现代文学史上的作家进行重新评价，刊登了《论"何其芳现

① 茅盾：《女作家丁玲》，转引袁良骏编：《丁玲研究资料》，天津人民出版社1982年版，第253页。

象”》《论“柳青现象”》等文章。华东师范大学王雪瑛的《论丁玲的小说创作》[①]，就发表在这个栏目中。

本来，对文学史进行重写是可以的，但也要看怎样“重写”了。如果是用历史唯物主义的态度，注重批评的科学性，尊重事实，实事求是，也未尝不可；但如果脱离时代、历史，或将作家的生活经历、思想发展和创作与彼时的社会完全割裂开来，浮光掠影、牵强附会、捕风捉影，不注重批评的科学性，那么，无论观点怎么新颖、独创，也是站不住脚的。

王文认为：丁玲的小说“以《莎菲女士的日记》那样独特的创作为起点，却以《太阳照在桑干河上》这样的概念化作品为终点，丁玲的这一条创作道路，除了使人感到惋惜和悲哀，还能给我们怎样的启示呢？”王文认为自《莎菲女士的日记》以后，丁玲就开始走向“失败的路子”。“为了适应生存环境的变化，她不惜背离自己的创作个性，主动去改变自己的创作方式。如果日后的生活环境更加严酷，她的这种背离会不会也随之更加彻底呢？”

王文还认为：《太阳照在桑干河上》是一部“图解现成的公式”的“概念化作品”。因为作家“完全是用阶级关系来组织人物圈子”，“即使是对自己较为重视的人物，丁玲的刻画也并不是从自己的情感出发”，“而是从人物的阶级属性出发，让人物的言行举止尽量充分表现出他的阶级性，以至于小说中的众多人物都缺乏个性”。其所以如此，是因为这部作品里，“简直看不到丁玲自己的独特感受”。

与王文观点相异，许多评论者认为《太阳照在桑干河上》有丁玲自己的独特感受，并非公式化概念化之作。周良沛的《也谈“重写文学史”：丁玲还是丁玲》，康濯的《丁玲的卓越贡献不可磨灭》等文章，都对《太阳照在桑干河上》作了评价与分析。

---

① 王雪瑛：《论丁玲的小说创作》，载《上海文论》1988年第5期。

康濯认为：

《太阳照在桑干河上》是为国内外一代代的读者所热爱的，是丁玲创作的高峰，尤其不容许否定，哪怕仅只贬低也不能容许。这部长篇小说是迄今为止反映我国土改生活的所有作品中，最真实地、也相当深刻地表现了我国农村复杂社会面貌的一部。作品中的人物也并没按政治模式生硬编造，从工作队长章品、工作人员杨亮直到农村干部张裕民，4个不同类型的地主、地主的贫农哥哥，以及积极分子刘满和地主侄女黑妮，即使我30多年没再读，也仍然印象甚深地感到他们都无不来源于生活而又各有比较鲜明、生动的性格，其中特别是农民刘满的顽强、孤傲，地主阶级内部受害者黑妮值得同情的纯洁，更是我国现当代作品中都极少有人敢于并善于刻画出的。此外，在这部书中，还恰恰揭示了我们新生活和新人物所必然存在的某些阴暗面，这也在当时解放区作品中少见。况且像抗日战争时期在延安写的《夜》就早已揭示了新的农村中的人性人情以及某些阴暗面，《我在霞村的时候》也展示了人物心灵的广阔、深邃和隐秘，这同样是当时解放区极为少见的。这都恰恰反映了丁玲作品中革命现实主义比起当时解放区的其他作品要更为深化和厚实，是至今都值得学习的宝贵遗产。[①]

周良沛则就描写土地改革以及写人物的阶级属性是否就是“概念化的作品”等问题作了分析：

我记得，1957年公开批丁玲的时候，因为《太阳照在桑干河上》得过斯大林奖，所以开始时，还不批它，后来怕留下这一手，会给丁玲留有资本，为了彻底打倒的需要，才抡起了棍子狠敲。我记得当中有一条，就是说作者“没有阶级观点”，是以“富农思想”（这又何尝不是一种阶级观点！）在看农村的人物关系，其中还提到黑妮，说她在实质上是依附地主的寄生者，不能看作被压迫者。这些论点，使我

① 康濯：《丁玲的卓越贡献不可磨灭》，载《延安文艺研究》1989年第3期。

想到现在批《太阳照在桑干河上》时，说丁玲“作为《太阳照在桑干河上》的作者，几乎完全丧失了她的艺术个性”。《太阳照在桑干河上》是“概念化作品”，说作者写的人物都是从“阶级属性出发”，这种论调和前者是针锋相对。前者，现在可以照大家常说的，是“左”的路线的产物，后者“重写文学史”的态度，是为了校正过去“左”的东西，校正政治对文学的影响，是要回到文学本体，可是，现在出现的这种观点，大概不是纠正过去“左”的文学批评方法而“拨乱反正”吧……

“是的，现在我们每个人都应理直气壮地说，过去要作家配合政治任务，图解政策的做法，既不是政治的艺术，也不是艺术的政治。过去，以‘阶级斗争为纲’的那一套，也不知制造了多少人为的悲剧，丁玲的遭遇以及在座的许多人的经历，都在说明，我们多数是它的受害者，它带给我们许多无法挽回、补偿的损失，人人有本伤心账。”

周良沛的文章中还特别引用了美国批评家欧文·豪的《群体社会作家们的新环境》中的一段文字：

社会阶级依然存在，不涉及这些阶级，这个社会就无法理解。然而，与过去数十年相比，那种显眼的阶级标志不那么明显了，过去的社会学家和小说家们所假设在不同阶级地位和个人境遇之间的那种相互关系，如今变得难以捉摸，令人疑惑了。作家们发现，要想在触及当代生活的小说中体现他们的情感非常困难。他们当中的大部分人都无法直接触及战后的经验，他们不是通过现实主义的实描而是通过寓言、传奇、预言和怀旧小说，来表达对美国生活的批评……

周文就此作了分析：

这位美国批评家的这番话，即使不是“自己人说了不算，得听洋人的”人，我看也是很有参考价值的。可惜的是，丁玲没有在她写

《太阳照在桑干河上》的40年后为生活困惑而写寓言、写传奇批评社会生活，而是在40年前用现实主义写了当时中国农村在土改中翻天覆地的变化。写这部小说，作家当时不可能不受时代的局限。不受时代、自身局限的作家，在一个活的人的世界里，是不可能存在的。好在现在不是对作品作具体的艺术分析论其得失，而今日的“重新评价”也不是完全为了艺术，是为了适应一种思潮的政治需要，也不排斥是为了一种政治需要而推出的一种思潮。因此，我们也就可以离开作品，专门讨论“人物的阶级属性”问题了。

在阶级社会，人有没有阶级属性？这个问题，当然不能予以简单化。没有讲阶级斗争的车尔尼雪夫斯基，也讲劳动着的妇女和养尊处优而患头痛的小姐对美的要求就不一样，鲁迅说的焦大和林妹妹所想的不会一样，也是同样的道理。丁玲要是将人物的阶级属性当标签贴在人物身上，而没予以艺术化，那么，对作家艺术的失责，自然是不应该原谅的。但是，现在不是讲这些，而是批评人物不应该有阶级属性，就完全是另一个问题了……

本来，有的问题是常识性的问题，如我们反对“左”的思想限制、指导，以至于禁锢了艺术时，是否认为作家就可以不要思想？思想不是标签，作家的思想在作品中要隐蔽得越深越好，他们的思想只有通过艺术感觉来表现。这也同样是常识。但是，艺术感觉再好，没有思想，文章都组织不起来。在特殊情况下，如雨果的《九三年》，有的地方不是一页，也不止十页的议论，读来也一样激动人心。而另一位大师托尔斯泰的那些在小说中出现的长篇宗教说教，又沉闷又难读也是一种文学现象。但是，作家写艺术感觉，怕还不是目前大街小巷都流行在唱的“跟着感觉走，紧抓住梦的手，脚步越来越轻，越来越快活……”如果只是要作家的艺术感觉跟着梦走，那么，以此排开思想的艺术，怕也不是什么正道艺术吧。[①]

① 周良沛：《也谈“重写文学史”：丁玲还是丁玲》，载《延安文艺研究》1989年第

第三次大的争议于1997年开始形成高潮。是年，王蒙的《我心目中的丁玲》一文在《读书》杂志第2期上发表后，几个月时间，《中流》《文论报》《读书》《文艺理论与批评》相继发表了艾农、陈明、周良沛的商讨与争鸣文章。《文艺理论与批评》在编发周良沛的《重读丁玲》一文的同时，还刊登了作者来信，郑重地配发了《关于发表〈重读丁玲〉及作者来信的按语》。

按语云：

本期刊登的周良沛《重读丁玲》一文，是《读书》杂志的退稿。

今年《读书》杂志第2期上，发表了王蒙《我心目中的丁玲》一文。对王文，许多同志有不同的意见。作为《丁玲传》的作者周良沛，读了王文后"有所思"，于是写了《重读丁玲》，以他特有的视角，谈了一些有关于丁玲以及与丁玲有关的人和事，谈了他不同于王蒙的认识。文章有根有据，是说理的，后投稿《读书》希望一抒已见。应该说，对于丁玲，已有公论，她在我国文坛是享有崇高声誉的著名革命老作家，对我国社会主义文学事业，做出了杰出的贡献。

但即便如此，对于她的创作，对于她的艺术道路、艺术思想等，还是有待于深入地进行研究，不同的意见和认识也是可以讨论的。既然王文可以发表，周文也理应刊登。这也是起码的艺术民主，且有利于开展正常的学术争鸣。不想，周文还是被退。于是作者写信本刊，并附被退之稿，希望本刊发表，以"讨点儿民主"。现在我们将作者的信及《重读丁玲》一文所谈及的丁玲、与丁玲有关的人和事一同刊登。作者对文坛的一些是是非非的认识是否客观、公正，还是由广大读者来评判。我们希望更多的同志参加这一讨论。①

3期。

① 关于发表《重读丁玲》及作者来信的按语，载《文艺理论与批评》1997年第4期。

由“按语”，我们可见争论的来龙去脉。

那么，这次争论的焦点是什么呢？总地说来，主要是对“丁玲其人”的评价（并未涉及其创作），对其思想、作风、人品、文品等问题的看法。

下面，摘录《我心目中的丁玲》一文中的某些评价。

第一，丁与其他文艺界的领导不同，她有强烈的创作意识、名作家意识、大作家意识。或者说得再露骨一些，她有一种名（明）星意识、竞争意识。因此，对于活跃于文坛的中青年作家，她与其说是把他们看作需要扶植需要提携需要关怀直至青出于蓝完全可能超过自己的新生代，不如说是潜意识里看作竞争的对手，大面上则宁愿看作需要自己传帮带、需要老作家为之指路纠偏的不知天高地厚、不成熟而又被她的对手吹捧起来的头重脚轻、嘴尖皮厚的一群。她是经过严酷的战争考验和思想改造的锻炼的，在党的领导人面前，她深知自己活到老，改造到老，谦虚到老的重要性、必要性；但在中青年作家面前，她又深深地傲视那些没受过这些考验锻炼的后生小子。她自信比这些后生小子高明十倍苦难十倍深刻十倍伟大十倍，至少是五倍。她最最不能正视的残酷事实是，出尽风头也受尽屈辱，茹苦含辛、销声匿迹二十余年后，复出于文坛，而她已不处于舞台中心，已不处于聚光灯的交叉照射之下。她与一些艺术大星大角儿一样，很在乎谁挂头牌。过去她让领导添堵也是由于这个，她从苏联开会回来就散布，在苏联爱伦堡几次请她讲话，并说：“你是大作家，你应该讲话。”但她不是代表团长。代表团长是与她不睦的××。她引用爱伦堡的话说：那个××团长“长着一副作报告的脸”，等等。请想想，这样的话传出去，她能不招领导讨厌吗？

其次……由于她长时期以来一直处境严峻。她回到北京较晚，等到她回来的时候“伤痕文学”已经如火如荼地火起来了。她那时虽然获得了平反，却也一度仍留着尾巴。而她认定应该对她的命运负责的

××正在为新时期的文学事业鸣锣开道，思想解放的大旗已经落到了人家手里，人家已经成了气候，并受到许多中青年作家和整个知识界的拥戴，却也受到某些领导人与老同志的非议。她怎么办？她自然无法紧跟××，她要与之抗衡就必须高擎相对应的类似“反右”的旗帜。她在党内生活多年，深知自己的命运与领导对自己的看法紧密相关，这决定于是你还是你的对手更能得到党的信赖。要获得这种信赖就必须顶住一切压力阻力人情面子坚持“反右”，这是政治上取胜的不二法门。那位老作家的“高参论”其实没有丁玲高。她必须像爱护自己的眼珠一样地爱护自己的政治可靠性、忠诚性、政治信用性，亦即她的一个老革命老共产党员的政治声誉。她明确地下定义说：“作家是政治化了的人。”[①]这来自她的血泪经验，也来自她的政治信念价值系统，当然有她的道理。燕雀安知鸿鹄之志、鸿鹄之道？在鸿鹄们看来，根本用不着与那些书呆子燕雀雏儿讨论这种问题。

这样我就特别能理解她在“文革”后复出时为什么对于沈从文对她的描写那样反感。沈老对她的描写只能证明她的对手对她的定性是真实的，她不是革命者、马克思主义者，而只是一个小资产阶级、个人主义者。她必须痛击这种客观上为她的对手提供炮弹、客观上已经使她倒了半辈子霉的对于她的理解、认识、勾勒。打的是沈从文，盯着的是一直从政治上贬低她的××。你说她惹不起锅惹笨篱也行，灭不了锅就先灭笨篱，灭了笨篱就离灭锅更靠近了一步。这是政治斗争也是军事斗争的常识性法则，理所当然。她无法直接写文章批××，对××，她并不处于优势，她只能依靠党。与××斗，那靠的不是文章而是另一套党内斗争的策略和功夫，包括等待机会，当然更靠她的思想改造的努力与极忠极诚的表现。对于沈从文，她则处于优势，她战则必胜，她毫不手软，毫不客气。她没有把沈放在眼里；打在沈身上就是打在害得她几十年谪入冷宫的罪魁祸首身上。

① 《丁玲文集》第6卷，湖南人民出版社1984年版，第230页。

丁玲就是一个这样的人，或者本想做一个这样的人。然而她的环境和她自己的性情却不可能使她处处如愿，使她的实际状况，特别是旁人的观感与她自己的设想有了距离。一个有地位的老作家兼领导曾对我说丁具有“一切坏女人”的毛病：表现欲、风头欲、领袖欲、嫉妒……为什么一个人的自我估量与某些旁人的看法相距如此之遥？[①]

与上文观点不同，发表了文章争鸣的有艾农的《真实的丁玲与谬托知己者笔下的丁玲》[②]、陈明的《事实与传说》[③]、周良沛的《重读丁玲》[④]等。

以上3篇文章，主要就丁玲是否看不起中青年作家，丁玲是否“嫉妒”“欺软怕硬”“钩心斗角”“政治投机”“势利”等发表意见，并引证了大量事实作论据，用事实说话。

陈明在《事实与传说》一文中这样写道：

王蒙文中引用的“传说”，对丁玲的指责是很严重的。人们要问，这“传说”有几分真实呢？我的回答：一分真实也没有。

1979年1月13日，75岁的丁玲经中央组织部批准，回到北京。3月，医院查体，患有乳腺癌，应住院手术。为了争取时间写作，她恳求推迟1年手术，这样，1979年上半年，她发表新作《杜晚香》《牛棚小品》《悼雪峰》《七一有感》等多篇。同年8月，在友谊宾馆接受香港《开卷》杂志的采访，谈到伤痕小说，丁玲说：

……写伤痕小说，有的人赞成，有的人不赞成，这有什么赞成不赞成呢？社会里有那个事你就可以写嘛。但这里面有一个问题，就是

① 以上摘录均见《我心目中的丁玲》，原载《读书》1997年第2期。
② 见《中流》1997年第9期。
③ 见《文论报》1997年9月1日。
④ 见《文艺理论与批评》1997年第4期。

要注意别写得哭哭啼啼的，别把政治性当口号去说教，政治性就在实际的生活里面，是意会出来的东西，读者从里面得到启发，得到恨，得到爱。爱的是好的东西，恨的是坏的东西……想不写伤痕是不行的，现在有不少的新作家，他们敏感，有感受，思想解放，敢于提出问题，回答问题，他们是我们文艺的希望。①

在《百家争鸣及其他》②一文中，丁玲写道：

现在……老作家也不多了，老作家也不一定就写得好了。我就不敢保险我写得比年轻人好。有些东西年轻人就比我有见解。③

1980年6月下旬，丁玲在手术后休养期间，应邀到中国作家协会文学讲习所第5期学员大会上讲话。她说：

对你们，我是这样认识的：你们写文章的起点比我那时要高。你们一开始就着眼现今社会的时弊，敢于大胆批评指责，这是好的……我们搞写作的老是在起点上参加赛跑。我觉得我自己现在也还是在起点上跑。虽然我写作的时间比你们长久些，但我并不比你们强，也许你们有些条件比我还好。④

以上我摘引丁玲讲话片段，都是在1979年和1980年上半年在京时，谈到青年作家和他们的作品的。

1980年7月1日，手术治疗后，丁玲离开北京去庐山疗养，途经上海。7月3日，梅朵同志偕《文汇报》记者来访，事后把采访谈话整理成文——《谈谈文艺创作》，经丁玲过目，发表于1980年8月10日

① 《走访丁玲》，1979年12月《开卷》第5期，《丁玲文集》第4卷，《答〈开卷〉记者问》。

② 1979年8月《文艺报》第8期。

③ 《丁玲文集》第6卷，第227页。

④ 《生活·创作·时代灵魂》，《丁玲文集》第6卷，第267页。

上海《文汇增刊》第7期[①]，这是她到南方来在上海发表的第一个讲话。她说：

我对三年多来崛起的新人、新作品，是很喜欢的……他们的起点比我们很多人当年开始写作时要高。我们那时候，天地很狭窄……他们真正写了广阔社会里边很多龌龊的东西、很多不好的东西……他们的作品触及的社会问题，都是比较深的……

7月5日，丁玲上庐山。8月初，应武汉《长江文艺》、南京《青春》、南昌《星火》3个刊物在庐山联合主办的青年作者讲习班的约请，到会讲话。她对青年作家和文学爱好者说：

说到当前文学创作的繁荣，不能不感谢我们年轻的作家……近几年来，新人层出，作品很多。特别是，许多作品反映了生活的各个方面，突破禁区，切中时弊，敢于思索，敢想敢写，起点很高……我们要热情欢迎这一批年轻的新的生力军，为他们的创作成就而高兴。我们完全不必担心他们走得太远了，太快了，步子跨得太大了。他们已不是幼年、童年，而是青壮年，有的甚至将进入中年了。即使或者有一点点过头的地方，我们还要相信读者……是有欣赏水平的，有鉴别能力的……我们一定要牢记历史上的惨痛教训，绝不能再向年轻人抡棍子、舞棒子，埋没作品，糟践人才。[②]

谈到这里，我不得不再说一点，1957年批斗“丁玲、陈企霞反党集团”，把丁玲划为“右派”，开除出党时，“一位有地位的老作家兼领导”说丁具有“一切坏女人”的毛病，表现欲、风头欲、领袖欲、嫉妒……当时那得意的神情，那置人于死地而后快的语气，使我刻骨难忘。由于年代久远，参加批斗会的人有的已经故去，有的也许

① 《丁玲文集》第6卷，第233页。

② 载1981年1月10日《星火》第1期，见《丁玲文集》第6卷，第254页。

已经淡忘，现在的年轻人更无从知晓。没想到，王蒙同志在论及丁玲的“实际状况特别是旁人的观感与她自己的设想”的距离时，引用的是“一位有地位的老作家兼领导”曾对他说过的话，这话与当年批丁时如出一辙，一字不差。我实在为才思敏捷、聪明过人，而且主张宽容的王蒙同志的失察而惋惜。时至20世纪90年代，有人借用您的笔给丁玲再次戴上“坏女人”的帽子，这是非同小可的事啊！丁玲在九泉之下，又怎能安宁？[①]

艾农在《真实的丁玲与谬托知己者笔下的丁玲》中这样写道：

> 六十多年以前，鲁迅曾经说过：“文人的遭殃，不在生前的被攻击和被冷落，一瞑之后，言行两亡，于是无聊之徒，谬托知己，是非蜂起，既以自炫，又以卖钱，连死尸也成了他们沽名获利之具，这倒是值得悲哀的。”这真是伤心而悟道之言。近年来，一位自称“中国文艺界的重要作家”就在不断地做这样的事。最近，文章又做到了丁玲的头上，这就是他发表在《读书》1997年第2期上的《我心目中的丁玲》一文。
>
> 就一生的坎坷之多和遭受的冤屈之深，文艺界谁也比不上丁玲，但历史终究是公正的。“莫道谗言如浪深，莫言迁客似沙沉。千淘万漉虽辛苦，吹尽狂沙始到金。”经过历史风雨的吹打冲刷，党和人民越来越看清了这长久被泥沙掩埋的纯金的真正价值。
>
> 她是“飞蛾扑火，非死不止”的革命者，为了追求革命、追求真理，历尽磨难，痴心不改，不论是极其严酷的阶级斗争还是革命阵营内部的不幸遭遇，丝毫也不能动摇她对于共产主义的崇高理想和坚定信念。
>
> 《我心目中的丁玲》却唱出了迥然不同的调子。“重要作家”心目中的丁玲是什么样的呢？她“左”、她“嫉妒”“政治投机”“欺软怕硬”“势利”。

---

① 陈明：《事实与传说》，载《文论报》1997年9月1日。

难道是此亦一是非，彼亦一是非？难道有两个截然不同的丁玲？不，绝对不是。好在丁玲并非“言行两亡”，她给我们留下了《丁玲文集》10卷，白纸黑字俱在，足以驳斥谬托知己者的种种妄说，澄清是非，展示事情的本来面目。

说丁玲嫉妒青年作家，这完全是以小人之心度君子之腹。丁玲从党和人民的利益出发，满腔热忱地爱护青年作家，为他们取得的每一个成就而欢欣鼓舞，希望他们能够超过前人，给中国的社会主义文学增光添彩。她动情地说：“当前文学创作的繁荣，不能不感谢我们年轻的作家。他们的确像初升的太阳、含苞的鲜花，是我们文艺的希望。”她说：“从1927年开始写作来说，我是老兵；从1979年回到文坛来说，我是新兵。我应该以这些青年为师。”她又说：“我早一点，我是老作家；你年轻一点，你是中年作家；他更年轻，他是青年作家。不一定我写的作品就比你的好，你就比他的好。他可能比我写得好，他写得好就是大作家，我就是小作家，有什么老哇！老哇！我们完全可以把这个包袱丢掉。”她对青年作家们说：“你们有许多好条件能跑过我们，跑到最前边去，这是我所希望的，应该后来者居上。”这是多么崇高的境界，多么开阔的胸怀，多么殷切的期望！

说丁玲搞政治投机，出于同对手抗衡和更能得到党的信赖的需要而抓起了“反右”的旗子，这同样是以小人之心度君子之腹。丁玲坚持马克思主义的原则立场，对于无论来自哪个方面的错误思潮都勇于开展思想斗争。1979年丁玲复出以后，尽管她自己曾有长达25年的冤屈，却很少触及。她说：“远远超过我自身所受冤屈的痛苦，是我见到用烈士鲜血凝成的党的光荣传统、优良作风在遭受破坏，而我作为一个党员却无能为力。”“个人心灵上、身体上的伤痕，和国家的、人民的创伤相比，是微不足道的。”她希望大家以积极的态度帮助党纠正“左”的错误，解决存在的问题，而不要散布对党和社会主义的不信任情绪。她恳切地说：“住房破了，漏了，你不去补漏，还要去戳，不是漏洞更大了吗？这样一想，自然就有了责任感。大家都能这样，我们的信心就越来越大了。”正因为这样，她使那些企盼她来控诉党、控诉社会主义的人深感失望，于是说她“左”的流言就嘁嘁嚓嚓地传播开来。

丁玲曾经愤慨地说：“有人过去说我是‘右派’，后来说错了，现在有人说我是‘左派’。我只晓得现在骂我‘左’的人，都是当年打我‘右派’的人。”这确实反映了一种奇特的景观：有的人，例如丁玲，在“左”的错误下被打成“右”，在“右”的思潮中被说成“左”，真是“左”“右”不是人；另一类人，在“左”的错误下，“左”得可怕，在“右”的思潮泛滥时“右”得出奇，叫作“左”“右”逢源。那些鼓吹“资产阶级自由化”的人，他们的臀部往往都带有“左”的纹章印记，这恐怕是一种带有规律性的现象。

谬托知己者为了塑造他“心目中的丁玲”，采取实用主义的态度，不是从客观实际出发，而是从如何有利于支撑自己的观点出发，实在有悖于文艺工作者的职业道德……

这里试举例说明。为了坐实丁玲势利的罪名，他绘声绘色地记述1949年3月上旬，沈从文带了孩子到丁玲寓所去拜访，遭到丁玲的冷遇云云。其实，直到1949年6月，丁玲才到北京。从1948年底她出席世界民主妇联大会回国后，她一直住在东北，其间1949年4月还曾出国参加保卫世界和平大会。到北京后也根本从未住过那座被描绘得有鼻子有眼的寓所，而是住在作协宿舍。由于当时沈从文心情不好，丁玲一到北京就约了何其芳一同上门探望，热情地进行劝慰。从不久以后沈从文写给丁玲的两封信看，他们之间的友谊是不错的。这个材料并不难找，就登在《新文学史料》1991年第3期上，但我们的“重要作家”愣是对此置若罔闻，仍然引用已被澄清的道听途说，不知是何道理？

又如，为了坐实丁玲欺软怕硬的罪名，“重要作家”大谈丁玲在1980年写的不足3000字的短文《也频与革命》。此文对沈从文确有批评，但事出有因。原来在丁玲被捕期间，沈从文认为她已死，便写了《记丁玲》和《记丁玲续集》两书出版。此事丁玲一直不知道，沈也从未提及。1979年秋，一位日本汉学家访问丁玲，把这两本书给了丁，她才首次见到，并知道海外乃至国内始终把它们视为研究丁玲的权威定评和重要依据。她细读之下，觉得书中乖离事实之处颇多，十分气恼，在书上作了批注，计有127条之多。其主要意见是：她不能容忍沈对“左翼文艺”运动采取居高临下的、怜悯的甚至嘲笑的态度；她认为沈是用低级趣味看待人和生活。因此她才写了一篇短文，提出批评，批评的范围仅限于沈的这两本书，没有涉及沈从文全人及其作出的贡献。后来她出国访问，在谈到我国当今文坛和作家状况时，还介绍了沈从文和他的作品。这能说是“惹不起锅惹笨篱”吗？再说，丁玲蒙受数十年冤屈之后，在1980年刚获平反，有些问题还留着尾巴，直到1984年7月中共中央组织部发出《关于为丁玲同志恢复名誉的通知》，才彻底推倒一切不实之词，说她当时“处于优势”“战则必胜”“毫不手软”“毫不客气”等，请问根据何在？这位高唱“无限宽容向世界”的“重要作家”，为什么对备受折磨的革命老人如此无情，连死了以后还不放过，非鞭尸三百不可？[①]

① 艾农：《真实的丁玲与谬托知己者笔下的丁玲》，载《中流》1997年第9期。

丁玲生前死后争议漫论

丁玲是一位为人们争论最多、争论时间最长、评价最为尖锐对立的作家。为何在中国现当代文学史上，人们对这位遭受不幸最多、遭受苦难时间最长的作家，在她生前死后长达半个多世纪中一直争论不休，虽逝世二十多年而不能盖棺定论？为何关于她的见解总是天差地别，尖锐对立？有人说她是“新中国的先驱者”“党的忠贞儿女”“中国的最好儿女”；有人说她“不是真革命”，“不是真马克思主义”，是“个人主义者”，和莎菲一样是“复仇的女神”。有人说她是“真诚坦白”“心直口快”的“大老实人”；有人说她“嫉妒青年”，“政治上投机、势利”，“欺软怕硬”。有人说她“一生正气处事”，是“人品和文品高度一致的真正伟大的革命作家”；有人说她“有表现欲、风头欲、领袖欲……具有一切坏女人的毛病”。

为什么不是说她最好，就是说她最坏？是什么原因造成的？是人们认识上的差异抑或有别的原因？我以为：丁玲在中国现当代文坛上，是最具有代表性的作家，“丁玲现象”是中国现当代最具有代表性的一种社会历史现象，又是一种复杂的文学现象。同时，也是丁玲内在的主观因素与外在的客观环境碰撞而导致的一种命运安排，是两者纠缠而成的死结。

其一，多变的政治风云、复杂的社会环境以及丁玲个人经历的坎坷曲折，使人们对她的评价大起大落。

20世纪的中国社会，动荡不安，军阀混战，阶级矛盾、革命阵营内部的矛盾纷繁复杂。丁玲在20世纪生活了82年，几乎全卷入了矛盾的旋涡，她总是处在生活的激流中，处在时代的风口浪尖上。她的一生和政治、革命始终拉得很紧，生死与共。政治风浪时而把她卷入旋涡，时而把她托上云霄，时而又把她卷入海底；她时而誉满人间，时而又被“批倒批臭”。早晚时价不同，荣辱褒贬不一。

丁玲时而是人，时而又是“鬼”；时而是“恶魔”，时而又是“圣女”，简直把人搞糊涂了。虽说，最终丁玲还是被平反了，但是极“左”路线造成的影响不会立刻消除。政治文件上的平反不会与人们头脑中真正的平反同步。大批判烙在人们头脑中的印象不是一朝一夕可以抹去的。泼向丁玲身上的污水，不能马上被平反的政治文件洗刷干净。

其二，复杂的人际关系和文艺界某些人的“门户之见”，有时也会左右着对丁玲的评价。

文艺界在新中国成立前几十年的文艺运动、文艺思想斗争和风格流派论争中，本来就存在许多的“门户之见”。如“京派”与“海派”；鲁迅等与创造社、太阳社的论争；“国防文学”与“民族革命战争的大众文学”两个口号的论争；解放区作家与国统区作家之间的某些隔阂；解放区作家中工农出身与非工农出身的作家之间的“界限”……凡此种种，都不可避免地夹杂着某些宗派观念、私人意气。新中国成立后，这些“门户之见”不但未能消除，反而又和各种政治运动纠缠在一起，以致某些问题成了死结，难以解开。

新中国成立后，文艺界政治运动十分频繁。在“斗争哲学”的指挥下，文艺界接二连三地开展了斗争。如1951年对电影《武训传》的批判，之后又开展了对俞平伯《红楼梦》研究中“反现实主义观点”的批判；接着还开展了对胡风文艺思想的斗争。这些本来属于不同学术观点、不同文艺观点的论争最后都上升为政治斗争、路线斗争。1955年，将对胡风文艺思想的批判，一下子上升为对“胡风反革命集团”的斗争。就在这样的紧张气氛中，据陈企霞回忆：从1953年开始，文联内部就开始批判丁玲、陈企霞，说他们是反党小集团。“有的人甚至说我和她这个集团是在延安就形成的，和胡风集团南北呼应，互相配合，进行反党活动”。[①]以后，文艺界某些领导人将这些莫须有的猜想变成了事实的依据，并且成了丁陈的“罪证”。

谁向上级领导送材料？谁定的罪？不言而喻，丁玲对那时作为中宣部副部长，专管文艺工作的周扬是有意见的，她认为周扬有意要整她。以后，在《文艺战线上的一场大辩论》中，又将丁玲被定为“叛徒”“反党分子”“野心家”。丁玲曾经对陈登科同志说过：“是有人不愿团结我”，“是有人容不下我”，“我几次想找人家谈谈，把过去忘记，人家连见也不愿见我，我去向人家磕头？”[②]

除此之外，文艺界的小团体主义、宗派主义，也经常影响对某些作家的公正评价。比如徐懋庸，本是鲁迅的崇拜者，却因20世纪30年代曾糊里糊涂地给鲁迅写了一封信而被打成“反鲁迅”者，被打入冷宫几十年。再说“京派”与“海派”的作家群，因为不属于“左翼”作家，又被鲁迅批为“官的帮闲”（“京派”）与“商的帮忙”（“海派”），因此新中国成立后几十年没有人敢问津，直到20世纪80年代，才翻了身。类似的例子，还不少。再看看丁玲及其作品，半个世纪以来，在不同的历史阶段、不同的政治环境中，在不同的文学团体、流派中，在不同的批评者的研究文章和著述里，被描述成各种各样的面孔，也就不足为怪了。

其三，多元的文化背景、多元的文艺观念、多元的批评方法以及看问题的不同角度，也影响对丁玲其人其文的评价。

不同的文化背景，形成不同的文化心理及处理问题的不同方法。

拿丁玲对于自己长期以来所遭受的苦难的态度来说，外国人就无法理解。在某些外国人眼里，丁玲遭受了那么多的迫害，心里一定有

① 陈企霞：《真诚坦白的心灵》，见《丁玲纪念集》，湖南人民出版社1987年版，第179页。

② 陈登科：《忆丁玲》，原载《新观察》1986年4月25日。

很多怨恨，他们希望从丁玲口中捞到点什么，但最终失望了。有些外国人从自己的经验出发，认为丁玲应该跟中国政府打官司，要求赔偿精神损失。但是这一切，丁玲都没有做。不但丁玲，就是在“文革”中遭受巨大损失与苦难的中国人也没有这样做。

在古老的中国文化背景下生活的中国人，他们长期以来接受一种儒文化的熏陶，主张“仁”“义”“忍”“让”“宽容”“大度”。丁玲也是如此。她说，在她受难的时候，党也在受难，但“个人心灵上、身体上的伤痕，和国家、人民的创伤相比，是微不足道的”。“住房破了，漏了，你不去补漏，反要去戳，不是漏洞更大了吗？”正因为如此，丁玲复出后，无论是在国内，还是在国外，她从不悲悲切切，怨天尤人，而是朝前看。美国诗人安格尔对丁玲说：“我真不懂，受了罪，挨了打，坐了牢，没有半点怨，还笑得这样开心，好像谈的是别人的事。中国人，中国人，我永远也没法了解。”①

外国人在无法理解之时，有的用“赤化”加以解释，认为丁玲整个儿被赤化了。然而，个别中国人则又猜测：丁玲是假积极，“言不由衷”。于是，丁玲成了“伪君子”，为人“矫情”。

其四，丁玲特有的个性气质，常常使她卷入旋涡，卷入是非的陷阱。

丁玲直爽，心口如一，真诚坦白，不像社会上有些人，性格内向，城府很深，有什么看法装在肚里，谁也不透露，这种人很少闯祸。还有的人深谋远虑，审时度势，察言观色，表态四平八稳，左右逢源，让你挑不出毛病，他自己也不犯“规”。这种人躲在避风港里，一辈子过舒服日子。然而，丁玲做不到。她说：“我喜欢有真性情的人，不虚伪，不耍两面派，不搞阴谋，是个光明磊落的人。这种人对我的心思……”丁玲还说过：“我写作的时候，从来不考虑形式的框

① 聂华苓：《林中·炉边·黄昏后——和丁玲一起的时光》，转引孙瑞珍、王中忱编：《丁玲研究在国外》，湖南人民出版社1985年版，第32—33页。

框，也不想拿什么主义来强迫自己，也不顾虑文章的后果是受到欢迎或招来非议……”由此可见，她写作时忠于自己的感性直觉，“不喜欢过于理智”。加之，她性格直率，有时易于冲动，言辞激烈，因此容易惹来灾祸。例如，1942年3月初，有两位因离婚事件而遭到非议的妇女，向丁玲倾诉她们的经历和痛苦，深深地引起丁玲的同情。偏偏3月7日《解放日报》文艺版编辑陈企霞来信约稿，丁玲正巧有感想，要为这两位离婚的妇女鸣不平，于是写了《“三八节”有感》，发表于1942年3月9日的《解放日报》上。文章就延安妇女的结婚、离婚和如何生活等问题直率地谈了一点自己的看法。不料祸起萧墙。4月间，整风运动开始，在一次高干的学习会上，此文受到猛烈的批评，好在毛泽东作总结时说：“《‘三八节’有感》虽有批评，但还有建议。丁玲同王实味也不同，丁玲是同志，王实味是托派。”有了毛主席这句话，丁玲才得救了。

再说，丁玲过于敏感。诚然，作家都是敏感的。有一位西方学者说，作家有鹰的视力、狗的嗅觉、狐狸和野兔的机灵。丁玲是一个独特的女人，她情感细腻，感觉敏锐。她说：“作家一定要看见旁人能见到的东西，还要看见旁人看不见的东西。”丁玲敏锐的感受力和观察力，给她带来新的“独特的发现”。

1936年11月，丁玲到达苏区以后，从走马观花到沉入生活，她敏锐地感到这个从旧社会母体中分娩出来的解放区新世界，明显地留有旧社会的痕迹。丁玲还认为：“即使在进步的地方，有了初步的民主，然而这里更需要督促、监视。中国几千年来根深蒂固的封建恶习，是不容易铲除的。”基于此，她感到即使是革命圣地，也不可避免地存在一些缺点，于是她创作了《我在霞村的时候》《在医院中》，揭露了解放区存在的封建恶习、小生产者的习气、官僚主义的作风，塑造了贞贞、陆萍这样的鲜明形象，艺术而又形象地提醒人们：要铲除封建意识、官僚主义和小生产者的落后意识，以防止其对革命肌体的侵袭。但在那时，丁玲无法被理解，一般都认为解放区通体透明光亮，一片红彤彤。说解放区有缺点、有黑暗的角落，就是诬蔑，就是攻击！于是，人们把陆萍看成“反党分子”，将贞贞视为“叛徒”。那么，创作这些形象的作家——丁玲，当然成了“利用小说反党”的罪人了。

时间向前行进了40年，到了20世纪80年代初，当我们进入新时期，步入改革开放的时代之后，人们才发现：改革的阻力太大了。这个时候，人们才理解陆萍改造医院的艰难和失败的痛苦。如鲁迅所言：在中国，即使要搬动一张“桌子”，也是不容易的。“改革一两，反动十斤”。

独特的敏锐的感受力和观察力，使丁玲在时代变迁、历史转折的时期，能够有独特的发现，有超越意识。鲁迅先生很形象地描述了作家这种敏感。他说：“作家有一种特有的敏感，例如听口令‘举——枪’，政治家要等到‘枪’字令下的时候才举起，而作家听到‘举’字就举起来了。”[①]丁玲正是如此。敏感而直率，往往就导致她“触礁”“沉船”。丁玲争强好胜，的确有“明星意识”“竞争意识”，想“挂头牌”。她这个人很自信，不容易服输，因此才说出：“北京这些中青年作家不得了啊，我还不服气，我还要和他们比一比呢！”比一比有什么不好？“比一比”其实也就是一种动力，给自己一种激励，也许还能创造出标新立异的好作品来。

总之，丁玲不管是“行时”或“背时”，成功或失败，成就与局限，都与她的思想、性格密不可分。

丁玲是一个很有个性的女人，又是一个很有才华的女人，加上她独特的经历和遭遇，她常常处于潮流中心，是众人瞩目的对象。

其五，丁玲在20世纪生活了82年，其中对于她的论争在她生前死后却也有70余年的历史，这种论争今后还会继续下去。我认为这是正

① 鲁迅：《文艺与政治的歧途》，见《鲁迅全集》第7卷，人民文学出版社1981年版，第116页。

常现象。

我们知道：文学欣赏存在着差异性，由于欣赏者思想水平、欣赏能力、趣味爱好、职业、年龄不同，对作品的理解、评价也有差异，诚如西方人所说有一千个读者就有一千个哈姆雷特。鲁迅说同样读《红楼梦》，“经学家看见《易》，道学家看见淫，才子看见缠绵，革命家看见排满，流言家看见宫闱秘事……”①

由此可见对于某些人、某些事看法不一致，达不成共识，也是不足为奇的，可以让不同的观点存在，不必强求一律。

然而，我以为这并不意味着文艺批评没有较为一致的标准，对于一个作家的评价，还是鲁迅先生说得好：“知人论世”，“顾及全篇全人”。评价一个作家必须紧密结合她的作品，不应拿猜想作论据，这样会影响评论的科学性。

文学批评本身是科学活动，文学批评必须尊重历史，实事求是，公允客观。当然，文学批评还应该是学术化的，有学理背景的。《文心雕龙·知音》提出对作家作品的评论应是——“无私于轻重，不偏于憎爱”，“平理若衡，照辞如镜”。我们评论现当代的作家作品也如是。诚如此，我们的文学批评才能公允客观。

① 鲁迅：《〈绛洞花主〉小引》，见《鲁迅论文学与艺术》（上），人民文学出版社1980年版，第231页。

一方水土，养一方人。

——谚语

第二章　蒋氏名门家族之谜

俗话说："一方水土养一方人。"作家的出生地的生存环境与文化环境对作家的创作是至关重要的。它第一次开启了作家的心智，传输给他们最基本的知识，培养了他们最初的兴趣、爱好，初步铸造了他们的性格和灵魂。

那么，湖湘的自然生存环境和人文环境是怎样养育作家丁玲的?

“蒋氏家族”
——传说中李自成的后裔

临澧，原名安福，1914年才改为临澧，它位于湖南境内的澧水下游。这是一个历史文化悠久的县城。据考证，“距今6500年前左右，湖南的新石器文化发展到一个新的阶段——大溪文化阶段。所谓大溪文化阶段，是以最先在巫山县大溪发掘的文化遗址命名的一种新石器文化……大溪文化遗址在湖南最集中的地区，是澧水中下游和洞庭湖西北边缘地带……”[①]又据《湖南日报》刊载：1997年1月，在澧县城头山发掘出大量的出土文物，从发掘的出土文物中，发现了我国最早的船桨。

湖南常德早春园丁玲纪念馆前塑像

这说明6000年前澧县人面对浩浩荡荡的洞庭湖，他们已学会制造船只和船桨，并将它作为捕鱼、运输的重要工具。此外，在澧县还发掘出最早的

① 伍新福：《湖南通史》，湖南人民出版社1994年版，第13页。

稻种和170多种植物种子。这有力地证明了此地稻作文化的发达，并且农作物十分丰富，耕作技术很高。而丁玲家乡临澧县与澧县是相邻的县，据《湖南通史》记载，它也有新石器时代的遗址。而且6000年前，临澧已是一座城市。而城市的出现，又是社会文明进步的一个重要标志，说明它当时已成为洞庭湖畔一个人口较为集中、生产较为发达的地方，是一个富庶的鱼米之乡。

1904年10月12日，丁玲诞生在临澧县的黑胡子冲。黑胡子冲距临澧县城7.5公里，现属临澧县佘市桥镇高丰村。这里几乎完全是蒋姓的天下，蒋姓不仅占有周围广大的土地，支配众多的乡民，而且世代有人在外为官。这个茶林和橘林环绕的小山冲，似一个桃源胜景。丁玲在《母亲》这部小说中所描写的灵灵坳，大概便是以这个小山冲做模特儿了。她是这样描写的：

金色的阳光，撒遍了田野，一些割了稻的田野……风带点稻草的香味……也带点牛粪的香味，四方飘着。水从灵灵溪的上游流来，浅浅的，在乱石上“汩汩汩”地低唱着，绕着屋旁的小路流下去了……几个小孩骑在牛背上，找有草的地方行走。不知道是哪个山上，传来丁丁的伐木的声音。这原来就很幽静的灵灵坳，在农忙后，是更显得寂静的。

这个既宁静又充满生机、活力的小山冲，便是丁玲儿时的乐园。

丁玲一本姓蒋，蒋家是世代为官的豪门望族，是当时全国少有的巨富之一。据记载，太平天国兴兵之前，蒋家一直很兴旺，地产遍及附近几个县：澧县、石门、南县、安乡、常德。从临澧到北京，蒋家沿途开设当铺48家，蒋氏子孙进京应考，沿途不必寄宿客栈，其豪富可想而知。据林伯渠回忆，蒋家还有个华丽的花园。“连《红楼梦》里的房屋也没那么华丽。湘西的人个个知道那个‘蒋宅’的。”[①]丁玲

①［美］尼姆·韦尔斯：《续西行漫记》，上海复社（中文版）1939年版。

也曾回忆说，她的一个伯伯要修建一座花园的时候，竟从江苏无锡订了几十船的石头和泥沙，从上海请一个工程师来建造。又据临澧《刘氏族谱》卷首四《临澧蒋氏巨富借镜》记载："蒋氏花园广厦千间，水绕四门，堰水贯于中部，浮桥建于两端，亭台楼阁布满园内，画舟小艇漂荡池中，四季花卉，件件俱全，百色果实，历历可数。麒麟狮象之肖像，虎豹豺狼之写真，大有登东山而小澧，临池沼以照月之慨。且步履岩洞，恍若别有天地；身藏楼台，人几疑为仙居。其布置之雅观，真不亚北京紫苑，而风景之宜人，且远过长沙朱园……"可见蒋氏祖先之显赫。

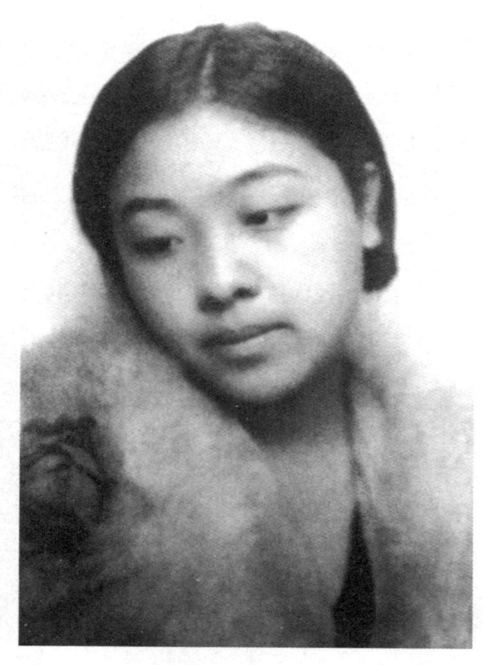

年轻时的丁玲

那么，蒋家为什么这么显赫富贵？关于蒋氏发迹，有一些传说：人言蒋氏本姓李，明朝末年李自成造反建立了大顺朝，之后兵败撤离北京逃至湖北九宫山，后来又逃到湖南石门夹山，李自成隐姓埋名，隐居湖南湘西石门县的夹山寺。在禅隐前，他将儿子托付给一蒋姓人家，给予大量金银财物，此后蒋家便成为临澧首富。修梅这一支蒋姓人家，既可姓蒋，又可姓李。据传丁玲即祖出这一支蒋家。民间传说安福蒋家便是李自成的后裔，蒋家的巨大财富都是李自成遗留下来的……[①]

值得注意的是：近年来文物部门从蒋家征集到9件传世文物，其

① 湖南省石门县政协文史委主编：《石门文史·李自成学术研讨资料汇编》。

中有5件被鉴定为“明宫廷物件”，可见这种传说有某些依据。

丁玲对此虽未发表意见，但她在家乡作报告时戏称自己“李自成之后”。①

关于李自成兵败禅隐夹山的记载，最早见于清代澧州知州何磷的文章。这篇文章，已收编在《澧州志》中。夹山位于湖南省石门县城东南8公里处，距丁玲的家乡不远。

夹山因两山对峙，齿衔交错，一道中通而得名。境内群峦叠翠，万木竞秀。既有楚南名刹夹山寺，又有闯王陵、碧岩泉两大名胜。据记载，夹山寺是李自成禅隐圆寂之所。现在，闯王陵墓中有许多宫廷物品和皇帝玉玺，这可能是李自成兵败逃跑时随身携带之物。李自成兵败后，化名奉天玉，领残部来到夹山。目前，许多文物和史料都对李自成禅隐夹山提供了充分的佐证。1989年，湖南大学出版社出版了《李自成禅隐夹山考实》；历史学家申悦庐也为李自成禅隐夹山撰写了专著。另外，还有李鼎铭先生之侄李建侯发表于20世纪40年代的历史小说《永昌演义》、剧作家阿英创作的5幕话剧《李自成》以及近年电视、电影界拍摄的《断喉剑》《仇中仇》《雪山飞狐》等都描写了李自成禅隐夹山的故事。

蒋氏家族到底和李自成有什么联系，是否为李自成后裔，尚待进一步考证。

就目前来说，研究丁玲家世比较可靠的资料应是《蒋氏宗谱》。蒋家现保存有18卷《蒋氏宗谱》，由此可见其家族的繁衍。同时，从各种序、像赞、诰敕、碑文、契据、墓表、遗嘱、家法等88篇中可见其历代世系；从不同朝代名人为《蒋氏宗谱》所作的序赞及朝廷诰敕中，还可见其显赫的地位。

根据《蒋氏宗谱·叙姓氏》记载，蒋氏家族从周公第三子伯龄受封于蒋国开始，已有近3000年的历史。丁玲在《我是人民的儿女》

① 《希望家乡更美好——访老作家丁玲同志》，见《湖南日报》1980年7月9日。

中谈到他们蒋家，“从周公的三子伯禽受封于湖广，赐姓蒋开始，到1948年（蒋氏宗谱第5次修改本时）止，安福的蒋家从71世传到95世。我属其中的91世”。[①]上文有两点记忆有误：其一，丁玲所说的“三子伯禽受封于湖广，赐姓蒋开始”，应是“三子伯龄”，而不是“伯禽”，伯禽没有受封于湖广；其二丁玲说她“属91世”，实应为92世。因为蒋氏家谱中“定”字辈是90世，“保”字辈是91世，丁父名蒋保黔，应属91世。丁玲夭折的弟弟名蒋宗达，属“宗”字辈，当然应是92世了，看来丁玲是属于“宗”字辈的。

据族谱记载：蒋氏远祖开始发迹于北宋嘉祐年间，远祖蒋之奇在嘉祐二年考取进士，与著名文学家苏轼同榜；后历任翰林学士兼同知枢密院、观文殿大学士等显要职务，晚年回乡，勘修宗谱，苏轼奉旨为之写《序》，文天祥撰写《蒋氏像跋》，可见其名声地位远非寻常。蒋之奇之后，除开元朝，蒋氏世代为官。

丁玲祖父蒋定礼在清光绪年间晋封通奉大夫之职，祖母诰封淑人，晋封夫人，他们生下3子：蒋保厘、蒋保川、蒋保黔。这蒋保黔便是丁玲的父亲，字浴岚，生于光绪二年丙子三月初五日吉时；殁于光绪三十四年戊申五月廿二日丑时，享年32岁。蒋家族谱对丁玲父母和丁玲均有记载。由此可见，蒋家的远祖，在北宋时就开始发迹，以后又世代为官，安福蒋家从71世传到95世（截至新中国成立前），经过漫长的岁月，财富聚敛越来越多，地位声名越发显赫，这也是可能的。不一定要李自成的馈赠才富起来。

1985年1月20日，丁玲在给穆长青[②]的信中这样写道：

长青同志：

来信及赠书均收到，谢谢。

---

① 丁玲：《我是人民的儿女——在家乡临澧县县直机关干部大会上的讲话》，见《文学天才意味着什么》，北方文艺出版社1985年版，第195页。

② 穆长青，时为甘肃政法学院语文教研室副教授。

安福蒋家是否为李自成后代，我幼时也曾听到过一点传说，但印象中并无定论。1981年某杂志曾来找我求证，我把当年听到过的传闻转告，供学者们作为研究的参考；在我的思想上或言谈上，都没有有力的考据去肯定或否定它。1982年我回湖南一趟，在家乡临澧县政府看到一套蒋氏族谱10余本，从第1代记述到90余代，包括到我的父母及我自己。记述到我和我父母、外祖的史实与我所经历和知道的都属实无误。这族谱一直记到1948年。根据这族谱的记载，我一点儿也看不出我和李自成有什么血缘关系。因为我不治史，也无暇及此，未能进一步研究立论。你如有兴，当可进一步探索，并向临澧县政府接洽借阅参考①。

专此颂

学安！

丁玲

1985.1.20

丁玲在上文中说，“根据这族谱的记载，我一点儿也看不出我和李自成有什么血缘关系”。的确，族谱很连贯，也记得很仔细，似乎看不出和李自成有什么瓜葛。但是，我以为，也许是李自成将儿子托付于蒋修梅以后，不姓李，仍姓蒋，而族谱为了避免祸端，也不记载此事，这也是有可能的。总之，这都需要严格的考证，且有足够的证据才能下结论。

① 《丁玲文集》第10卷，湖南文艺出版社1995年版，第242页。

“具有决定意义”的童年印象——家族的败落

丁玲父亲在世时，蒋家这个名门望族早已衰颓，昔日的显赫早已成为历史。

丁父在辛亥革命前一度留学日本，但因吃不了苦而回家。他是个典型的公子哥儿，挥霍惯了。当时家中高朋满座，每次开饭，都是好几桌。平时还摆着三四个鸦片烟灯，供客人吃鸦片。他自己也躺在床上吞云吐雾，以致毁坏了身体。沈从文在《记丁玲》中写道：“丁父平生极爱骏马。他自己虽不擅骑马，却叫一个年轻马夫牵着，并请来做马鞍子的绣工，配上精美的鞍辔，马夫在前面牵马，自己则短装紧裹，手里拿着柔皮马鞭，在后边跟着。如果有人称赞他的马匹，他就请人上马试试，谈得投机，便提议贬价出让，若对方无力购买，便把这骏马赠给了这位陌生人，空着手，含着微笑回家。”

丁母是个大家闺秀，和丁父感情一般，她像作客一样，从不管家中银钱开支，闲着无事看书、绣花，有时看不惯丁父挥霍，便喊一顶轿子，回武陵娘家去了。

鸦片终于毁坏了丁父的健康，他32岁便去世了。此时，丁玲4岁。出乎意料，一群群的债主打上门来，纷纷逼债。丁母万万没有想到丈夫不但将家财耗尽反而欠了这么多债！

一夜之间，丁母从一个不愁吃穿、闲适的少奶奶，变为一个负债累累的寡妇。这是丁母一生的转折点，也可以说，是丁玲生活的转折点。不过，丁玲那时太小了，还没有意识到这一切将带给她什么。在惨白的灵堂、摇曳的白花中，出现了一些如狼似虎的面孔。债主们赖着不走，要好鸦片膏招待，好茶好饭招待，孤儿寡母怎能抵挡得住？让人气愤的是这些债主都是远房的、近房的叔伯、亲戚。父亲在世时笑脸相迎，现在父亲尸骨未寒，一个个变得如凶神恶煞一般。他们平日里跟着父亲吃喝玩乐，帮着父亲花钱、挥霍，让他拿银子当铜钱花，现在却换了另一副面孔。

更为气愤的是，这些“债”有不少属于子虚乌有。但人死了又无对证，只好让他们诈骗了。丁母横了心说：“有账都来吧，我尽量还！我一定还清账了才走！”没奈何，丁母请族长出面作保，约好第二年还清债务。不料，伯父还要从中捞一把。他经手帮母亲变卖田产，从中扣两百吊钱“暂时用一用”。据丁玲回忆，那个时候两百吊钱可以折合七八十块钱。

债还清了，丁母带着小儿女离开了这个伤心之地回武陵娘家。走了不远，还有两个人拦着丁母轿子要钱。丁母说：“我的账都还清了，你们一定要，走，到县上去！”[①]这样，才把两个人打发走。

族人的恃强凌弱，趁火打劫，欺负孤儿寡母，给童年的丁玲留下深刻的印象。她说：“在这些事实的教育下，我从小对姓蒋的人就没有好感，普通人同人的感情都不可能有，你们是有钱的，我是穷的，我们没有共同语言，我们没有共同利害。你欢乐，我就痛苦；我要欢乐，你就不高兴，就是这么一回事。”[②]

高尔基说：童年印象“具有决定意义”。[③]童年，丁玲体验最深的是封建大家庭生活的腐朽，人们在酒色、鸦片烟毒中打发日子，丁玲痛恨这种生活。其次，封建大家庭的钩心斗角，为争夺财产的尔虞我诈，这也是丁玲深恶痛绝的。至于说到父亲死后亲戚们的逼债，世态炎凉更是在她脑海中打下深深的印记。这样，憎恨、厌恶黑暗的社会

① 丁玲：《丁玲在临澧县的讲话》，见《丁玲在故乡》，第76页。
② 丁玲：《丁玲在临澧县的讲话》，见《丁玲在故乡》，第76页。
③ 高尔基：《论文学》，人民文学出版社1978年版，第12页。

的种子，早在幼小的童年时代就已埋藏在丁玲心中。

此外，孤独感、凄凉感，也是对丁玲具有“决定意义的”童年印象。丁父死后，母亲带着一双幼小儿女，寄居在舅舅家，过着寄人篱下的生活。由于母亲外出求学、教书，丁玲经常一个人住在亲戚家。小说《过年》便是丁玲童年的生活写照。小说中有一个小姑娘叫小菡，她寄居舅舅家，孤凄地眼巴巴地望着母亲回家过年。可是年到了，却只是看舅舅一家热热闹闹过年，舅舅一家严肃地祭拜祖宗，而妈妈默默地站在房门口，“小菡经了这热闹的、严肃的景象，她分析不出她为什么郁郁来。她望到舅舅舅妈，心里就难过，她望到默默站在房门口的妈，简直想哭了。这年并不属于她，为什么她要陪人过年呢？她悄悄地走回自己的房，把头靠在床柱上只伤心，炮仗震天价响，她只想在炮仗声中大喊、大叫。一颗小小无愁的心，不知为什么却有点欲狂的情绪存在了”。

这是小菡看舅舅家热热闹闹过年的情绪体验。小菡尤其不喜欢舅妈。她漂亮，一副笑脸，能干，和气，可是那永远藏不住的冷淡的神情让小菡讨厌、害怕。这种寄人篱下的辛酸、遭人冷眼的体验，显然是丁玲童年生活感受的写照。

童年，没有给丁玲多少温暖和欢乐，却让她过早地领略了世态的炎凉、寄人篱下的苦楚，领略了别人冷淡的神情和生活孤凄的滋味，人生的苦涩，使她忧郁感伤。与此同时这也使丁玲从小养成思索、想象的习惯。她必须自己面对生活，作出分析、判断，这样也就培养了丁玲独立生活的能力。

在丁玲的“具有决定意义”的童年印象中，除了上述那些难以磨灭的印象之外，还有在她童年心灵上直接留下的创伤。不足4岁的丁玲就目睹父亲死时躺着的棺木，3朵棉球的孝帽，这些都使她感到死亡的恐怖。丁玲回忆说：

在我最早的记忆中，我最害怕的是我国传统的、前头吊着3朵棉花球的孝帽。我戴这样的孝帽的时候是3岁半，因为我父亲死了。家里人把我抱起来，给我穿上孝衣，戴上孝帽，那白色颤动的棉花球，就像是成团成团白色的眼泪在往下抛。因而给我的印象太深了。他们给我戴好那帽子后，就把我放到堂屋里。堂屋的墙壁上都挂着写满了字的白布，那就是孝联，也就是挽联。可我不懂，只看到白布上乱七八糟地画了很多东西。我的母亲也穿着一身粗麻布衣服，跪在一个长的黑盒子的后面；家里人把我放在母亲的身边。于是，我就放声大哭。我不是哭我的命运，我那时根本不会理解到这是我一生命运的一个转折点：从此以后，我的命运就要和过去完全不同了。我觉得，我只是因那气氛而哭。后来，人们就把我抱开了。但那个印象，对我是深刻的，几十年后都不能忘记。①

白花、灵堂、死亡、噩梦，给童年的丁玲太多太深的印象，以致她在走上人生道路的时候，在创作的时候，对死亡特别敏感，体验也特别深刻。

丁玲在《死之歌》中写到她一生见过的和未见的死。如未见过面的表哥之死和那个抱着表哥的灵牌结婚的表嫂的死、向警予的死、胡也频的死。她还写到自己身处魍魉世界，被国民党特务绑架到南京，落在魔掌里，蒙受敌人卑贱下流的谎言的折磨，上吊自杀而又未死的痛苦感觉。此后，在风雪漫天的“北大荒”，在北京的秦城监狱，都想过这个问题。1985年在两度住院、生命垂危之际，死亡的感觉再次袭来，她因此写下了《死之歌》。

值得注意的是，丁玲在写到自己对生与死的感觉和体验时是十分深刻入微的。譬如写胡也频死时她的感觉体验是：“这给予我的悲痛是不能想象的，没有经验过来的人是不容易想象的，那真像是千万把铁爪在抓你的心，揉搓你的灵魂，撕裂你的血肉。”②

① 丁玲：《死之歌》，见《丁玲文集》第8卷，湖南文艺出版社1991年版，第382页。
② 丁玲：《死之歌》，见《丁玲文集》第8卷，湖南文艺出版社1991年版，第390页。

“死亡”，本来是文学作品永恒的主题之一，童年对死亡就有着最初印象。后来又长期在死亡线上苦苦挣扎的丁玲对死亡就有着特殊的敏感，并自然而然地会在她的笔端流露出来。这样，死亡的感觉、死亡的体验、生命的意识，便成为她文学创作的重要内容之一，也由此成为她文学创作风格的一个方面。

童年的印象太具有决定意义了。丁玲说：“整个幼年，我就是跟着在死的边缘上挣扎的母亲生活的。在我很小的时候，对死就有这样的敏感。我常常要想着别人，替别人想，我不能忘记一些悲伤的往事。”[①]她又说：“我小的时候，是一个好哭的人，常常要想到别人的生死，好像这些都和自己的生命纠结在一起似的。”[②]丁玲不幸言中了，以后“死亡”一直和她的生命纠结在一起，并不断地在她那荒冷的记忆中加上血的战栗。

① 丁玲：《死之歌》，见《丁玲文集》第8卷，湖南文艺出版社1991年版，第383页。
② 丁玲：《死之歌》，见《丁玲文集》第8卷，湖南文艺出版社1991年版，第385页。

母亲——文化的一片沃土

最初给丁玲影响的，自然是她的父母。虽说丁父是个挥金如土的败家子，且又是一生不曾做过实际工作的公子哥儿，但他人很聪明，也有才气，年轻时中了秀才，而且善良。在丁玲的印象中，他是一个行医散药、造福乡里的仁慈好人。丁玲回忆说："他生了两场大病以后，中医不能成功地诊治他，于是他读中国的医书，得了不少中国医术的知识。穷亲戚常来把这种问题请教他，甚至深夜唤他醒来。他不以金钱为意，常布施给穷人。因为他的慷慨，后来在一次因水灾而发生盗劫和一般骚扰的时期中，许多人家被抢，我父亲的家里可没给碰过。"[①]可见，父亲在这个4岁孩童的印象中是个乐善好施的好人，洒脱大方的男子。不过他毕竟死得太早。而母亲，在丁玲童年的印象中，更具有决定的意义，而且还可以说，那是哺育丁玲的一片文化的沃土。在丁玲幼小的心灵中，母亲早已播下了文化的种子。

1878年，丁母出生于湖南武陵（今常德市）。姓余，闺名曼贞，丈夫死后改名胜眉，改字慕唐，因她羡慕唐朝的武则天时代，女人也可以考官做事，故取此名。

常德位于沅水下游，洞庭湖之滨，古代称为武陵，这就是陶渊明在《桃花源记》中所描述的那个美丽迷人的地方。它东邻洞庭湖，西凭武陵山脉，沅水和澧水流贯其间，屈原足迹遍及沅水流域，著名的《九歌》便创作于此。屈原投江后，这里便建立了"招屈亭"，以纪念这位忧国爱民的伟大诗人。据说，汉代大辞赋家司马相如被此地美丽

① ［美］韦尔斯：《续西行漫记》，上海复社（中文版）1939年版。

风光所迷醉，在澧水上立马停弦，因而至今澧水上有个老渡口，叫“停弦渡”。武陵不但风景秀丽迷人，而且文化意蕴深厚。同时，武陵又是湘北政治、经济、文化中心；它也是一个军事重镇，历来是兵家必争之地，武陵古称四塞之国。梁山、德山、平山称鼎足三城，形势险要。

丁玲的外祖父家住杨家牌坊，在当时是个绅士区。他是一个宿儒，后官至太守，曾任云南大理、普洱、楚雄知府。据丁玲回忆，她的外祖父家大门上有一块“余太守第”的门匾，非常气派，房子大得很，是个大“印子屋”，三四进，后面有花园，有藏书楼，大理石桌椅、茶几，一套又一套……

说起丁玲母亲闺名曼贞的来历，还有一段有趣的故事。据说丁玲外祖母怀她的母亲时，“因梦游古刹，于佛座前拾曼陀花，顷刻变幻，似梅非梅而醒，故名之曰曼贞，号似梅，以示不忘”。[①]余太守52岁得此幼女，甚为珍爱。由于她体弱多病，因而家庭对她也不太施以严格的封建规范，而让她与兄弟们一起读书，看小说、写诗、作画、吹箫、下棋。她与蒋浴岚结合，完全是其母酒后戏言所致。1879年春，曼贞还不到1岁，其母与同乡蒋家同饮酒，酒后戏言，竟将幼女许给蒋家三公子蒋浴岚，曼贞父亲不以为然，说：“吾家清寒士族，攀此富贵家子，悉他日若何？恐误我爱女。”母说既已许诺，不便翻悔。[②]

这样，一句戏言就定了两人的终身大事。

1897年，曼贞20岁与蒋浴岚结婚后，经常为丈夫的无所作为而感到惆怅，又看不惯他的挥霍浪费。因此，常常回娘家，而对于夫家经济、礼节诸多琐事则不太过问。

1907年，丈夫猝然去世，家庭的累累债务，亲戚本家的落井下石，将这位年轻的寡妇几乎压垮了。但是，她毅然决然冲出这个封建

① 《丁玲母亲自述》，见《丁玲研究》，湖南师范大学出版社1992年版，第3页。
② 《丁玲母亲自述》，见《丁玲研究》，湖南师范大学出版社1992年版，第3页。

家庭，走上了一条新的自力更生的道路。

本来，按封建伦理规范，“夫死从子”，丁母在丈夫死时，有一遗腹子，那么应该按老规矩，守着几亩薄田，一间老屋，安分守己，把儿子养育成人，替蒋家续香火。这是中国封建时代所有的寡妇们必走之道。但是，曼贞毅然冲破了这个封建的藩篱。1909年，她带着两个小女儿回到娘家，住在丁玲三舅家中，过着寄人篱下的凄苦生活。那是辛亥革命前夜，维新思想日趋高涨，恰逢城里在办女学堂，于是丁母拐着一双小脚去上学，进了师范班。而女儿也和她一起，进了幼稚园，母女同校，一时轰动武陵城。

学习对于一个拖儿带女的妇女尚且很不容易，更何况曼贞还裹着一双小脚？家务和孩子拖累了她，她就起早贪黑地学习，有些小姐少奶奶因怕累怕苦，读了几天书便告退了，而曼贞却连迟到也没有过。为了把脚放大，她解开裹脚布，把脚放在水里泡，慢慢地泡大了，一个月甚至一二十天便要换一双鞋。她苦苦地挣扎着，忍受着刺心的疼痛。坚强的意志产生了巨大的力量，曼贞终于闯过了难关。

女师结业后，她走上教育岗位，曾任桃源县立女校职员，创办常德公立育德女校，担任平民工读女校校长、妇女俭德会附属小学校长等职。提到办妇女俭德会附属小学，丁母做出的牺牲是人人敬佩的。因为这个小学的前任校长不负责任，学生不到校，教员退约，学校即将垮台。丁母本有一份待遇较好的工作，她在临澧县立高小当管理员，月薪较高，而俭德女校是没有月薪的，全属尽义务的工作。然而，丁母还是去了，而且干得很好。她经常进行家访，帮助学生解决困难，将生病的学生接到学校，亲自为她们煨汤熬药，在学生和家长中很有威信。幼小的丁玲心目中的母亲是一位乐于助人、勇于为事业无私奉献的人。

丁母热心妇女解放事业，在妇女界中的声望是很高的。1922年社会主义青年团常德地方执委成立时，她被推举为妇女运动委员会委员长。[①]

丁玲在《我母亲的生平》一文中曾说：

> 母亲一生的奋斗，对我也是最好的教育，她是一个坚强、热情、吃苦、勤奋、努力而又豁达的妇女，是一个伟大的母亲。她留下一部60年的回忆录和几十首诗，是我保存在箱匣中的宝贵财产。[②]

丁玲有幸，她拥有一位伟大的母亲，并且幸运地得到母亲文化养分的滋养。她从母亲身上，看到了坚毅，看到了自立、自强、自信、自尊。毋庸置疑，丁玲那坚忍不拔的意志，是母亲遗传给她的文化基因，母亲把乐观、坚韧、百折不回的因子注入了她的精神气质之中。

母亲还在她的头脑中播下了民主思想的种子。她经常给丁玲讲古今中外慷慨悲歌、忠勇壮烈的人物故事，如讲秋瑾的故事，讲法兰西革命女杰罗兰夫人的事迹。她从母亲口中知道秋瑾是个女革命家，参加革命党、办学校、办报纸、宣传革命道理、策动推翻清朝帝制、穿男子服装、骑马、射击、准备武装起义。革命计划泄露后，她从容指挥学生、老师撤退，以保存革命实力。当大批清兵包围了秋瑾的大通学堂时，她临危不惧，焚毁文件。被捕入狱后，忍受酷刑，后英勇就义……丁玲为秋瑾所感动。每次听母亲讲这些故事，她都要流下激动的泪水。秋瑾大义凛然的形象，深深地印在丁玲的脑海中。在充足的文化阳光、雨露、水分中，丁玲得到滋润，民主主义思想迅速萌芽。母亲的奋斗精神、为人处世的方式，是丁玲人生的最初学习教材。

丁玲说："因为有了这些最初的影响，我能够抛开那堆积在我幼小心灵里的忧郁感伤。"[③]

---

① 参见《新民主主义革命时期湖南文化史日志》。

② 丁玲：《我母亲的生平》，见《丁玲文集》第5卷，湖南文艺出版社1984年版，第199页。

③ 丁玲：《我母亲的生平》，见《丁玲文集》第5卷，湖南文艺出版社1984年版，第

女人天生爱美，爱打扮，丁玲自小“却如女子不可缺少的穿衣扑粉的本行也不会，年轻女人媚人处也没有”，“没有年轻女人的做作，也缺少年轻女人的风情”，“在做人方面，却不大像个女人。”[①]我以为：这些与丁母的言传身教大有关系。

丁玲回忆道：当她还在读幼儿园的时候，过年了，她看见表姐表兄们穿绸着锦，她就向妈妈要新衣。妈妈总是教育她：“一个人只穿得好，就活像一个绣花枕头，外面虽好看，里面还是一团稻草。妈妈只希望你书读得好。有学问，有知识，这是比一切穿戴打扮都重要的，也是比一切财富都值得骄傲的。”丁玲听了马上说：“我一定要做个好学生，将来做个有学问的人。”于是，她对于穿好衣、戴首饰不感兴趣了，而且把自己最心爱的小金戒指交给母亲，说自己再也不做“绣花枕头”了。孩子那纯洁无瑕的小心灵，犹如一张白纸，母亲可以在那上面画上最新最美的文字和图画，也可以撒下最美丽的希望的种子。曼贞是丁玲第一个文化的播种者、第一个启蒙老师。正如穆尼尔·纳素夫所说的：“母亲对于孩子是第一所学校。”[②]丁玲有幸从小就进入了这样好的一所“学校”，有这样一位好的启蒙老师。

199页。

① 沈从文：《记丁玲》，良友图书印刷公司1934年版。

② 柯楠：《名人名言录》，华艺出版社1997年版，第302页。

“五四”风雨的滋润
——叛逆的种子发了芽

1918年7月，刚刚小学毕业的丁玲，离开了常德，坐船逆沅江往上游走90里路，来到了桃源县城，投考省立第二女子师范学校。二女师是辛亥革命后湖南省办的3所公立女子师范之一，1912年由宋教仁先生创办。宋教仁是辛亥革命著名领袖、国民党初期创建者之一，他出生于桃源县上香冲。1913年3月被袁世凯派人刺杀于上海。

二女师学生除交10元保证金以外，食宿、书籍、纸张都由学校供给。这所学校风景宜人，办学条件好，办学成绩突出，颇有吸引力。学生大部分来自湘西边境辰河上游各县，同时鄂西、黔北接壤湘境者由于方便，来学的也不少。它坐落在桃源县城，那时城里只有临江一条街，二师在上街的西南端。出县城西行十余里，便是著名风景胜地桃花源；二师对岸是绵延的青山，层峦叠嶂。校门口大树参天，郁郁葱葱；踏进校门，校舍整齐，运动场宽敞，周围也都是参天大树。丁玲喜欢在操场散步、谈天。离开那个家规很严的舅舅家，她觉得自由、舒畅。

入学考试时，丁玲以第一名的成绩被录取，从此开始了中学的生活。这是丁玲寻求真理和文学启蒙的第一站。它在丁玲的一生中可以说也是具有决定意义的。

二师的生活学习既新鲜又有趣。她功课全面，数学、图画成绩最为优秀。她的每幅画都被学校放在玻璃框里展览，同学们很羡慕，于是请她代画，她高兴地画了一张又一张，她略施小技，将每张画画得不同一点，竟骗过了老师。有时，玻璃柜中展出的七八张画，其实都出自丁玲一人之手。她看了，偷偷地笑了，非常得意。丁玲对体育、音乐也很爱好。班上的早操都是这个小个子大眼睛的女孩喊口令；学校开运动会，她又做司仪又兼教练，忙得不亦乐乎；每天晚上回到寝室，她总是把九姨（向警予）教给她的进步歌曲又教给同学们，唱到管宿舍的胖妈敲她们的房门为止。

说到丁玲的作文，她不喜欢抄范本，全是写自己心里想的东西，联想又丰富，因此总有些拉杂重复，但不知为什么，老师总爱在她的文章后面加上很长的批语，这使那些抄范本的同学羡慕不已。校长彭施涤对丁玲倍加赏识，说她是“学校的一颗明珠”，对她加以培养，在丁玲的作文上加批加点，悉心指导，既表扬她思维活跃，又指出她写得拉杂、潦草。在二师，她受到了文学的启蒙，孕育了后来从事文学写作的胚芽。

1919年，“五四”运动爆发，15岁的丁玲，热忱地投身于这场运动中。二师沸腾了。一天之内，七八十名同学同时剪掉长发，丁玲也剪成短发。在大班同学王一知（后为张太雷夫人）、王剑虹（后为瞿秋白夫人）等人的组织下，学生会成立了。她们率领几百名学生上街游行，高呼“惩办卖国贼”“取消二十一条亡国条约”等口号。同时，她们又组织“救国十人团”上街演讲、查禁日货，宣传爱国的道理。丁玲成了宣传队中年龄最小的成员。她们还利用一些机会讨论妇女问题和社会问题。校长彭施涤不赞成学生们的活动，王剑虹等人便与他辩论。这些女学生口若悬河、随机应变，常常博得听众的热烈掌声。丁玲是她们忠实的小伙伴，经常为她们扬威助阵。

女师的学生会还办起了平民夜校，向附近贫苦妇女宣传爱国道理，教她们识字、学文化。丁玲自告奋勇去教珠算。由于她年龄小，个子小，大嫂大娘们都称她为“崽崽先生”。①

① 湖南方言，“崽崽先生”意即小先生。

二师的校长彭施涤是国会议员，反对学生运动，便用提前放假的方式来破坏学生运动，丁玲就在这一年暑假结束了学习，又回到常德。这一年的学习生活，对于丁玲来说，记忆是深刻的。她受到了“五四”运动的洗礼，伟大的时代给予了她丰富的营养。丁玲说：“这次运动给了我最大的启发，把我从狭小的天地，以为读书只是为了个人的成就，可以独立生活，可以避免寄人篱下，可以重振家声出人头地的浅陋的思想境界，提高到应以天下为己任，要救人民于水火，济国家于贫困，要为祖国挣脱几千年来的封建枷锁和摆脱百年来殖民地的地位而学习的境界。”①

经过“五四”运动的洗礼，丁玲的思想境界比过去开阔多了，有了“追求真理的萌芽”。与此同时，一颗叛逆的种子在她的心中生了根。她认识到：“旧的应该打毁，要砍断一切锁链！要冲破牢笼，为了光明，为了祖国，要做一个时代的、社会的、家庭的叛逆。”②

在这种思想支配下，丁玲来到长沙求学，进入了周南女中。校长朱剑凡，是湖南有名的进步教育家。他提倡妇女解放、思想民主、学术自由，启发学生奋发图强，独立生活。一批批的女青年来到周南求学。在这里，丁玲结识了当时的进步学生、后来成为著名的革命家的蔡畅、杨开慧等。

在周南，丁玲有幸认识了语文教员陈启明先生。他和毛泽东曾是湖南第一师范的同学，又同是新民学会会员。他经常鼓励丁玲多读书籍和报纸，关心国家大事。丁玲的视野更开阔了。后因陈启明老师被无理解聘，为了抗议学校当局，丁玲和几个同学愤而转学，来到了岳云中学。当时，这是一所男子中学，此次接纳了女生，这在湖南是个创举。在岳云中学，她对于个性自由、婚姻自由的追求更为强烈，因而和三舅父余笠云发生了一连串矛盾、冲突。丁玲的三舅父是比较守

---

① 丁玲：《我的生平与创作》，见《丁玲文集》第5卷，湖南文艺出版社1984年版，第407页。

② 丁玲：《中国的春天——为苏联〈文学报〉而写》，见《丁玲散文集》，第89页。

旧的。还是在“五四”运动后的暑假，丁玲回到常德，舅父母看见她剪成短发，非常生气。舅舅说：“你真会玩，连个尾巴也玩掉了！”丁玲回敬说：“你的尾巴不是早已玩掉了吗？你既能剪发在前，我为什么不能剪发在后？”舅母说：“身体发肤，受之父母，不可毁伤。”丁玲反驳说：“你的耳朵为何要穿一个眼？你的脚为什么要裹得像个粽子？你那是束缚，我这是解放。”

1921年寒假，丁玲从岳云中学回家，三舅父在她的几封来信中，发现了一封情书，这是岳云中学的一个年轻的体育教员寄来的，于是他召集余家和蒋家的亲戚，将两族的头面人物请来议事，对丁玲进行讨伐。那么余笠云为什么这样兴师动众、气急败坏？

早在丁玲外婆在世时，就由她做主让丁玲与大表哥（余笠云之子）订下了婚约。丁玲不愿成为封建家庭的殉葬品，对这个婚约早已不满。现在舅舅兴师动众，提出一年之内，丁玲必须嫁到余家。这首先遭到丁母的反对，说女儿还小，还要读书。丁玲也反对，并提出解除婚约。她说，这婚约未经她同意，她不承认，并立即把订婚戒指扔到桌上说：“我恨透了这个枷锁。”

这一件事之后，两家关系破裂。丁玲倒很高兴，去掉了一桩心病，从此可以不怕舅舅了。她从心底里恨他们。曾有一次舅舅打丫头，把丫头捆在床前的踏板上，打完了只让她穿一身单衣裤在堂屋里过夜。寒冬腊月，丫头冻得发抖，冻得哭了。幼小的丁玲把自己的小被子给她送去，还给她送去烤火的烘篮。后来丁玲将这一切写成文章，投到常德报社，结果发表了。只是报社把舅舅的名字代之以“×××”。

1922年，丁玲在王剑虹的鼓动下，准备到上海求学。她和母亲回临澧找蒋家要点儿补贴。蒋家有祠堂，每年收很多谷子，很多钱，凡是蒋家子弟到省城读书可以补10石谷，像丁玲往上海读书可补贴20石谷，折合40元钱。可是祠堂管事的伯父说：祠堂不补贴女的。丁玲气极了。她说从此再也不想回到临澧蒋家。

马克思、恩格斯在《德意志意识形态》中说道：“人创造环境，同样环境也创造人。”[①]人与环境的关系是对立统一的。首先是环境创造人，时势造就英雄，人的思想、性格主要是由后天的一系列环境塑造的。当丁玲步入少年的时候，“五四”运动的风雨滋润着她。时代、社会、家庭的人文环境促使丁玲“有了追求真理的萌芽”。破落的家族，寄人篱下的生活，造就了丁玲在表面的温顺之下掩藏着一种倔强高傲的气质，并促使丁玲成为时代的、社会的、家庭的叛逆者。

① 《马克思恩格斯全集》第3卷，人民出版社1979年版，第43页。

在文学中，个性充分行使自己的权利。

——别林斯基

第三章　小说创作艺术个性嬗变之谜

评论界有人说：“自《莎菲女士的日记》以后，丁玲就开始走向失败的路子。”事实果真如此吗？诚然，在她60年的创作生涯中，既有艺术个性张扬的时期，也有过艺术个性迷失、回归、拓展的阶段。下文将逐一揭开其艺术个性嬗变之谜。

文坛“炸弹”
——《莎菲女士的日记》

1927年的秋天，当丁玲提笔写《梦珂》的时候，她绝没有想到要做小说家。这位23岁的年轻姑娘，只是觉得有话要说，却找不到人听，寻求出路，又不知道哪里有路，于是，在极端苦闷、寂寞中，怀着极端的反叛情绪，“提起了笔，要代替自己来给这社会一个分析”[①]。是年冬天，第一篇小说《梦珂》在《小说月报》上发表了。叶圣陶先生从来稿中发现了这颗新星，并在重要的位置刊载了她的处女作。丁玲是幸运的，如她所回忆，“第一篇（《梦珂》）就发了头条，第二篇（《莎菲女士的日记》）也是头条，第三篇（《暑假中》）还是头条，第四篇（《阿毛姑娘》）也还是头条”。[②]

丁玲回忆她的创作生活时这样写道：“发表四篇文章后，叶老给我写信，说可以出一本集子了，帮我去交涉开明书店，出了一本集子——《在黑暗中》。所以朋友们就跟我开玩笑，说‘我们是背棍打旗出身，你是一出台就挂头牌了，在这上比我们运气多了。真是碰到了一个好编辑。’”[③]有了这位“伯乐”，丁玲才能像站在起跑线上的运动健将那样，一抬腿就是一个冲刺，表现了她不同凡响的文学天才。

① 丁玲：《我的创作生活》，见《丁玲文集》第5卷，湖南人民出版社1984年版，第381页。

② 《答〈开卷〉记者问》，见《丁玲文集》第5卷，湖南人民出版社1984年版，第434页。

③ 《答〈开卷〉记者问》，见《丁玲文集》第5卷，湖南人民出版社1984年版，第434页。

1927年秋至1929年年末，两年时间，丁玲共创作了14个短篇小说，先后结集为《在黑暗中》《自杀日记》《一个女人》3个集子。这些小说，就其思想发展、创作道路以及艺术风格而言，具有相对独立性，可以自成阶段，人们把这一时期称为丁玲创作的早期。

丁玲的起步——她早期的小说，之所以能够成功，广受欢迎，其原因是什么呢？屠格涅夫认为："在文学天才身上……其实，我认为，在任何天才的身上，重要的东西都是我想称之为自己的声音的东西。是的，自己的声音是重要的。生动的、自己特有的声调，其他任何人喉咙里都发不出的音调是重要的。"①丁玲正是以一个"独唱家"自己特有的、生动的声音，汇入了小说家的"大合唱"，因此她才能得到掌声和喝彩。

莱辛说莎士比亚作品的风格的"最小的优点也都打着印记，这印记会立即向全世界呼喊：我是莎士比亚的"。②

丁玲早期的小说，表现了其艺术个性的萌芽，在《莎菲女士的日记》中，她的艺术个性的许多特征，深深地刻着她个性的印记，有她自己的独创性，这主要体现在莎菲形象的独特性和早期小说的标新立异上。

莎菲——叛逆的、矛盾的、孤独的形象

丁玲早期小说中，塑造了梦珂（《梦珂》）、莎菲（《莎菲女士的日记》）、承淑（《暑假中》）、阿毛（《阿毛姑娘》）、伊萨（《自杀日记》）一些女性形象。这些形象好像是一母所生的几个女儿，彼此在思想、情感、个性、气质等方面，都有明显相像之处。她们可以组成一个"莎菲家族"。莎菲是她们思想、性格的代表者。而作者早期其他作品中的女性形象也可以说是莎菲形象的补充与延伸。

① 屠格涅夫：《俄罗斯作家论文学劳动》。

② 莱辛：《汉堡剧评》。

叛 逆 者

莎菲们的最大特质在于其叛逆性，她们既否定既往，又否定现实。

丁玲笔下叛逆的小资产阶级知识女性的形象和“五四”时期那些“老闺秀”派和“新闺秀”派之间存在着明显的边界。

在新文学的第一个10年，在妇女解放的浪潮中，已经出现了陈衡哲、冰心、庐隐、冯沅君、凌淑华、苏雪林等一群女作家。她们共同地关心着妇女的命运。在她们各自的小说创作中，都描写过新的女性对婚姻自主、恋爱自由的向往与追求，但她们大多数都是在礼教的范围之内来写爱的。如凌淑华，她大抵是很谨慎的，“适可而止地描写了旧家庭中的婉顺的女性”。如《绣枕》中那位精心绣一对靠枕送给白局长，幻想用女红来博取他们赏识的小姐，就属于温文尔雅的“老闺秀”派人物。还有一些女作家，如冰心女士，她作品中的女性是一些“新贤妻良母”、一些“淑女”，她们有博大的母爱精神，有平和、敦厚、温柔的情怀，有自足感。她们和叛逆型的莎菲，存在着较大的距离。而冰心，她的审美情趣正是在于塑造这些新的贤妻良母，即用善感化恶，用美感化丑，把家庭的幸福系于女性身上的爱的形象。当时即使最大胆地描写爱情的冯沅君，她笔下的女性终究也都有些顾忌而不敢过于浪漫，她们是一些“将毅然和传统战斗，而又怕毅然和传统战斗，遂不得不复活其‘缠绵悱恻之情’的青年们”。[①]

由此可见，“五四”女小说家笔下的女性形象，还少有抗世违俗的大气魄。

方英在《丁玲论》中指出：出现于女性作家作品中的女性姿态，丁玲所代表的是最现代的。这种现代性，体现在丁玲笔下的女性，都

① 鲁迅：《新文学大系・小说二集・导言》，见《鲁迅全集（下）》，广西民族出版社1995年版，第1677页。

是一些叛逆女性，是完全脱离了脂粉气的新型女性。她们既不属于新老“闺秀派”，又不是新的贤妻良母，或者小家碧玉。她们具有鲜明的时代色彩与反叛意识，既对封建礼教与封建伦理道德观念表现了惊世骇俗的反叛，又对现实社会的庸俗、虚伪和黑暗，表现了愤懑反抗的情绪，显示了现代女性的自我意识。

这具体表现在如下几个方面。

其一，莎菲们蔑视男尊女卑的封建宗法观念，追求志趣相投、心心相印的知音，期望被人理解，有着自我存在的意识。

在古代的西方，女性就受到恶毒的诅咒；在东方，在古老的中国传统意识中，女人的命运更为悲惨：在政治上，被视为以色迷君、祸国殃民的“妖精”“祸水”“灾星”“瘟疫”；在人生价值上，女人的独立人格和人的尊严都被剥夺殆尽，她们在家从父，出嫁从夫，夫死从子，嫁鸡随鸡，嫁狗随狗；在生活中，女人只是男性的玩物，一般的男人尚且可以三妻四妾，而皇帝老子甚至可以设三宫六院，七十二嫔妃。除了作为玩物存在之外，女人就只有作为传宗接代的工具，唯此而已。

鲁迅先生在《灯下漫笔》中说道：古代把人分为十等，“台”是最末一等，“但是‘台’没有臣，不是太苦了吗？无须担心的，有比他更卑的妻……”这是对妇女卑下地位的血泪控诉。

“五四”时期，提出“男女平等”“妇女解放”的口号，许多青年知识女性把冲出封建家庭的束缚，实行婚姻自由作为奋斗目标。不过，在当时，也还有不少的妇女依然摆脱不了做丈夫的附属品的心理状态，往往认为能找到一个体贴自己、忠实地爱自己的丈夫就算最幸福的了。但是莎菲们不这么看。莎菲说：“如若一个女人只要能够找得一个忠实的男伴，做一生的归宿，我想谁也没有我苇弟可靠。”但莎菲并不爱苇弟，因为苇弟虽可靠却不了解莎菲的内心。“如若不懂得我，我要那些爱、那些体贴做什么？”这样看来，莎菲所追求的男伴，应该是能够理解她的，志趣相投、心心相印的知音。伊萨也如此，她把生死系于一个能够真正理解自己的人身上，“只要有这么一个人也好，他觉得有我活着之必要，我一定要为他拼命地活下来的。话又同样地说过去，假使也真有这么一个人，因为我死了会难过，我就又死去，我想我会死得很称心了”。

其二，莎菲敢于反叛封建道德观念，在她的日记中大胆地披露青年女子在性爱上的要求。

西方的柏拉图、尼采和叔本华，从哲学上把性欲看作产生丑恶、苦痛的根源；东方的佛家出世思想和中国的封建伦理道德，更是主张绝对的禁欲。在长期的封建社会里，一方面，可以嫖娼宿妓；另一方面，正常的“性生活”则不能提，因为“万恶淫为首”，把性欲说成“淫”，提到了“万恶”之首。不过，中国的道学家们一方面要求人们绝对的禁欲；一方面却又在纵欲，三妻四妾、多妻制本身就是纵欲的明证。皇上可以随时在全国“选美”，供他无度地纵欲。但是女人不仅应当绝对地做他们纵欲的工具，不能反抗，而且还应遵循封建的规范：不淫、不乱、不邪、不伤、不狂、不怪，温柔敦厚，文质彬彬，目不斜视，哪里还准谈到“性爱”二字，性爱讳莫如深。

然而，莎菲异常出格，她在日记中坦然地写出自己对这种性爱的要求，甚至性欲的冲动。她倾慕凌吉士的丰仪，想得到他的吻：“假使有那么一日，我和他的嘴唇合拢来，密密的，那我的身体就从这心的狂笑中瓦解去也愿意……”这种近似疯狂的性爱追求，这种大胆的、赤裸裸的内心表白，对于封建思想、伦理道德显然是一种反叛。莎菲嘲笑毓芳和云霖两人相爱结婚，又不敢同床的柏拉图式的恋爱。“这禁欲主义者！为什么会不需要拥抱那爱人的裸露的身体？为什么要压制住这爱的表现？为什么两人还没睡在一个被窝里以前，会想到那些不相干足以担心的事？我不相信恋爱是如此的理智，如此的科学！”

如此看来，莎菲所追求的是不是一种纯动物性的生理需求？莎菲虽然不隐瞒她的这种性的冲动，但她并不是个“纵欲主义者”。她对性爱的追求不是出于一种纯动物的本能，她所苦苦追求的正是一种人类纯洁的超凡脱俗的情爱。她在更高的层次上追求的是获得一位灵与肉、外形美与心灵美一致的爱人。

其三，莎菲的叛逆性不但表现在否定既往，也表现在否定现实上。她对周围的庸俗、虚伪，对社会的黑暗和堕落，都是厌恶的，反叛的。她厌恶天气，厌恶环境，厌恶周围人虚伪的周旋、假意的奉承、恶毒的嫉妒，她瞧不起周围的恶浊和鄙俗。在她的生活中“真找不出一件事是令人不生嫌厌的心的”，她“宁肯找到些新的不快活、不满足，只是新的，无论好坏”。足见她的不满是针对着整个的环境、整个的社会而发的。她执着地追求光明，希望有一个好的社会，但她没有找到。

矛盾者

莎菲的思想、性格是矛盾的，她的生命本身充满着矛盾！梦想与现实、灵与肉、情感与理智、生与死、爱与恨、自尊与自卑、雄强与脆弱……这种种矛盾冲突，织成了一个网，笼盖在莎菲的身上，交织在她的性格和生活中。我们可以用“矛盾”两个字概括莎菲这个形象的一切方面。

在这些矛盾冲突中，灵与肉、情感与理智的冲突表现得最为淋漓尽致。莎菲所追求的是外形美与内在美一致的爱人，追求“理解的爱”。苇弟爱她，但他懦弱、缺乏男子气，又不理解莎菲，莎菲不爱他。凌吉士那美丽的仪表、堂堂的相貌、文雅的举止吸引着莎菲，使她几乎癫狂。当莎菲了解到他的思想庸俗、高贵的外形隐藏着卑劣的灵魂之后，她理智上认识到应该抛弃他，但她的内心情感仍为他的丰仪所倾倒，于是经常出现灵与肉的恶斗，“你以为我所希望的是‘家庭’吗？我所喜欢的是‘金钱’吗？我所骄傲的是‘地位’吗？你在我面前，是显得多么可怜的一个男子啊！”而当这个“可怜”的男子单独和她在一起时，她竟又忘却了这些。“当他单独在我面前时，我觑着那脸庞，聆听着那音乐般的声音，心便在忍受那感情的鞭打！为什么不扑过去吻他的嘴唇、他的眉梢、他的……无论什么地方。真的，有时话都到口边了：‘我的王！准许我亲一下吧！’但又受理智，不，我从没有过理智，是受另一种自尊的情感所制裁而又咽住了。唉！无论他的思想怎样坏，他使我如此癫狂地动情，是曾有过而无疑，那我为什么不承认我是爱上了他咧？并且，我敢断定，假使他能把我紧紧地拥抱着，让我吻遍他全身，然后他把我丢下海去，丢下火去，我都会快乐地闭着眼等待那可以永久保藏我那爱情的死的来到。”

莎菲的灵魂被这种矛盾撕扯着、分裂着。在现实里，她找不到灵肉一致的理想的恋人，这种灵肉一致的要求，成了海市蜃楼，人生的梦想被黑暗的现实所击碎，梦想的幻灭衍生了更多的矛盾：失望、颓唐、苦闷，然而莎菲又不甘心堕落，于是幻灭与追求、理智与情感、颓废与振作、生与死的矛盾不断地挣扎、冲突。莎菲说：“多么无意义啊！倒不如死了干净。”但也诚如丁玲所分析的那样：“莎菲虽然叫喊：‘我要死呵，我要死！’其实她不一定死，这是一种反抗。那时候，这种女性，这种情感还是有代表性的……她的全部不满是对着这个社会而发的”。[①]因为她们找不到“真爱情”，找不到出路，看不到光明，因而徘徊于生与死的矛盾之中。不过她们仍然在苦苦挣扎，寻找出路，并且用雄强和自尊来与自己身上的脆弱和自卑作斗争，用自责警惕自己堕落，在颓丧中振作，在性格的多重性矛盾中寻找自我的统一。

莎菲性格的复杂性、矛盾性以及心灵的激烈冲突，必然引起心灵的迷惘和困惑，这是心灵冲突所引起的精神苦闷。另一方面，莎菲们是一群冲出家庭的娜拉，当她们抱着人生的狂想踏进社会之时，希望

---

① 冬晓：《走访丁玲》，转引袁良骏编：《丁玲研究资料》，天津人民出版社版，第195页。

的航船在驶出港口的时候便触了暗礁，等待她们的是理想的破灭，梦想不过是幻影，理想的爱情无处寻觅，幸福也根本不存在。于是她们怀着对现实、对爱情深深的失望之情，在窒息的沉闷的空气中，打发着乏味、无聊的生活：莎菲一个早晨煨了四遍牛奶，却不是为了喝，而是为了在刮风的天气里消磨时光，减轻烦恼。莎菲住在那嘈杂的公寓里，害着肺病，发着低烧，身体受到折磨，精神上也很空虚，“想不出能找点儿什么事做，只好一人坐在火炉旁生气”。她听到的是那喊伙计倒洗脸水的难听的声音，嗅到的是那有“抹布味”的饭菜，见到的是那扫不干净的窗格上的沙土，那洗脸台上把人的脸照成怪样子的“镜子”，一切的一切，都“令人生气又生气”。尤其是那四堵粉垩的墙，“无论你坐在哪方，逃到床上躺着吧，那同样的白垩的天花板，便沉沉地把你压住”。

莎菲似乎住在牢笼里，被压在沉沉的无边的黑暗中，在苦闷中挣扎。

与莎菲同感，《暑假中》的几个小学女教员，在百无聊赖中或搞同性恋爱，或打牌消磨时光，或省吃俭用，放账赊余，或终日躺在床上，想入非非……她们都感到绝望、苦闷、忧郁！

莎菲们的苦闷与忧郁，明显地打上了时代的印记，是时代的苦闷和时代的忧郁！那四堵沉沉地把人压住的粉垩的墙，颇有点儿象征的意味，使人感到莎菲身上所受的重压。这种时代的重压感和苦闷感，从郁达夫、茅盾等作家的作品中，不是也可以同样找到吗？

生活于革命落潮期的这些新女性，她们都有一种理想碰了壁以后的幻灭感……然而她们又不甘沉沦，不与流俗苟合，可是，她们身陷无边的黑暗，找不到出路与光明，因而苦闷、悲观、颓废。正如茅盾所说，莎菲是“心灵上负着时代苦闷的创伤的青年女性的叛逆的绝叫者”[①]。莎菲的苦闷，实在有着深广的时代内涵和社会原因。

① 茅盾：《女作家丁玲》，转引袁良骏编：《丁玲研究资料》，天津人民出版社 1982

有的评论者苛责莎菲“有非常浓重的‘世纪末’的病态，莎菲是……没落阶级的颓废倾向的化身”。这种评判，可以说是对莎菲的误解。

莎菲的颓废与欧洲19世纪末的颓废主义有所不同。欧洲19世纪末的资产阶级文艺家在资本主义危机面前，苦闷彷徨，寻找出路无着或误入歧途而产生悲观失望以致颓废堕落，颓废主义正是这一情况在文艺上的反映。丁玲笔下女性的苦闷情绪的产生原因与此不同，莎菲们是因为找不到灵肉一致的真情爱，找不到出路，看不到光明而产生颓废情绪，而这种情绪，实际上是对这个黑暗的、令人窒息的社会制度的不满，因此它既有其消极的一面，也有其值得肯定的一面。更何况莎菲虽然颓废过，但她从没有堕落过，作品结尾写莎菲想乘车南下，正是她想躲开凌吉士，继续去寻求理想的最好注脚。

丁玲深知生活于那个时代的青年们心中的苦闷，因此，她才能准确把握莎菲们心中的矛盾和苦闷。

孤　独　者

梦珂是孤独的，莎菲是孤独的，伊萨是孤独的，《暑假中》那一群小学教员也是孤独的，她们都是一群踽踽独行、离群索居、矜持厌俗、不被人理解的“怪人”。

其一，因为她们都是一些反叛旧制度、旧秩序，反叛一切旧伦理道德的惊世骇俗者，因此，她们的思想往往难以与人相沟通，因而感到孤独、寂寞。《阿毛姑娘》中的阿毛姑娘，就给人这种感觉。作为一个荒僻山谷中的农家穷少女，嫁到杭州西湖葛岭一个小康的家庭，丈夫憨厚，对她十分体贴，公婆通情达理，十分疼爱她，嫂嫂贤惠，照理说，阿毛是掉到福窝里了。然而，只因一次进城，使阿毛的心变了，变得不安分了。这是别人万万没有想到的。

年版，第253页。

阿毛开始羡慕城里的繁华、富丽，羡慕城里女人的穿着打扮，她也想自己有漂亮的衣服，但她知道，自己和她们生来命不同，她们的父母或者丈夫有钱供她们花。“这使阿毛日夜不安，并且把整个心思放在这上面。”

于是阿毛拼命地养蚕，耐苦劳作，希望通过辛勤的劳动，走上致富的道路，她把希望寄托在丈夫身上，“总承着丈夫小二的意”，幻想小二将来也许会富起来，但小二“哪里得知他妻的耐苦的操作中，压制得有极大的野心？”

小二没有理会到阿毛的心思，没有和阿毛同心协力走致富的路，阿毛的公婆也不懂得阿毛的心思，阿毛也就失望了、变懒了，整天呆坐着，终于病倒了。父亲来看望她，“找不到她的苦痛，问也问不出”——她的老父也无论如何不会理解她的。终于，在她断定“幸福只在别人看去或羡慕或嫉妒，而自身始终也不能尝着这甘味”的时候，自杀了。

阿毛不安于命运的安排，极力抗争，要用自己的劳作来改变自己的命运的思想，在那个时代，的确是太新奇了。她的丈夫、公婆、老父，满脑子的“安贫乐道”“安分守己”，做梦都不会想到这个小女子要改变命运的野心。他们的思想是无法沟通的。阿毛无法被人理解，孤苦无援，阿毛和家人以及那个时代一般人的思想之间隔着一道很深的鸿沟。阿毛是孤独的、寂寞的。

其二，莎菲们往往用理想的标尺去衡量事物，用自己心目中的真、善、美去判断生活，因而，她们所见到的，往往是“不理想的”，甚至是格格不入的，似有鹤立鸡群之感，而在世俗人的眼光中，她们不免又被认为是“怪癖”。

例如，在人与人之间的关系方面，莎菲们所追求的是“恋人之间的互相了解，心心相印；朋友之间的真诚相待，而不是假情虚意”，她们对于世俗的虚伪和庸俗深恶痛绝。

拿莎菲来说，只因剑如像她幼时最投缘的一个朋友，所以不自觉地时常在追随她，她又特意给了莎菲“许多敢于亲近她的勇气”，于是莎菲1周之内给剑如写了8封长信而不被剑如理睬，可是等到在电影院门口见面时，剑如却“会装，装糊涂”，同莎菲“毫无芥蒂地说话”。这使莎菲气坏了，莎菲在影院门口遇见一群同乡的小姐们，她“真厌恶那些惯做的笑靥”，不理她们。莎菲这些行为，使人感到她有些“怪癖”。莎菲认为这些行为，“除了我自己，没有人会原谅我的。谁都在批评我，谁也不知道我在人前所忍受的一些人们给我的感触”。正是这些敏锐的“感触”，使莎菲离人们更远了，更孤独了！

其三，如丁玲所说，莎菲“没有看清楚方向，她空有冲天雄心，然而不得不抑郁。莎菲是一个没有与群众站到一道，是孤独地对周围环境、对庸俗斗争的，是另一种形式的堂吉诃德”。[①]

狂狷、孤傲的莎菲，要靠自我的力量去开拓光明的未来，追求理想的社会，但是，她依靠的是“自我的力量”和“个性主义”“个性解放的武器”。这种“个性主义”对于违逆自我、妨碍个性发展的一切现实都抱着激烈否定的态度，于是腐朽的封建思想、传统的伦理观念和道德习俗、罪恶的社会现实，都是作为“自我”的对立面，必然受到莎菲们的猛烈抨击。这样，莎菲们也就站到了这个社会的对立面，成了社会的“仇敌”，自然就受到了这个社会的压抑，受到了这些传统世俗的压迫。她们感到人与社会、人与人之间无法相通甚至隔膜对立，而自己的精神个性则永远是孤独的。况且莎菲们都是远离群众、远离革命、清高自傲之人，似有“众人皆醉，唯我独醒”之感，凭着个人孤单的力量要和周围的世俗挑战，要战胜黑暗，争来光明，实在寡不敌众！因而她们觉得势单力薄、空虚、颓废，这样，又束缚了自己迈出新的步伐去寻求新的出路。于是，沉浸在苦闷、烦躁中的莎菲们就显得更加孤独了。

① 丁玲：《给一位青年朋友的信》，1956年11月18日。

莎菲形象之谜

自1928年年初《莎菲女士的日记》发表至今，已半个多世纪了，人们对它的兴趣经久不衰，对莎菲这一形象褒贬毁誉，相距甚远。究其原因，有来自政治方面的，莎菲的升降浮沉和作家丁玲的政治命运息息相关；除了政治的因素之外，莎菲形象的复杂性也是仁者见仁，智者见智，评价产生分歧也就在所难免；而某些评论工作者的简单化和绝对化，也经常使莎菲变形扭曲。20世纪30年代就有人批评莎菲“有非常浓重的‘世纪末’的病态”；50年代有人批评她是“没落阶级的颓废倾向的化身”；70年代末80年代初，还有人批评她是“个人主义者”，至今还有些人持这一观点。

下面我们着重谈“个人主义者”这个问题。

有人说，莎菲以自我为中心，生活的目的是享有人生的一切，要求别人了解她、关心她、爱她、忠实于她，而她对待别人却凭自己的需要，或想念人家，支使人家……

的确，与别人交往中莎菲请过朋友为她找房子，住院前请人帮助她清理衣物，住院时朋友们轮流守护着她等，但这些就能成为莎菲专门“支使人家”的理由吗？莎菲的确也曾经说过“我总觉得我还没有享有我生的一切”。然而从作品中我们可以知道，她是在“两夜通宵通宵地咳嗽”，而吃药又不见效的情况下才说这番话的。在绝望中，她尚有生之留恋，这大概也是人之常情吧！更何况她还是个年轻人！她还没有享受到青春、幸福和欢乐，不想就这样死去，这又有什么可以责难的呢？

另一方面，在莎菲身上有一种蔑视男尊女卑、反抗以男性为中心的意识，于是她反其道而行之，偏执地要以女性为中心。笔者认为，这应当把它看成莎菲们对贱视妇女、男尊女卑的社会的一种反叛，而不宜于将它简单地视为一种以“自我为中心”的个人主义。

在谈到“个人主义”的时候，过去大家都一言以蔽之，说它是

“万恶之源”。其实，西方现代文化中的“个人主义”与我们现代中国人所批判的那种“人不为己，天诛地灭”的地主资产阶级个人主义是有着本质的区别的。前者提倡的“个人主义”，是信任自我，强调人的尊严、人格的独立，提倡个人奋斗，不依附任何人；在道德伦理规范中则以自我的绝对自由为准则，强烈要求发展个性，竭力反对压抑人性的黑暗的社会。后者所讲的“个人主义”，是剥削阶级的极端利己主义。

诚然，莎菲所信仰的，正是这种西方启蒙时代所提倡的“个人主义”，她强调人的自我价值观念，强烈要求个性的自由发展，痛恨那压抑个性、窒息人的黑暗社会。她虽然渴望别人的理解，希望得到别人的关心，但她从来就不依附于任何人，她有独立的人格、独立的思想和强烈的自我意识。她要求有理想的爱情和幸福的生活。莎菲的这种思想，并没有妨碍或损害任何人，因此也就与“人不为己，天诛地灭”的剥削阶级的极端利己主义不可同日而语。

很明显，莎菲手中运用的武器正是西方启蒙时代的个性解放、个人主义这类武器。应当承认在莎菲生活的那个时代，运用这种武器反对封建思想、反对旧的伦理观念还是有一定的积极意义的。

莎菲是我国新文学史中真正具有强烈的现代意识的新女性形象，她是封建礼教的叛逆者、旧道德的挑战者和黑暗社会的反叛者，她那心灵上苦闷的创伤，概括了“五四”落潮期小资产阶级新女性的苦闷。她们一方面对传统价值观念感到动摇和失望，对社会的黑暗感到愤懑；但又对未来感到渺茫，找不到出路，有一种失落感。于是经常处于矛盾、苦闷、孤独、绝望之中，而这种苦闷感伤，正是那个时代青年的苦闷，是生和死的痛苦挣扎冲突所发出的叛逆的绝叫，因而带有某种普遍意义。

丁玲早期小说中塑造的一些莎菲式人物，虽然一踏进社会就四处碰壁，却又不像《伤逝》中的子君。当然，子君在婚前也是极勇敢的，她曾宣布：“我是我自己的，谁也没有干涉我的权力”，表现了敢于蔑视一切陈规陋俗的无比勇气。然而婚后的子君退回到旧式女子的生活中。她得到了爱，认为这就是一切，她有了爱人，便认为找到了归宿，其实幸福才开了个头，可她以此作为结局，于是就一心钻进了这种“幸福”之中，养狗喂鸡，专注于家庭琐事，服侍丈夫，每日温习热恋时那些缠绵悱恻的“功课”，完全把自己置身于旧式家庭妇女的位置上。而当经济危机日甚一日的时候，涓生终于经受不住压力——动摇了，让子君回到那个无爱的封建家庭，以致子君在冷眼和蔑视中，寂寞地死去。子君从一个反叛封建家庭的女性到退却、妥协，又回到了封建家庭里，从这一点看来，莎菲比子君的叛逆精神更为强烈。

再说，莎菲型女性和茅盾笔下的“时代女性”在精神上虽然有某些契合之处，然而也有明显的差别。

《蚀》三部曲和丁玲《莎菲女士的日记》几乎在同一时期发表，其中《幻灭》比《莎菲女士的日记》早发表5个月,《动摇》发表于同一时间,《追求》比《莎菲女士的日记》晚发表4个月。《蚀》中的静女士、慧女士、孙舞阳、章秋柳等“时代女性”，和莎菲有同样的时代的苦闷，有同样的对“爱”的狂热追求，也有同样的幻灭情绪。但莎菲型女性是一些“和社会的前进革命的力量隔离着”（冯雪峰语），压根儿没有迈进革命门槛的女性。而茅盾的“时代女性”却是经历了革命的三部曲：革命前夕的亢昂兴奋和革命既到面前的幻灭，革命高潮时的动摇以及幻灭后不甘寂寞、尚思作最后之追求。她们向往革命，而又缺乏斗争的勇气，追求光明，而又缺乏坚定不移的革命意志，脆弱而又富于幻想；情感激昂而又缠绵幽怨；她们之所以幻灭、动摇、追求，均因为对“革命”不大理解，以为只要革命起来了，一切黑暗、污泥浊水统统会冲洗干净，而光明和幸福马上就会从天而降，理想也会实现。哪知道，革命了，也不过如此，于是她们迷惘、困惑，对理想产生动摇、怀疑。

莎菲们的幻灭，却不是对革命的幻灭，而是由对自我的发现到自我的失落的迷惘，对人生价值的怀疑。她们的苦闷与茅盾的“时代女性”的苦闷既有联系又有区别。

总之，莎菲既与子君、与茅盾的“时代女性”有其同，又有其异，自有其新的姿态。可以这么认为：莎菲型形象是一种介于“五四”时期女性形象与第一次国内革命战争时期“时代女性”之间的形象。

早期小说的鲜明个性

作为创作主体的作家丁玲，她的实践主体性和精神主体性，如她的情感活动、创作动机、她的小说的表现手段、创作技巧等个性特征，体现在早期的小说创作中，都是非常鲜明的、独特的。

沈从文在《论中国创作小说》中说道：“丁玲女士的作品，给人的趣味、给人的感动，把前一时几位女作家所有的爱好者兴味与方向皆扭转了。她们厌弃了冰心，厌弃了庐隐。淦女士的词人笔调太俗，淑华女士的闺秀笔致太淡，丁玲女士的作品恰恰给了读者们一些新的兴奋。”这些兴奋，包括人物形象的新姿态以及作家在小说技巧上的收纳新潮，脱离旧俗。下面对丁玲早期小说创作的艺术个性进行一番踏勘。

其一，心理隐奥的探胜。

培根说过，世界在比例上赶不上心灵那样广阔。

雨果在他的《悲惨世界》中说过，有一种比海洋更大的景象，是天空，还有一种比天空更大的景象，那就是人的内心世界。

丁玲对于这个比“天空”更为广大的“人”的内心世界的探求，得到过许多评论家的称誉。她钻进人物的内心，精确而细腻地描绘出了心灵上负着时代的苦闷和创伤的青年女性灵魂和心灵深处所包含的一切感觉。她的心灵探胜被毅真称为“中国新文坛上极可骄傲的成绩”[①]。

的确，她早期的小说，在不少方面，完全打破了中国古典小说的成法，融汇并吸收了19世纪欧洲批判现实主义小说和西方现代派小说的表现技巧。

诚然，中外艺术大师无不重视心理描写，并形成了不同的风格。司汤达擅长“思辨式”的心理剖析，罗曼·罗兰多用抒情性的心理描绘，托尔斯泰则为我们提供了“心灵辩证法”的范例，陀思妥耶夫斯基向我们展示了“内心分裂”型的“戏剧心灵历程”。这些批判现实主义大师成功的心理描写，无疑对丁玲是有力的启发。在她写莎菲的时候，就学习了福楼拜剖析包法利夫人的心理状态；学习托尔斯泰精细入微地剖析安娜的心理；从而将莎菲那些千变万化、难以捉摸的“内心活动”，巧妙自如地表现出来。

除了向这些大师们学习之外，她还向西方现代派学习了一些表现技巧。

丁玲开始写小说的时候，正是20世纪20年代后期。那时，奥地利精神分析学派创始人弗洛伊德的学说和英国性心理学家蔼里斯的学说，美国的威廉·詹姆士的“意识流”等，已经叩开了中国现代文学的大门，并且已经形成了一个冲击波，冲击着文学的堤岸。弗洛伊德用精神分析学去解释一些文学现象，从而沟通了文学与心理学，并且抹去了它们之间的疆界。心理分析学开始直接结出了创作的果实，并导致了“心理分析”小说的产生。

丁玲正是在这个时候开始文学创作的，她或多或少地接受了这种外来的影响。从她早期的小说看来，似乎也存在着弗洛伊德、蔼里斯的声音，尤其在人物心理描写方面更为明显。作者往往采取直接的自我心理分析的方法，去剖析莎菲女士们的复杂心灵，探索人物灵魂的

① 毅真：《几位当代中国女小说家》，转引袁良骏编：《丁玲研究资料》，天津人民出版社1982年版，第225页。

奥秘。从总的方面看来，有以下几个特点。

第一，早期小说往往通过主人公大胆而直率的自白，去剖析人物的心理，揭示人物内心最隐秘的一隅，或揭示心灵的矛盾冲突。为此，有的评论家称丁玲这些小说为“自我表白心理小说”。

早期小说，多采用第一人称，让作品中的“我”用自己的心灵说话，往往采用独白方式让人物自己剖析自己的灵魂和心理，并以此作为倾诉衷肠、透露“心曲”的一种手段。《莎菲女士的日记》表现得最为淋漓尽致。莎菲既了解到凌吉士在一种高贵的美型里隐藏着卑劣的灵魂，又默默地承受着凌吉士的吻，而事后她又痛悔：“我用所有的力量，来痛击我的心！为什么呢？跟一个如此我看不起的男人接吻？既不爱他，还嘲笑他又让他来拥抱？真的，单凭了一种骑士般的风度，就能使我堕落到如此地步吗？”“我是给我自己糟蹋了，凡一个人的仇敌就是自己，我的天，这有什么法子去报复而偿还一切的损失？”这段内心独白，已经把莎菲痛苦的灵魂揭示得淋漓尽致，她不停地剖析自己，痛责自己，深刻地表现了灵与肉、情与智的尖锐冲突。丁玲以大胆的、细腻的描写，把一个不甘沉沦、拼死挣扎的灵魂，赤裸裸地呈现在读者面前。

第二，在人物的心理描写方面，作者还非常擅长捕捉人物心灵悸动或感情倾斜时一刹那的闪念，并由此引起的一系列连锁心理反应。阿毛只因为进了一次城，看到那繁华热闹的城市，便使她迷醉，“由于这次旅行，把她在操作中毫无所用的心思，从单纯的孩提一变而为好思虑的少女了”。这次进城，使阿毛的心理来了个突变，她羡慕城里人的生活、新式男女的享乐，喜欢摩登女郎好看的衣服。她懂得这都是因为她们有钱，或者她们的丈夫、父亲有钱，钱把同样的人分成许多阶级，“本是一样的人，竟有人肯在街上拉着别人坐的车跑，而也竟有人肯让别人为自己流着汗跑的。自然，他们不以为羞的，都是因为钱的缘故”。阿毛不信“命”了。假如自己不是嫁给种田的小二，也不致被逛城的太太们所不睬。阿毛逛城所起的变化，她的“一刻突变”，给她后来的生活带来了根本性的转折。要是她不进城，也许她只会眼光固守在这个家上，安分地和丈夫小二甜甜蜜蜜地生活下去，生儿育女，安贫乐道。但她终于要和命运抗争，要改变自己贫穷的处境，这种新的欲念促使阿毛发生了一系列的变化——因挣钱的欲望而拼命干活而终于灰心，最后自杀。就这样，丁玲敏捷地捕捉了阿毛一次逛城心理变化的重要的一瞬，并浓墨重彩地发掘这一瞬在人物生活中的特殊意义，从而生动、细腻地将人物千变万化、难以捉摸的内心活动刻画出来，使读者清晰地看到人物感情的涟漪和心理的波澜。

第三，作者往往以自由联想为基础，运用幻觉、象征、暗示、现实与梦幻、意识流等手法表现人物心绪的变化及其来龙去脉。

《暑假中》写几个小学女教员百无聊赖的寂寞生活：或打牌度日，或放账赊余，或同性恋，或终日躺在床上想入非非。小说中的承淑，在寂寞中觉得这真是一座无人的荒庙，她是一个皈依了的正在忏悔着的尼姑，在无事可做之时，她“阖上眼漫想到一些往事温暖着这一缕凄柔的愁思”。她做了一个梦，梦中，面前出现了“一副比佛爷还慈祥的面孔，一对满含爱意的眼光，紧紧地把她瞅着……这脸极像她母亲，又像那画上的圣母。她想扑过去，但脸迅速地变了，这才真真是她母亲的影子……”

梦，是一种心理活动，是现实生活经过心灵折射的一种曲折或变形的反映。承淑这个梦，折射出在孤凄寂寞的外乡生活中，对母亲、家庭的眷恋。而写法又是那样的摩登，就像电影镜头那样明快，“佛爷”“圣母”“母亲”的镜头迅速转换，而终于叠映在一起，表现出承淑对于“圣母”“佛爷”一样慈爱的已经去世的母亲的极其怀念的心绪。接着，由母亲，承淑又梦见当年父亲及村里人被土匪烧杀的情景，当她“眼睛张开来”，醒来的时候，梦境还在脑际，而眼前竟出现了心理幻觉——“那烧焦了地、烧亮了天的大火，一大团一大团地直向上蹿，吐出千万条火蛇，仿佛这火蛇朝自己奔来，于是她失声大叫了。”

在这里，丁玲较好地运用了现代派的一些表现手法——梦境、回忆、联想、心理幻觉，通过自由联想很自然地将其交织在一起，突破了时空界限，使读者既从中了解到承淑的过去，又了解到她此时寂寞孤凄心境的依据。由于眼前的寂寞和孤凄，才产生了怀念死去的父母的心理，而由于父母双亡，孤苦无告，她才更觉眼前的孤独。作者写承淑的“白日梦”，是作为人物心理描写的一种补充手段，它揭示了承淑的命运、个性和灵魂。而承淑眼前产生的“幻觉”也是她心灵的折光，隐藏在她心灵深处的一种恐惧，通过它更深一层地开掘了人物的内心世界。

第四，作者还很注意展现人物心理活动的全过程，对心理现实作全景式的观照，并注意写出其变化的层次。

梦珂因仗义反对红鼻子教员对模特儿的侮辱而反遭诬陷，愤然离开学校来到姑妈家。作家在刻画梦珂到姑妈家当晚的心理活动时，是十分富有层次感的。

她睡在又软又香的床上，想了很多很多，辗转反侧，不得入睡。梦珂对于自己白天在姑妈家所作出的虚伪应酬感到厌恶，对自己勉强装出样子夹在那些男女中笑谈羞惭得几乎要流泪；过后，她又“拿许多‘不得已’的理由来宽恕自己被迫做出那些丑态”；最后，为了安慰自己，她还找出理由来欺骗自己：“他们待我都是真好的……”通过这个描写，把梦珂初到这个豪华而又虚伪的家庭时的心理活动过程展现得细腻而又生动，并且通过梦珂那厌恶自己—宽恕自己—安慰自己的心理活动，让读者看到梦珂正直、真挚、不善于作假的性格，也看到其自责羞愧、自怨自艾、自宽、自慰的心理活动。

从上面的分析中可以看到，丁玲小说的心理分析，既有“全景式”的心理观照，又有特写镜头的细腻透视；既有长镜头的抒写，又有短镜头的特写。作家如此娴熟地运用心理分析的方法剖析人物，刻画人物，得到了许多评论家的赞誉。贺玉波就称赞说：“丁玲女士的作品是具有特殊风格的。她善于分析女子的心理状态，并且来得精确而细腻，又能采用新的结构和大胆的描写。”①

作品中的这种心理描写，显然是对我国古典小说表现手法的某种突破。中国古典小说往往注重人物的性格刻画，重叙事，重情节结构，而把心理描写只是当作作品里故事情节的某种陪衬或注释。当然丁玲作品中的这种心理描写，和西方“意识流”小说既有联系也有区别。其联系点是从流动中刻画人物心理，多视角、多层次、多侧面地反映人的内心世界。而不同点则在于这些心理描写，都是建立在现实生活的基础上，以现实为依据，而不是强调这些意识的非理性与无逻辑性。这就说明了作者既吸收了意识流的合理部分，而又照单全收，有自己的创造。

其二，情绪结构和意念结构。

丁玲早期小说，重视人物心理或情绪的变化，并且往往以人物的心理或情绪的变化为主体去结构作品。这种结构形式与传统的按照故事情节的发展来结构小说的方式有着明显的差异。

最突出的差别是情节展开的契机往往为主人公的情感碰撞，碰撞所引起的火花，即是情节的起点，此后，沿着人物情绪流变的线索，形成小说的有机结构。

《莎菲女士的日记》第一篇是12月24日。这是一个刮风的天气，冬天北风呼呼地吹，它伴着这个患着肺病，寂寞、孤独地住在公寓里的莎菲。因为刮风，不能出去玩，又没有书看，这不禁引起莎菲“想到许多使人焦躁的事”。整个作品就在这种焦躁的情绪中展开。情节也就随着莎菲的心绪发展下去，整篇日记就写出了这个醒来之后觉得无路可走的焦灼不安的灵魂的躁动以及她那孤独、失落的情绪和受压抑的内心体验。

《小火轮上》也是以节大姐这个小学教员在小火轮上几个钟头的情

① 贺玉波:《丁玲女士评论》，见《中国现代女作家》，北新书局1932年版。

绪流变去结构作品的。

这位节大姐“平日待人是很好的”，而且大家“都认为她的教法比别人好”，但临近开学时被校方辞退了。“她觉得冤屈”，“除了冤屈和烦恼，就完全只有那无所适从的茫茫情态了”。而一想到被校方辞退的原因，“越觉得愤懑”，本来她被一个一面和她写情书一面和别的女子结婚的骗子欺骗了，而学校倒以“名誉的关系”为由，解聘了她。“她真恨那诬陷她、蔑视她的学校当局，她更恨自己这次上的当太大了。”

《小火轮上》就写了节大姐在小火轮上这种由冤屈和烦恼发展到愤懑到恨的情绪，并以这种情绪的流变作为主体，另外还穿插了一些回忆作为补充来结构作品。

除此以外，早期小说中，还有以一个片段、一个意念、一段心理变化作为中心来结构作品的。

如《自杀日记》，本来就没有“情节”可言，只有日记的主人公伊萨的9页日记，而这9页日记只写她的一个念头——自杀。我们可称之为“意念结构”。伊萨“自杀”念头的产生是因为生得“无味”，“一切都灰心，都感不到有生的必要”，“什么事都使她厌烦”，于是她想自杀。但她又“非常害怕走到死境去”，终于又没有死，而过后又觉得还是死了好。于是自杀这个意念又重新抬头。9页日记就写这个“自杀”的意念。

上述这些小说都没有什么故事情节可言，更看不出什么开端、发展、高潮、结局之类的全过程的描写。可以说作品结构的任务不在于如何叙述事件和结构故事，而在于如何表达人物情绪和意念，表达人物痛苦的心境、真挚的感情、躁动不安的灵魂以及无法申诉的苦闷等。这种结构，虽然不以曲折动人取胜，却以强烈的情感动人，自有其艺术魅力。

这种结构常常出现“突转”，借以表现一种情绪的波动；其跳跃性也大，说不上什么连贯；再者，节奏强弱快慢也随着情感、情绪的波动而变化。

和强化情节的中国古典小说相比，丁玲早期的这些小说的情节都是淡化了的。这种情节淡化主要体现在作品着重刻画人物的主观情绪和人物的意念，加强小说的抒情成分等方面。

其三，浓重的抒情色彩。

捧读丁玲早期的小说，处处可以感到感情奔涌的潜流，浓烈的抒情色彩。

从创作主体自身来说，早期小说，之所以带有深厚浓重的抒情色彩，是因为当她拿起笔写小说的时候，并不是想当小说家，而是为了抒发内心的不满和苦闷的情绪，并且用笔去分析社会、批判社会，因而其作品必然带有作者浓烈的主观抒情的成分。

如作者所说，当她提笔写小说的时候，正处在极端的苦闷和寂寞中。“除了写小说，我找不到一个朋友；于是我写小说了，我的小说就不得不充满了对社会的鄙视和个人孤独灵魂的倔强。”①

创作主体的这种情绪、情感，通过自己所着力描写的对象世界，去直接表现自己的情感态度、审美追求与哲学思考，给读者以感动和启发。但更多的是通过作品中人物的情感态度，也就是借作品中人物的嘴去间接地抒发作家自己的苦闷与寂寞、感伤与希求、凄楚与抗争之情。为此，丁玲早期作品往往以“自传”的方式塑造抒情主人公的形象。自然这些抒情主人公的形象中，也就投进了作者的某些身影。在莎菲的身上，不是有作者“五四”时期的浓重的身影吗？莎菲的苦闷，从某种意义说就是丁玲那时的苦闷；她的寂寞，也是丁玲那时的寂寞，甚至她的追求也是丁玲那时候的某些追求。

作者在《文学创作的准备》一文中说到“作家写作品其实也是写自己”，“《粮秣主任》是写一个当过粮秣主任，现在又当水文站

① 《一个真实人的一生——记胡也频》，见《丁玲文集》第5卷，湖南人民出版社1984年版，第150页。

长的老农民，但也是写我自己，那个粮秣主任就是我。你也许要说，你没有当过粮秣主任呀！但是我的思想是通过粮秣主任的口里说出来的，这个粮秣主任就算真有此人，他跟我讲的那一些话是他应该讲的，但他不一定讲得出来，那些话是我替他讲的，是他的，也是我的，是我感受到的。所以说还是写我自己，是他和我融合成一个人，是因为熟悉他，我才能写他”。丁玲的这一席话，虽不是讲的莎菲这个人物，但也很好地揭示了作品中某些人物与作家的关系。

为了更好地抒发情感，增强抒情效果，作者采用第一人称，用日记体的形式进行创作。这种日记体形式，可以自由灵活地让人物披露自己内心的痛苦，剖析自己的灵魂。因为是日记体，作家可以采用自叙式，以朴素和明朗的文字，坦率而又曲折地表现出人物的心境、内在的情绪、复杂的内心活动，表现出难以解决的心理困惑、痛苦的心理反省、激烈的情理冲突、艰难的情感选择以及各种潜意识等。这样，读者在捧读作品的时候，仿佛自己正徜徉在人物心间幽深的小路上，沐浴着人物感情的漾漾细雨或飞流瀑布，倾听着她们心灵深情的倾诉、浓郁的叹息和热切的呼唤，最终被作品中这些人物的真切、真挚的情感所感动，以至于产生感同身受的体验。因此，丁玲早期的作品，往往是以情动人的。并且作品富有一种浪漫主义气息、一股激情、一种浓烈的抒情色彩。

德国文学家席勒把小说家称为诗人的“异父母兄弟”。这个比喻形象地说明了小说和诗歌这两种不同文体在表情达意方面的某些共通之处。作为文学家族“幼弟”的小说与它的“异父母长兄”诗歌之间究竟有什么相同的特质呢？其中，抒情性应该说是非常重要的一条。

丁玲早期小说，处处奔涌着感情的潜流，高扬着诗的热情，自觉于诗意的追求。的确，在这一点上，其个性是非常鲜明的。

丁玲是个情感丰富的人，如沈从文所说，她的“一切出于感情推动者多，出于理智选择者少”[①]。丁玲自己也说她“不喜欢过于理智”，因此，常常被一种无法解释的感情支配着。正是这种情感型的“人格特征”使她的作品才高扬着诗的热情。

其四，悲剧倾向。

《在黑暗中》《自杀日记》《一个女人》3个集子中所描写的都是一个个在黑暗社会的重压下，痛苦挣扎、彷徨苦闷、追求幻灭的小资产阶级青年女性，一群莎菲式现代女性的失败、死亡和毁灭。女主人公都是悲剧性人物。

由于社会的、历史的、文化的、政治的、经济的和民族传统心理、习惯的诸种因素，女性往往是人生悲剧的主要载体，这已为生活实践和文学实践所证明。人类社会的历史从特定的意义上说，就是妇女的不幸史、妇女的悲剧史。那么，反映不幸女性的命运、塑造女性悲剧形象，就成了杰出作家和进步文学的一个重要历史使命。正因为如此，在这璀璨夺目的文学长廊中有许许多多以女性为主人公的杰出的悲剧之作，塑造了不少女性的典型的悲剧形象，如我国古代文学作品中就有举身赴清池的刘兰芝、怒沉百宝箱的杜十娘、感天动地的窦娥、血染桃花的李香君、“悲金悼玉”的红楼女子……

在现代文学中，有怀着对死的极大恐惧、生怕死后被两个死鬼男人锯成两半而悲惨死去的祥林嫂；有被当作衣物拿去典当、作为生育儿子的工具的春宝娘（柔石《为奴隶的母亲》），还有巴金《家》《春》《秋》中充当了封建祭坛祭品的梅、瑞珏、鸣凤、蕙和淑贞。这些年轻、善良的女性一个个都遭到了毁灭。这些人间悲剧都深刻地揭露了封建社会“吃人”的本质，揭示了那个时代妇女的痛苦命运。

鲁迅在《再论雷峰塔的倒掉》一文中，提出了一个著名的悲剧定义：“悲剧将人生有价值的东西毁灭给人看。”这里，他强调的是“有价值的东西”和“毁灭给人看”。由此可见，悲剧应当揭示那些真、

① 沈从文：《记丁玲》，上海良友图书公司1934年版。

善、美的有价值的东西的毁灭。

丁玲早期小说正是淋漓尽致地把那黑暗社会中一些平平常常的善良的妇女的人生“毁灭给人看”。这些善良妇女的毁灭，大都不是什么西方美学史所讲的古希腊的命运悲剧。古希腊的悲剧大都把人的不幸归之于神的旨意和人力难以挽回的早已注定的命运。俄狄浦斯不管怎么挣扎也摆脱不了神早已安排的杀父娶母的悲剧命运。

显然，丁玲早期小说中人物的悲剧成因与此不同，都不是神为她们早已安排了一个悲剧命运，而是黑暗的社会早已为她们设下了陷阱。梦珂由一个善良、纯洁、富有正义感的少女而堕入了这“纯肉感的社会里去”，隐忍着非常无理的侮辱，完全是因为她走投无路。她的正直和善良为环境、社会所不容、所扼杀。作家以无限悲哀、忧郁的笔调，描写了这个刚刚踏入社会而走投无路的女子直向地狱的深渊坠去的悲剧。

《庆云里中的一间小房里》中的阿英，本是农民的妻子，受生活所迫，堕落成烟花女子。生活使她麻木，慢慢地，她居然“习惯成自然”，全然不为这种生活所苦恼，似乎还津津乐道于这种生活。“吃饭穿衣，她现在并不愁什么，一切都由阿姆负担了。说缺少一个丈夫，然而她夜夜并不虚过呀！而且这只有更能觉得有趣的……她什么事都可以不做，除了去陪男人睡，但这事并不难，她很惯于这个了。她不会害羞，当她赔着笑脸去拉每位不认识的人时。她现在是颠倒，怕过她从前曾有过，又曾渴望想过的一个安分的妇人的生活。”

被人糟蹋，受人蹂躏，而不觉得痛苦，其精神的麻木已经到了令人发指的地步。一个农村妇女，在生活的压迫下，竟然连羞耻心也泯灭了，旧社会对于阿英灵魂的腐蚀、对于她精神上的毒害，令人愤恨！作者对这个社会的揭露，并不是通过一摊摊血和泪，而是用轻松的笔调、平静的叙述、阿英的不知羞耻的自白，使读者看到那个社会对人精神的毒杀。

由此可见，这些女性的毁灭完全是社会使然。正如莎菲所言：

"在这个社会里，是不会准许我去取得我所要的来满足我的冲动，我的欲望，无论这是于人并不损害的事。"

莎菲们的悲剧，既是社会悲剧，也是时代悲剧。她们生活在那个时代，过着极其无聊、寂寞的生活。沉闷的空气、窒息的环境、苦闷的心境、醒来后觉得无路可走的痛苦，这些都使莎菲们带着一种浓重的"时代病"——一种时代的忧郁症，因而她们的悲剧也是时代的悲剧。

莎菲们作为孤独者的悲剧形象，其狂狷的孤傲的性格，不能不说是一种悲剧性格。如前所述，由于她们的狂狷和孤傲，她们觉得人与人之间总是有隔膜的、无法沟通的，她们的精神个体也就处于孤独中，再加上她们选择单枪匹马与社会对抗的形式，因而不可避免地，她们注定是失败者。

丁玲深刻地揭示了莎菲作为孤独者形象所独具的悲剧性格、悲剧命运及其悲剧根源，使作品形象呈现了浓重的悲剧倾向。

除此以外，作品的情调也显然给作品笼罩上悲剧的气氛。早期小说，多有感伤苦闷的情调，常常笼罩着阴郁的气氛，或从小说的曲折表现中，读者往往感觉出作者的焦躁和郁愤。诚如作者所说，那时候，她的"心里就像要爆发而被紧紧密盖住的火山"，她把内心郁愤的沸腾的岩浆喷吐在她的小说中，因而作品才表现了这种郁愤与焦躁的情思，给作品带来了阴郁感伤的情调。

以上，论述了丁玲早期小说独特个性的几个重要方面。别林斯基说过，一个作家"如果他不比其他人更富于个性，不是个性占优势，那么他的作品就会平淡无味和苍白无力"[①]。丁玲早期的小说，与平淡无味绝缘。其形象的独特、浓郁的抒情、悲剧的倾向、心理的探微与艺术手法的吸新纳异，这些都会使人感到清新，感到独特。在卷帙浩繁、驳杂多彩的文学作品中，人们会一眼认出它来。

① 《别林斯基全集》第7卷。

当丁玲写《莎菲女士的日记》的时候只有24岁。显然，她的阅历很浅，涉世不深，她没有鲁迅的睿智和洞察一切的眼力；她也不像茅盾，能够从政治的、经济的、社会的角度去观察人生。但是，丁玲有女性作家特有的敏感。如沈从文所言，“过分的闲暇使她变成了一个沉静的人，由于沉静看到百样人生，看到人事中美恶最细致部分，领会出人事哀乐最微小部分”。这是说她既敏感又观察细微，这种艺术天分有助于她去细细地品味人生，观察社会，批判社会，这样她笔下的人物同样地富有深度和力度。

沈从文还称赞丁玲善写平常问讯起居、报告琐事的信，同样一句话，别人写来平平常常，由她写来似乎就动人些、得体些。同样一件事、一个意见，别人写来也许极其费事，极易含混，她却有本事把那件事弄得十分明白、十分亲切。

车尔尼雪夫斯基认为：文学天才由三个方面构成：敏锐的观察力，有力地创造想象，善于描绘所见事物并且用语言手段把它鲜明地表现出来。以此来衡量丁玲，她是完全具备这一“文学天才”的条件的。如前所述，她有敏锐的观察力和创造想象力，还有特殊的表达能力和描写能力，她有艺术天才。

别林斯基说：“在文学中，个性充分行使自己的权利。”[①]丁玲充分地发挥了自己这方面的艺术才能，充分行使个性的权利，在自己独特的生活领域里，凭借着自身的深刻体验，深挖细掘，开采出丰富的艺术矿藏，塑造出独特的艺术形象，并且敢于打破传统小说的某些规范（如重白描、重叙述、重故事情节等），丰富了现代小说的表现手段。尤为人们称誉的是，丁玲敢于拓展小说的审美空间，不囿于小说对外部世界的摹写，而是深入人物的心理，钻进人物的心灵，注重对人物内心世界的探幽烛微，这给她的作品带来了声誉。如沈从文所言：丁玲的作品“大胆地以男子丈夫气分析自己。为病态神经质青年女人作

① 《文学一词的一般意义》，见《别林斯基选集》。

动人的素描，为下层女人有所申诉……反复酣畅地写出一切，带着一点儿忧郁、一点儿轻狂，攫住了读者的感情”[①]。

诚然，丁玲早期小说创作个性的鲜明和独特受到评论界的极高赞誉。但也不可否认存在着一些缺陷：以内心独白为主的一些小说，在描写时，由于手法不够多样，因而有单调冗长之嫌，有些表现技巧也有不够成熟之处，写法也缺少变化，显得呆板；语言方面缺乏修辞上的推敲，不免显得粗糙一些。由于作家的生活经验不足，生活的积累不够深厚，因此早期的小说，在《梦珂》《莎菲女士的日记》之后，创作没有新的进展和突破，陷入了某种自身的“危机”。

① 沈从文：《记丁玲》，上海良友图书公司1934年版。

“左联”时期小说内容和形式转向之谜

1928年至1929年，丁玲在发表了《梦珂》《莎菲女士的日记》之后，接连又发表了《暑假中》《自杀日记》《一个男人与一个女人》《岁暮》《他走后》《日》等小说，几乎写的全是精神上郁悒、感伤的小资产阶级知识女性。正如著名文学评论家冯雪峰所指出的，“和莎菲十分同感而且非常浓重地把自己的影子投入其中去的作者，在这上面建立自己的艺术的基础的作者，我们觉得碰着一个危机了”[①]。接下去，冯雪峰又指出，这种危机有三种出路：一是照旧发展下去，写些恋爱圈子内的充满着伤感、空虚、绝望的种种灰色的游戏作品；二是不能再写了，就此搁笔；三是“和青年的革命力量去接近，并从而追求真正的时代前进的热情和力量（人民大众的革命力量）。这第三种是真正的出路，并且也和以往的恋爱热情的追求联结得起来的，因为恋爱热情的追求是被‘五四’所解放的青年们的时代要求，它本身就有革命的意义，而从这要求跨到革命上去是十分自然，更十分正当的事。所以，这应当是一个转机”。

丁玲选择的正是这第三种出路。

当我们回顾丁玲的创作道路的时候，也许有人会抱怨丁玲这种选择毁了自己的创作，认为要是沿着《莎菲女士的日记》的创作路子写

① 冯雪峰：《丁玲文集·后记》，转引袁良骏编：《丁玲研究资料》，天津人民出版社1982年版，第295页。

下去的话，那么她一定会成绩辉煌；可是她却“左”倾转向，投入革命的怀抱，去写什么工农题材，以致失却了自己的创作个性，而且这是否还有趋奉时尚之嫌？

也许，这是20世纪80年代某些好心的人为生活在20世纪30年代初的丁玲设计的一条出路。这种设计，也就未免有点儿想当然了。

当我们探讨这一问题的时候，不能不联系丁玲的生活道路，以及当时世界的、中国的社会背景、文学运动的状况。丁玲不可能生活在真空中，生活在时代之外、社会生活轨道之外。

1930年，丁玲和胡也频在上海参加了“左联”。诚如她自己所说："这时我的浪漫告了结束，我整个的进程改变了。"[①]这种进程的改变，自有其客观的和主观的原因。

其一，生活轨道和社会意识的变动。

20世纪30年代初，丁玲的整个生活进程发生了根本的转变。

1925年秋，丁玲和胡也频结了婚。1928年春，当他们走出狭小寂寞的北京，带着一种朦胧的憧憬，来到上海之时，已经是大革命失败以后了。那时的上海，地火仍然在地下奔突，从火线上撤退下来的文学家、文学青年正聚集在上海，酝酿着一场文学革命。鲁迅、冯雪峰等“左翼”作家对马克思主义文艺理论的翻译出版武装了文学青年的头脑，胡也频就是在欣喜地阅读了这些马克思主义文艺理论著作、马克思主义的社会科学、政治经济学和哲学书籍之后，才逐渐地了解革命，并迅速倾向革命的。1929年6月他发表了长篇小说《到M城去》（“M城”即莫斯科），表现了胡也频此时所向往的，正是这个世界革命的中心。丁玲立刻给予热情的支持，写了她的第一篇书评《介绍〈到M城去〉》，此文发表于同时刊载《到M城去》的《红黑月刊》第7期上。

1930年春，胡也频在济南省立高中任教，因宣传马克思主义、鼓

① 转引自宁谟·韦尔斯：《续西行漫记》（英文版），香港复兴书店1939年版。

动学生革命而险遭逮捕，不得不回到上海。5月，他和丁玲参加了“左联”。从此，他们聚集在“左联”的旗帜下，走上了战斗的征途。

当时，胡也频已经成为“左联”的领导者之一，被选为“左联”执委，还担任了工农通讯委员会主席，并被推选为出席苏维埃第一次代表大会的代表。1930年10月，胡也频加入了中国共产党，4个月后，他将自己年轻的生命献给了革命事业。

1931年2月7日，胡也频被国民党反动派杀害了。这对于丁玲来说，是一个严峻的考验！

丁玲是一个倔强的人，她不会被敌人的枪声吓倒。

鲁迅说过：“当我失掉了所爱的，心中有着空虚时，我要充填以报仇的恶念。”丁玲此时的心情正是这样，她要复仇！也频的牺牲，促使丁玲迅速地倾向革命。丁玲回忆说：“也频同志被国民党杀害以后，好心的老师劝我，不要参加政治活动了，就写一点儿文章算了。但我自己却认为自己应该成为一个战士，踩着烈士的血迹，只能前进，不能后退，我只顾冲上前去，结果我就冲上前去了。”①

就这样，丁玲行进到革命的行列。她要求去苏区，然而组织上决定她留在上海，主编“左联”的机关刊物《北斗》。由于工作的关系，她有机会接触到鲁迅及其他革命作家，也有机会接触工农通讯员，参加“左联”的各项政治与文学活动。在实际工作、锻炼中，丁玲迅速成长。1932年3月，她加入了中国共产党，从一个小资产阶级女性转变为一个革命战士，一个工人、农民的代言人。

这样看来，丁玲转向之所以是必然的，是因为任何一个时代的作家，“都少不了要受到当时时代条件的总和所造成的某种共同影响”。②丁玲的转向，是生活使然，时代使然，也是丁玲本人的思想、个性使然！

---

① 《在丁玲创作讨论闭幕式上的讲话》，见《丁玲创作独特性面面观》，湖南文艺出版社1986年版。

② 雪莱：《伊斯兰的起义》原序。

假如，丁玲的伴侣不是革命者胡也频；又假如，胡也频没有牺牲；还可以假设，丁玲是一个新式太太，而不是一个充满着强烈的叛逆思想的女性……如果说，这一切假设都存在的话，也许丁玲会走上另一条生活道路和思想道路。但是，毕竟这些假设都不存在，那么丁玲的转向就成为必然了。中国革命的深入和文化革命的深入、丁玲个人的遭际、生活的变故，这都是丁玲思想倾向革命并加入“左翼”作家队伍的因由。

同时，如果我们把视野扩展到整个世界，把当时的“左翼”文学运动放在世界文化发展的格局中加以考察，就可以发现当时作家在政治上的“左转”也是世界性的。美国和英国的许多作家也都表现了“左”倾势头。如1931年出版的V.F.卡弗顿的《美国文学的解放》，1932年出版的约翰·斯特拉奇的《即将到来的夺权斗争》，1935年出版的希克斯的《美国的无产阶级文学》，都是这一“左”倾势头的产物。可见这是世界性的革命浪潮推动下的一种带规律性的现象。

至于说到苏联和日本，更为突出。1928年日本成立了“日本左翼作家总联合”，接着又成立了全日本无产者艺术联盟（纳普），并出版了机关刊物《战旗》。而在苏联，20世纪30年代就提出了“社会主义现实主义”的创作方法，很快得到了响应。许多革命的作家如德国的布莱希特，法国的阿拉贡，智利的聂鲁达都是这一口号的拥护者。中国“左翼”作家也是热烈拥护的。

由此可见，20世纪30年代许多作家的“左”倾，也是世界性的。中国现代文学是世界文学的组成部分，在世界文学的不断渗透中发展，中国作家受整个世界文学思潮的影响也就是必然的了。

其二，文学观念的改变。

生活轨道和政治意识的变动，必定带来文艺思想、文学观点的变化。“左联”时期，能够较集中地反映丁玲的文艺思想、观点的文章有《我的自白》（1931年5月）、《我的创作经验》（1932年冬）和《我的创作生活》（1933年4月）。从这些文章中可以看到，与早期作家在寂寞苦闷中的时候，“想用一支笔来写我的不平，和对于中国社会的反抗，揭露统治阶级的黑暗”[①]的创作动机相联系，丁玲这一时期的文艺思想，其政治倾向性更为鲜明。她认为：首先，作家必须有正确的政治立场，要树立无产阶级的世界观。丁玲举例证明：阶级立场，对于一个作家来说，是非常重要的。好比说，“对于罢工，资本家和工人，就能够生出不同的见解（态度），这时候的作者，站在哪一个见解上写，可以在他们作品中非常清楚地看出，他是无法隐瞒，无法投机。因为阶级的意识，并不是可以制造出来的。”[②]丁玲还分析了穆时英的《偷面包的面包师》，虽然作者也写劳资纠纷，但用“偷”代替了反抗，这就不能反映工人对资本家反抗的本质意义。

其次，与上述相联系的，丁玲认为，要写好工人、农民，除了有正确的立场之外，还要深入生活，要真实地反映现实生活。她说：“每一个作者，对于一切现象，都应该去观察、去经历、去体验，因为在经验中，才能得到认识。”[③]因此，丁玲反对写那些仅仅出于幻想而毫无生活体验的东西。

由此，我们看到，她不仅认识到作家要有正确的政治立场，而且还必须深入生活，体验生活，认真去读“人生”这本大书，“社会”这本大书，并且透彻地理解它，消化它，才能写出好的作品。

再次，丁玲主张“作品是属于大众”的。应该为大众创作，而不是为少数人或作家自己而创作，或为艺术而艺术。她的功利目的是很明确的。她还举例说：“譬如‘左翼’文学在许多地方像街头一篇墙头小说，或工厂一张壁报，只要真的能够组织起广大群众，那么，价值就大，并不一定像胡秋原之流，在文学的社会价值以外，还要求着

① 《我是怎样飞向了自由的天地》，见《丁玲文集》第5卷，湖南人民出版社1984年版，第315页。

② 《我的创作经验》，见《丁玲文集》第5卷，湖南人民出版社1984年版，第384页。

③ 《我的创作经验》，见《丁玲文集》第5卷，湖南人民出版社1984年版，第384—385页。

所谓文学的本身价值。”

丁玲上述这些认识，可以说，在当时是进步的，当然也有其局限性。如上面所谈到的，丁玲认为凡是能够组织起广大群众的，其作品的价值就大，否则就小。这就未免有些偏颇。因为街上的墙头小说和工厂的壁报稿子虽然有组织群众、号召群众的作用，但是否就一定有真正的艺术价值？如果过分强调政治性，单纯地把文艺当成政治的“工具”，势必会违背文艺创作的自身规律。

诚然，丁玲那时的文艺思想的进步性与局限性，与当时整个无产阶级文艺运动的历史进步性与局限性也是密切相关的。因为丁玲与整个无产阶级“左翼文艺”运动是联系在一起的。

其三，作品内容和形式的嬗变。

作家社会意识的变化，文艺观点的演变，必然带来文学题材、主题风格以及人物形象的塑造与作家审美趣味等的嬗变。我们从丁玲“左联”时期创作的一系列小说中，可以找到佐证。

以小说《韦护》的创作为标志，丁玲的创作进入一个重要的转折时期。《韦护》《一九三〇年春上海（之一）》《一九三〇年春上海（之二）》这三篇小说，可以把它看作作者从20世纪20年代末期为小资产阶级女性向封建社会的抗议、控诉，逐渐发展、转变成为农民工人的代言人的一种过渡性作品。

继此，作者又创作了《田家冲》《水》《奔》等描写农村土地革命题材的小说。这是丁玲参加“左联”以后，试图用马克思主义的观点、阶级对立的观点，对农村现实生活作出辩证分析的作品。《水》的诞生，被冯雪峰誉为“新的小说的诞生”。茅盾热情地赞誉它，认为《水》的问世，“不论在丁玲个人，或者文坛全体，这都表示了过去的‘革命与恋爱’的公式已经被清算了”。[①]

① 茅盾：《女作家丁玲》，转引袁良骏编：《丁玲研究资料》，天津人民出版社1982年版，第255页。

继《水》之后，作者又创作了《法网》《消息》《夜会》等小说，它们从不同角度反映了城市工人的生活和斗争的风貌。

对于“左联”时期丁玲创作的这些小说，我们今天应如何评价呢？是一概否定，一言以蔽之，斥之为“公式化概念化”，还是实事求是地加以分析、比较，从中找出作者这一时期创作的成败，以及这种成败的时代的、社会的、个人主观的原因，以期吸收经验与教训呢？我以为，正确的态度是后者而不是前者。

丁玲说过：“我相信世界上有不少人会懂得创作，懂得作品与作家本人的正确关系，懂得通过创作理解作家的心灵深处和作品的成败得失。”①

通过研究作家的创作，具体分析作品的成败得失，从而与作家的心灵沟通，这样才能公正地评价一个作家。

丁玲说过：“时代前进了，社会上的各种矛盾和以前的都不一样了，人们的思想感情、文化水平都不一样了，我们的文学的内涵、形式如果不能随时代的发展而前进，那就是停滞、保守、落后。”正是这种要求自己与时代同一步伐的思想，使丁玲“左联”时期创作的小说和早期创作的小说无论是内容上还是形式上都有着鲜明的界限。

首先是题材与主题的演变。丁玲早期小说，题材比较狭窄，和当时的一些女作家一样，题材主要集中于婚姻、恋爱、知识女性的苦闷等方面。“左联”时期，她的视野比以前开阔，这与那时的“普罗”文学运动的发展有密切的关系。

1930年8月4日，“左联”执委会通过了《无产阶级文学运动新的情势及我们的任务》的决议，号召革命文艺工作者“到工厂，到农村，到战线上，到被压迫群众中去”，担负起宣传和教育民众的任务。这样，20世纪30年代“左翼”文学便以空前的规模描写劳动群众，出

① 丁玲：《谈自己的创作》，见《丁玲文集》第5卷，湖南人民出版社1984年版，第401页。

现了大量反映这方面题材的作品。茅盾的“农村三部曲”，叶绍钧的《多收了三五斗》（1933年），吴组缃的《樊家铺》（1934年）、《天下太平》（1934年），王统照的长篇《山雨》（1933年），叶紫的《丰收》《火》（1933年）等都不同程度地描写了在艰难中挣扎的农村和痛苦觉醒中的农民。除了农村题材外，在描写工人、反映工人不甘于受压迫剥削、奋起反抗的小说中，有蒋牧良的《锑矿上》（1934年）、夏衍的《泡》（1936年）、欧阳山的《水棚里的清道夫》（1933年）、刘白羽的《草纸厂》（1936年）、草明的《绝处逢生》（1930年）等。

“左联”时期，丁玲也诚如她在自己主编的《北斗》杂志上所明确指出的那样，“决心放弃了眼前的、苟安的、委琐的优越环境，而穿起粗布衣，到广大的工人、农民、士兵的队伍里去，为他们，同时也是为自己，大的自己的利益而作艰苦的斗争”。[①]她经常身着女工服，到工厂、到工人群众中去。在创作上，她认识到自己早期创作中那些“有追求又幻灭无用的人，我们可以跨过前去，而不必关心他们，因为这是不值得在他们身上卖力的”。[②]正是基于这种创作思想与创作实践，丁玲的小说才以前所未有的崭新内容与姿态和读者见面。

这一时期她创作的新的小说，其题材、主题有如下新的特点。

一是从个人与革命的关系的角度描写知识分子。作者“不再回顾那些厌倦的、紊乱的个性和生活，而是在反帝反封建的革命高潮之下，首先在自己所接近的阶层——青年知识分子中看取动摇分化及转变的现象”。[③]于是我们看到韦护终于从极端的矛盾和痛苦心境中挣扎出来，理智战胜了感情，革命战胜了恋爱；而美琳（《一九三〇年春上海》）也冲出了丈夫子彬的怀抱，追求有意义的生活，投入革命的洪

① 《北斗》第2卷第1期，1932年1月。

② 《对于创作上的几条具体意见》，见《丁玲文集》第6卷，湖南人民出版社1984年版，第4页。

③ 《关于新小说的诞生——评丁玲的〈水〉》，转引袁良骏编：《丁玲研究资料》，天津人民出版社1982年版，第249页。

流。从而表现了这一时期知识分子从个人主义到集体主义的转变过程。

二是作品“用大众做主人”，特别是将工人、农民作为作品的主人公，描写了现实社会尖锐的阶级对立，工农痛苦、挣扎的生活和他们觉醒的艰难历程，体现了鲜明的革命倾向性。这表现了女作家丁玲已经完全突破了写小资产阶级知识女性的狭窄圈子，从一个沉沦于苦闷彷徨之中，吟咏个人感伤之情的小资产阶级作家变为工农大众的代言人。

三是捕捉社会生活的变动，把握时代的整体氛围，与新的历史时代血脉相通。

方英在《丁玲论》中说道：“在她的创作里，人们可以看到帝国主义对于中国农村的侵略、农村一般的破灭的危机、封建社会崩溃的音响，同时也可以看到动的力学的都市、闪烁变幻的光色、机械马达的旋风、两个对立的阶级的肉搏、地底层的巨大力量的骚动……”

的确，我们在丁玲这一时期的作品中，可以看到1931年波及中国大地16个省的空前大水灾给人民带来的灾难（《水》）；工人群众纪念“九一八”的爱国热情（《夜会》）；在蒋介石屠刀下英勇就义的革命者（《某夜》）；还可曲折地听到从另一个世界——革命根据地所带来的消息（《消息》）；看到农民无法生存、借债做盘缠、奔到上海而希望却被撞得粉碎的惨状（《奔》）……总之，作者从不同的侧面和角度，描绘了时代的风云、社会的侧影。作品的聚光镜对准了20世纪30年代严酷的社会现实：高压的政治环境、困厄的经济状况、无可抗拒的天灾。我们从她这一时期的作品中似可听到隆隆的炮声，看到刀光与剑影、遍地的饿殍、涂炭的生民、革命者殷红的鲜血。这些组成了一幅明明暗暗、色彩斑驳的历史画卷，展现在读者面前。

作者这一时期所描写的，正是这些重大的现实题材，以及新的主人公。冯雪峰对此给予了高度的评价，认为“从《梦珂》到《田家冲》的中间，已不仅只被动地反映着社会思潮的变动，并且明显地反映着作者自己的觉悟、悲哀、努力、新生”。所谓“觉悟”“新生”，具体地说，就是："从'离社会'，向'向社会'，从个人主义的虚无，向工农大众的革命……"[①]诚然，冯雪峰是从作家政治立场的转变，从作品所反映的政治内容这些方面来评价作者的。

题材的重大性、政治性和内容的革命化，在"普罗"文学界，给作者带来了极大的声誉。然而，从今天的文学观点看来，作品的题材的确有大小、轻重之分，但它并不能完全决定作品的价值，问题的关键是看作家怎样去写。

其次是形象刻画的"得"与"失"。作家政治意识的变动，导致了小说人物形象的嬗变。"左联"时期，丁玲小说中的人物形象主要有两类：知识分子；工人和农民。

在刻画知识分子形象方面，这一时期所创作的《韦护》，虽被定为"革命加恋爱"的作品，但是，如果我们不仅从表面看，而且能够深入地探讨，就可以发现：作者是从一个角度——知识分子个人与革命的关系角度去思考、探讨知识分子的性格和命运的。韦护这个既迷醉于浪漫的爱情生活又受到革命责任感的谴责、内心充满彷徨和痛苦的革命知识分子形象，其性格是丰富的，内心生活是生动的、复杂的。

小说中的韦护是一个革命者、共产党员，他是一个有灵有肉、有情感、有兴趣和爱好的活生生的人，在他的内心有着许多的痛苦和矛盾：个人爱好与革命工作需要的矛盾、革命与恋爱的矛盾等。作品描写他"一面站在我不可动摇的工作上，一面站在我生命的自然需要上"。他有自己的兴趣爱好：爱好文学，爱好诗歌，爱清洁，爱书籍，他的房间布置得很舒适，很精致，有很多的书。他还有七情六欲，他需要恋爱。"他仿佛在生命的某部分，实在需要这些东西来伴奏，在这些里面有许多动人的情操，比一篇最确凿的理论还能激发他。"但是，他又是一个革命者，要受到铁的纪律的制约，个人的爱好常常得

① 《关于新小说的诞生——评丁玲的〈水〉》，转引袁良骏编：《丁玲研究资料》，天津人民出版社1982年版，第249页。

服从革命的需要。甚至恋爱，也要受到约束，受到同志们的冷淡，乃至鄙视，他觉得人人在他背后摇头、噘嘴，他只想辞脱一切职务，到一个没有人认识的乡下，租上一间茅屋，和爱人过着甜蜜的生活。但是理智上，他又受到自己革命责任感的责备。最后，他终于铁了心，把脚从爱的陷阱中拔出来，丢下丽嘉到广州革命去了。而丽嘉痛哭了一番以后，终于从痛苦中挣扎出来，决心“好好做点儿事业出来”。

作者通过对韦护这种内心冲突的描写，刻画了一个动摇于革命与爱情之间的彷徨苦闷的知识分子的形象。

丁玲说过，“我没有想把韦护写成英雄，也没有想写革命，只想写出在五卅前的几个人物……”①冬晓在《走访丁玲》一文中，也引用丁玲的类似的话：“这篇《韦护》突破了过去的一些东西，写了一些新的事、新的人，那些人从黑暗逐步走向光明，而光明还没全部来到，有光明还有黑暗，因此有矛盾。就写这个东西。”

由此可见，韦护这种矛盾痛苦是光明与黑暗交战的必然产物。他的矛盾是那个时代的矛盾，也是从个人主义走向集体主义、从黑暗走向光明的进步的知识分子所共同经历过的情感的矛盾。其心路历程之所以会产生这些矛盾，一方面是由于这些人物大多具有罗曼蒂克的气质和行动，另一方面当时的革命斗争却要求他们抛弃这种罗曼蒂克，甚至所有私欲，为革命贡献出一切。可由于生活道路的惯性，他们又不能一下子就和“旧我”、和“昨天”一刀两断，这就必然产生此种新与旧的冲突、个人与革命的冲突，这种冲突便是韦护性格发展的依据。

丁玲在新的时期对这类知识分子的矛盾性格的发现与把握，可以说是她这一时期文学形象塑造中的一个重要贡献。这一时期的知识分子形象，除了韦护之外，就是《田家冲》中的三小姐。这位地主家的三小姐，非常耐心地启发自己家的佃户和田家冲的农民起来反抗地主

① 《我的创作生活》，转引袁良骏编：《丁玲研究资料》，天津人民出版社1982年版，第110页。

阶级的压迫和剥削，掌握自己的命运。这是丁玲作品中第一次出现的崭新的革命女性形象，但是，诚如作者所分析："失败是在我没有把三小姐从地主的女儿转变为前进的女儿的步骤写出，所以虽说这是可能的，却让人有罗曼蒂克的感觉。"①

的确三小姐的形象不免有些概念化，主要是作品中看不到她思想、立场转变的过程，看不到这中间的桥梁。似乎由罗曼蒂克的知识分子到一个革命者之间的转变，在须臾之间便完成了。正因为如此，三小姐形象的真实性、生动性、艺术感染力，就远远比不上韦护。因为"革命"并没有具体地体现在三小姐的生命活动与她的性格发展之中。

冯雪峰说："……它的不满人意的地方，照我看来，是在于以概念的向往代替了对人民大众的苦难与斗争生活的真实的肉搏及带血的塑像……"②

另一方面，在刻画工农形象方面，"左联"时期，丁玲的作品应当说已经作了这方面的尝试，但也应承认尚未能塑造出很富有实感的成功的工农形象。这也正表现了作者由于生活的局限，仍未能真正走进工农的内心世界，真正了解他们。作品中出现的工农形象往往就带有某些概念化的毛病。

这种"流弊"的产生，当然有其社会原因，也有作家自身的主观方面的原因。

在文学创作中，作家选择什么样的题材，描写什么样的生活，毕竟要受某些条件的制约，如作家自己的生活实践和生活经历的制约。因此，许多伟大的作家都从自己最为熟悉的生活中选取感受最深的有价值的生活材料作为作品的题材，他们都有一个心灵的敏感区。鲁迅小说的题材，往往来自病态社会中不幸的人们，尤其是浙东农村和市

① 《我的创作生活》，转引袁良骏编：《丁玲研究资料》，天津人民出版社1982年版，第110页。

② 《〈丁玲文集〉后记》，转引袁良骏编：《丁玲研究资料》，天津人民出版社1982年版，第296页。

镇的农民和知识分子。他曾经计划过写一部反映红军长征的作品，但因环境的限制，不可能到处收集材料，终未写成。他多少次感叹说："自己不在漩涡的中心，所感觉到的总不免肤泛，写出来也不会好的。"[①]老舍的心灵敏感区是北京的大杂院。他对新旧北京的大杂院都写得非常好。他并没有写北京的王公贵族、文人雅士，而是写它的大杂院。他心中有一个市民"王国"：三教九流、五行八作、三姑六婆、行商坐贩、拳师土匪、巡警娼妓，还有拉车的、说书的、剃头的、耍棒的……这些人物他写来都得心应手，游刃有余。然而作品中写到"革命"，写到"革命者"，就显得有些力不从心。

俄国著名作家冈察洛夫在他写的一篇《迟做总比不做好》的文章中，谈到有人要他写短篇小说，他说："我不能，我不会啊！在我本人心中没有诞生和没有成熟的东西，我没有看见、没有观察到、没有深切关怀的东西，是我的笔杆接近不了的啊……我只能写我体验过的东西、我思考过和感觉过的东西、我爱过的东西、我清楚地看见过和知道的东西，总而言之，我写我自己的生活和与之长在一起的东西。"[②]这真是经验之谈，至理名言。

丁玲从一个十分熟悉的莎菲形象群中走出来，进入一个陌生的人物世界，她的材料"仓库"中空空荡荡，毫无积累，单靠到工厂去跑几次，走马观花，就要创作出成功的工农形象来，未免力不从心。

同时，这种公式化概念化和当时的"左联"所强调的"唯物辩证法的创作方法"也不无关系。

"唯物辩证法的创作方法"本来是苏联的"拉普"提出的，中国的"左联"是当时国际革命作家联盟的一个支部，当然要执行这个决定。因此，"左联"便在1931年到1932年大力提倡这种"唯物辩证法的创作方法"。

① 鲁迅《书信》。

② 冈察洛夫：《迟做总比不做好》，载《古典文艺理论译丛》第1辑。

在“左联”的倡导下，“左翼”作家们注重以重大的社会问题为题材，表现工农的觉醒和反抗斗争，重视对社会现象作阶级分析，重视题材的开掘。无疑，作品的思想性是大大加强了，但也毋庸讳言，由于它将哲学方法和艺术方法混淆在一起，甚至用世界观代替创作方法，这势必导致对艺术规律的某种破坏。

当时“左翼”作家中普遍认为只要掌握这种唯物辩证法，就可以进行创作。所有的“左翼”作家都应该“是一个能够正确地理解阶级斗争，站在工农大众的利益上，特别是看到工农劳苦大众的力量及其出路，具有唯物辩证法的方法的作家”。[①]在这种认识的指导下，“左翼”作家很少有人敢于在作品中写出自己的独特感受和独特见解，也不敢表现“我”的感情，而一味写“我们”“我们的”意识和“我们的”行动，他们怕被扣上“小资产阶级个人主义”或“小资产阶级的罗曼蒂克”的帽子，这样就削弱、淡化了创作的主体性、作家的个性。

“左联”的这种文艺思潮，对丁玲的创作也不无影响。这一时期，丁玲在描写工农的作品中，自己独特的艺术个性确实从某种意义上讲是淡化了或失落了。

1933年年底，苏联“社会主义现实主义”的口号传入中国之后，这种“左”的影响才在“左翼”理论界中得到某些清算。

① 冯雪峰语。

《母亲》——寻求艺术上新的突破

实际上，当丁玲响应“普罗文学”的号召，在写《水》《奔》《法网》《夜会》等以工农生活为题材的小说之时，她就已经感觉到：“写工农不一定就好，我以为在社会内，什么材料都可写”；“我对于由幻想写出来的东西，是加以反对的。比如说，我们要写一个农人，一个工人，对于他们的生活不明白，乱写起来，有什么意义呢？”①

的确，题材本身并不能够决定作品的价值，关键不是写什么，而是怎样写。正如鲁迅先生所说：“如果是战斗的无产者，只要所写的是可以成为艺术品的东西，那就无论他所描写的是什么事情，所使用的是什么材料，对于现代以及将来一定是有贡献有意义的。”②

可惜的是鲁迅先生的这些正确看法并没有为当时的某些“左联”领导人所接受，在创作题材上他们片面强调写工农题材而排斥其他题材，致使创作的题材缺乏多样性，并且使一些作家丢弃自己所熟悉的题材，而勉强去写不熟悉的东西，由于生活积累的不足，又硬着头皮去写，这就必然导致创作陷入某种困窘。

丁玲也一样。一方面她在写工农，另一方面又确实感到不熟悉他们，不愿意乱写。正是在这种矛盾、困惑的时候，她又回到自己所熟悉的题材上，开始新的探索。不过，她始终没有重复自己，再去写原来熟悉的莎菲们，而是把目光转向封建破落的又养育过自己的家庭，构思一部长篇小说——《母亲》。

---

① 《我的自白》，见《丁玲文集》第5卷，湖南人民出版社1984年版，第299页。

② 《关于小说题材的通讯》，转引《鲁迅全集（中）》，广西民族出版社1995年版，第1083页。

关于写这部小说的具体动因，诚如作者在《给〈大陆新闻〉编者的信》中所说，是因为胡也频牺牲后，她把小儿子送回家托母亲抚养，在家里“听了许多家乡亲戚间的动人的故事，全是一些农村经济崩溃，地主、官绅阶级走向日暮途穷的一些骇人的奇闻。这里面也杂得有贫农抗租的斗争和其他的斗争消息”。“另外，有些是关于小城市中有了机器纺纱机、机器织布机、机器碾米厂、小火轮和长途公共汽车的新闻。还有一些洋商新贵的逸事（在那个小城市中的确成为不平凡的新闻）和内地军阀官僚的横暴欺诈。这些故事，我感到非常有兴趣。”“所以我开始觉得有写这部小说的必要。”

于是，丁玲于1932年6月开始写作《母亲》，边写边在《大陆新闻》上连载。然而到7月初，该刊被查禁，作家被迫辍笔。是年秋天，又应良友的《文学丛书》之约而续写，至1933年4月共写了10余万字，但又因后来被国民党特务绑架而未能完成此书稿。

根据作者的构想，此书约30万字，分为三部。“所包括的时代，将从宣统末年写起，经过辛亥革命，1927年大革命，以至最近普遍于农村的土地骚动。地点是湖南的一个小城市以及几个小村镇。人物大半将以几家豪绅地主做中心，也带便的写到其他的人。”①作者所要表现的是“一个社会制度在历史过程中的转变”。由此可见，此书的规模是宏大的，构想也是宏伟的。

小说所反映的生活，作者是熟悉的，小说就取材于作者自己的家庭，以自己的母亲为模特儿。作品所展示的，是主人公于曼贞生活的封建大家庭衰败、分化的过程；同时也描写了女主人公——一个封建大家庭的少奶奶如何冲出封建思想的重围，由一个旧式的小脚的大家闺秀到上学堂、求新知、争自主，终于成为一个具有民主思想的中国现代第一代新女性的艰难历程。

① 《给〈大陆新闻〉编者的信》，见《丁玲文集》第5卷，湖南人民出版社1984年版，第387—388页。

从作家的题材选择、艺术构思以及人物塑造看来，的确，这在丁玲的小说创作史上，无疑是前所未有的，可以说又是一个超越、一个突破。它既需要作家具有驾驭复杂生活，选择、提炼、使用材料，谋篇布局的能力，也需要作家从众多的人物关系上，从具体的时代、社会环境中，去刻画人物的性格和命运的艺术才能。与此俱来的，还要求作家在写作方法上有更多的探索和创新。它创作的成功表明：作家在艺术创作上既突破了写莎菲时内容上的某种局限，又弥补了写《水》时艺术上的某种缺陷。总之，它标志着作家在艺术上达到了某种新的高度。

曼贞形象的真实感和历史感

丁玲说过，作品中的人物都是很多年在作家的思想上、作家的感情中、作家的社会经历中慢慢积累和形成的。在丁玲小说的人物的画廊中，莎菲和于曼贞这类形象无疑是作家最熟悉的人物，是作家多少年生活积累的结晶，因而写起来得心应手，形象真实感人。具体表现在这么两个方面。

其一，形象地表现了人物性格和心灵的发展史。

和莎菲形象比较起来，《母亲》的主人公于曼贞的性格、思想和心灵更富有层次感、动态感；和《田家冲》中的三小姐形象比较起来，于曼贞更富有真实感。她不是突变的英雄，不是抽象地、概念化地走向革命的人物。作者用细腻的浮雕式的笔画，刻画了于曼贞这样一个旧式的小脚的大家闺秀如何在辛亥革命的前夜，在维新思想的冲击下，寂寞而又艰难地挣扎着前进的。她终于由一个封建大家庭的少奶奶变为自食其力的新女性。

于曼贞和莎菲的起点不同，她是封建大家庭的贤妻良母；在娘家做姑娘的时候，只晓得作画吟诗、斗草簪花，陪老太爷喝酒下棋；到了婆家，也从不问田地、家当，啥事也不管。丈夫是一个有才华然而又怕吃苦，不做事只花钱的败家子，家里每日要摆上三四个鸦片烟灯待客，一开饭就是几桌，曼贞有时看不惯，也不吭声，坐上轿子回娘家。总之，她在娘家是好姑娘，在婆家又是个好媳妇。本来，她可以沿着这样的生活轨道走下去，然而，突然的变故使她从安逸的少奶奶宝座上跌落下来！

丈夫突然去世，家产澄了底，只剩下二十几亩田，还背了一身的债，留给她的还有两个年幼的孩子！

在封建社会里，妇女“在家从父，出嫁从夫”，丈夫是女人的靠山，她们一生的幸福系于丈夫的身上。现在，靠山倒了！像其他寡妇一样，曼贞沉入了痛苦、绝望之中；而经过与痛苦的几番搏斗，死灰的心又慢慢得到复苏。她决心靠几亩薄田把儿女抚养成人。她虽说穷了，可是总还可以留下这栋屋，和屋前屋后的山和田，她可以躲避过许多应酬，也不会有人与她交结的，她就和着幺妈，带起这几个佣人勤勤恳恳地操劳，大致不会缺少什么的，而且大家都会快乐。她一闲下来的时候，就教小菡一点字，慢慢婴儿也长大了，她也可以自己教她，生活不是全无希望的。“过去的，让它过去吧，那并不是可以留恋的生活，新的要重新开始……她一定要脱去那件奶奶的袍褂，而穿起一件农妇的，一个能干的母亲的衣服……”

以上是于曼贞思想性格发展上的第一个层次，她决心告别饮甘餍肥的少奶奶生活，重新过一种农妇的生活。然而在这个层次上，曼贞的思想也仍然未能彻底摆脱封建的伦理道德的束缚，“夫死从子”，她把希望寄托在儿子慢慢长大上。

曼贞思想性格上发生更大的变化，是她回到了武陵娘家以后。那时正是辛亥革命的前夜，维新思想日益高涨。曼贞在武陵城所听到的都是什么“民权”啦、“共和”啦，还听说办起了女学堂。拜访女学堂的老师金先生，对于曼贞的思想发展是一个促进。原来这位金先生是她的亲戚程二嫂子，她往外面跑了一趟，进过学堂，现在她也就是“先生”了，可以自立不求人。曼贞受到了极大的鼓舞。她小时候在娘家就读了不少外国小说，知道外国女人也能读书做事，还要参政、做官。眼前的“程二嫂子”变成了“金先生”，她就是于曼贞的榜样。曼贞的心也激动起来了，她毅然进了女学堂读书。

时代、社会的发展，维新思想的崛起，为曼贞走上新的生活道路提供了契机，使她看到了生活的希望，看到了可以凭自己的力量自立自强过另一种新的生活的一线光明。于是她毅然抛弃了旧中国千千万万寡妇那种安分守己，保持“节操”，把孩子养大，续夫家香火的旧式生活，走进了另一个新的天地——进女子师范读书。

这是于曼贞的思想、性格发展的第二个层次。在这里，曼贞原先思想中的某些民主主义的因素，得到了发展。

进女子学堂念书以后，曼贞的思想性格又有了进一步的发展，这可视为她思想性格发展的第三个层次。

为了能自立，为了适应新的生活，曼贞决心经受一切的磨难。作品有许多丰富生动的细节，围绕着这一点，描写曼贞“做什么”和“怎么做”，突出她刚毅倔强的性格。家务和孩子拖累了她，她就早起临字，深夜还坚持学习。有些小姐、少奶奶学不到几天，就因怕苦怕累而告饶了，可是曼贞连迟到也没有过。由于她刻苦学习，成绩居然能和那些聪明的女孩子相比了。为了把脚放大，她拐着一双小脚上操跑步，作品这样写道：

她开始不想上体操课，因为有些小脚的学生都不上。她自己知道脚还不行，怕别人笑，可是夏真仁诚恳地鼓励她道：“曼贞姐！不要怕，尽她们笑吧，她们最多笑你三天。你要不肯上操，你的脚更难得大了，脚小终是不成的。你一定要跟着我们一块儿来。”

她真的听她的话，自然有人心里笑她，悄悄地说：“看于曼贞，那么小一双脚也要操什么……”

尤其是当练习跑步的时候，她总是赶不上，一个人掉到后边，王先生便说道：“于曼贞，你可以在旁边站一会。”一些不上课坐在两旁凳子上看着玩的也喊她：

“曼贞姐，来坐坐吧。”

有人劝她算了，可是她以为夏真仁是对的，她不肯停止，并且每天都要把脚放在冷水里浸，虽说不知吃了许多苦，鞋子却一双比一双大，甚至半个月就要换一双鞋。她已经完全解去裹脚布，只像男人一样用一块四方的布包着，而同学们也说起来了：“她的脚真放得快，不像断了口的，到底她狠，看她那样子，雄多了。”

诚如茅盾所说：“我们这时代的女性也许觉得自己的一双天足算不了什么大幸福，但是‘前一代女性’挣扎的苦心在这‘小小的事上’就充分体现着。《母亲》的独特异彩便是表现了‘前一代女性’怎样艰苦地在寂寞中挣扎！”①

作品就这样形象而非概念地展示了曼贞带着孩子上学、上操、放足、学习的艰难历程。通过这些“小事”，展示主人公是怎样挣扎前进的。

在这一个层次中，作者没有孤立地抓住几个生活细节来描写人物，而是严格地将人物置身于特定的环境之中，正确地描写思想、性格和环境的辩证关系，写出时代的激流是如何冲击着这个大家闺秀，并在她的心中涌起层层涟漪；那新世纪的曙光是如何透过重重阴霾，透进了人物的心间；而主人公又是怎样地挣扎、苦斗，经受严峻的考验，而终于实现了质变，从而表现了时代、社会对这新女性的有力影响和改造。

其二，严格地从人物的思想逻辑和性格逻辑出发。

闯过了学习、生活的重重关隘之后，曼贞开始成为同学们心中的一个榜样，她的朋友也更多了。她们中，也有一些思想很进步的小妹妹，常常和曼贞讨论国家大事，谈社会，谈人生和理想。曼贞也发表自己的见解。作者在写主人公的见解时，十分注意从人物的思想逻辑和性格逻辑出发，从不拔高人物，甚至神化人物。这就使作品更加真

① 茅盾：《丁玲的〈母亲〉》。

切、感人。譬如曼贞对夏真仁说："……你说我没有孩子会更好些，我不懂，我实在是为了孩子们才有勇气生活。那个时候，唉，我是连像你这样的朋友也没有的。我现在，这大半年来，得了你们许多帮助，才算懂得了一些事，从前真不懂得什么。譬如庚子的事，听还不是也听到过，哪里管它，只是兵不打到眼前就与自己无关。如今才晓得一点外边的世界，常常也放在心上气愤不过。我假如现在真的去刺杀皇帝，我以为我还是为了我的孩子们，因为我愿意他们生长在一个光明的世界里，不愿他们做亡国奴！"

从这番话里，我们既能看到曼贞的思想历程和心灵历程，又能看到她此时思想所达到的高度。她开始关注国家大事，不愿孩子们做亡国奴，渴望他们生长在光明的世界里，但她想的不是为了千千万万的孩子，而仅仅是为了自己的孩子，这样写是完全符合这一个刚刚冲出封建大家庭走进新学堂的于曼贞的思想实际的。没有超乎历史、时代和现实，没有将人物拔离生活的土壤。丁玲说过："人总是不一样的，写出这个不一样，人物就有血有肉，就活了。相反，则只是个骨架子，读起来完全没有趣味。"[①]丁玲的确写出了曼贞的"这个不一样"。曼贞是一个聪慧贤淑而又勇敢、坚毅的平凡母亲，她不是叱咤风云的人物，不是秋瑾那样的女英雄，也不像向警予那样思想激进。当然，她在妇女解放道路上，和她的同时代的姐妹们，和比她稍后的新女性——子君、莎菲们有着前后的承传关系，她们都走在同一条妇女解放的大道上，都富有叛逆性，对封建伦理道德以及庸俗污浊的世俗，都敢于反叛。但她们之间的区别也是十分明显的。

显然，曼贞的追求和莎菲们不一样。曼贞思想中那种"民权""共和"的意识，是建立在振兴国家、爱国忧民这一基点上的。她的"自主"意识的内涵，更多是主张妇女自立自强，能和男子一样

① 《答〈开卷〉记者问》，见《丁玲文集》第5卷，湖南人民出版社1984年版，第442页。

工作，而不做男人的附属品。而莎菲们的追求则在更高的层次上。她们不但反叛“男尊女卑”，而且反叛那压抑个性、妨碍个性自由发展的黑暗社会。她们更强调人的自我价值，有更强烈的自我意识。莎菲们多有心灵上的苦闷：灵与肉、情与智的矛盾，如莎菲分析自己的心理时写道：“有时为一朵被风吹散了的白云，会感到一种渺茫的，不可捉摸的难过……”据此可见，莎菲们的心境像飘忽不定的云朵；曼贞的心灵更像一条欢快跳跃汩汩流淌的小溪，那样清澈、晶莹。莎菲多耽于幻想与浪漫的情调，曼贞更富于苦干的精神。

这就是丁玲早期小说中女性典型人物曼贞与其他的女性典型人物的区别，虽然她们身上同样打上了叛逆的印记，但在不同的时代、不同社会发展的阶段上，具有不同的特征、不同的思想起点、不同的精神风貌、不同的心灵历程、不同的性格特征、不同的情绪和情调……这些区别，就使曼贞完全独立于妇女解放的形象系列之中。她是辛亥革命前后从旧到新，慢慢从封建社会里走出来的老一辈妇女的典型。她是旧式妇女和新时代女性的“中介”“过渡”性的人物。她的一双半新半旧的“解放脚”赋予了这一人物以外形上的特征。

在中国现代文学史上，写“五四”以后的新女性的作品不少，但是写“五四”以前妇女的觉醒和反抗的作品却不多见，能够塑造出这样富于历史感和真实感的形象，更是凤毛麟角。从这一点上看，《母亲》填补了现代文学史上的这一空白。

由欧化到民族化

丁玲在《答〈开卷〉记者问》中谈道：“我在写这些短篇中间，觉得欧化了的文章还是不好，有意识地想用中国手法，按《红楼梦》的手法去写。我对自己的家庭生活比较熟悉，也比较适宜于这种写法，就写下来了。”

这样看来，作者在写《母亲》的时候，是有意识地选择不同于《莎菲女士的日记》以及《水》等短篇小说的描写手法，特别是在塑造富有时代性和艺术性的人物形象时，更多地从中国古典小说中吸取营养。

丁玲的古典文学素养、根底是深厚的，对于中国古典文学的兴趣也很浓厚。据她的回忆，从幼年时候起，她就爱听那神奇的“水帘洞”“托塔天王”的故事。10岁到14岁这个时期，她几乎把舅舅家那些草本旧小说看了个够。在中学读书时，甚至常常在上课时看小说，这些熏陶无不为她日后的创作打下基础。

当她在小说创作上颇有名气以后，她仍然不断地学习和借鉴我国古典名著的高超技艺，并且做到有择取、有创新。她认为“古代的章回小说如《红楼梦》《水浒传》《三国演义》这些作品里表现的方法确实生动得很”，[①]因而有意地向这些古典小说学习。

《母亲》在丁玲的小说创作史上，可以说是第一次有意识地尝试用“中国手法”创作的一部重要作品。和她以前创作的短篇小说相比，它更注重吸收我国古代文学的艺术手法，这主要表现在以下两个方面。

其一，从对话和行动中刻画人物性格。

评论界一致认为：丁玲早期的小说，在描写人物时，以大胆的白描和细致的心理分析见长，更多地从西方文学学习表现技巧。但是在写《母亲》的时候，她已改变了“不愿写对话、写动作，我以为那样不好，那样会拘束在一个小的观点上”[②]的偏颇。她决心丢开“过去所常常有的、很吃力的大段的描写”[③]。

首先，作者学习古典小说，“通过一件件的事，慢慢地把人物突出出来，而不是靠作家出来替人物说一大通”[④]，注意从人物的对话和行

① 《谈文学修养》，见《丁玲文集》第6卷，湖南人民出版社1984年版，第38页。

② 《我的自由》，见《丁玲文集》第5卷，湖南人民出版社1984年版，第299页。

③ 《给〈大陆新闻〉编者的信》，转引袁良骏编：《丁玲研究资料》，天津人民出版社1982年版，第105页。

④ 丁玲：《生活、思想与人物》，转引袁良骏编：《丁玲研究资料》，天津人民出版社1982年版，第210页。

动中来刻画人物的性格。

众所周知，中国古典小说名著都是以写人物的对话和行动见长的。如《红楼梦》中贾宝玉的“行为偏僻性乖张”。这种性格特征是通过以下言行来展现的：他反科举，深恶痛绝“仕途经济”，厌恶功名利禄，讨厌繁文缛节、礼教教条，以及“不过是些渣滓浊沫”的世俗男子，他喜欢“在内帏厮混”，反对男尊女卑。他说：“女儿是水做的骨肉，男人是泥做的骨肉。我见了女儿便清爽，见了男子，便觉浊臭逼人。”这种“呆”话，也只能出自宝玉之口。《三国演义》写张飞也是通过人物的行动来凸显他的丰富多彩的性格特征的。如怒鞭督邮，突出他的快直；三顾茅庐要烧诸葛亮的房子，写他的粗鲁；喝断当阳桥，写他的神勇；古城会写他的忠贞；大战张郃写他粗中有细。作者从不同侧面刻画张飞的性格，写得有声有色，活灵活现。

丁玲非常欣赏中国古典小说这种善于刻画人物性格，把人物写活的技巧。她说，《三国演义》写了“煮酒论英雄”“三顾茅庐”那些故事，每一件只写三五行，但人物是什么样子，读者都记得。“猛张飞”“奸曹操”“智孔明”，真使人叫绝。

在刻画曼贞的时候，作者一方面继续发扬早期小说善于运用心理分析的方法，细腻地刻画人物的心理的特长。另一方面又注意学习古典名著这种描写人物的对话和行动的技巧，“通过一件件的事，慢慢地把人物突出来……”作者通过曼贞进新学堂读书的行动突出她的决断和勇敢；早起临字，深夜学习，突出她的勤奋；放脚上操写她的刚毅、倔强。这样，从不同的角度去描写人物，使人物性格丰满，富有立体感。

作者也注意从对话中写出人物的思想性格来。《母亲》第四章有一段文字写热心爱国的夏真仁找曼贞商量革命大事，曼贞主张“先把人马弄起来”，夏真仁又进一步向她讨教，怎么弄法。曼贞说：“像你动不动好像就要上阵去，或是刺人去，那是一辈子也弄不起来的。莫说这些小姐们，就是少爷们也要吓跑。我看我们先算算人数，有好多，邀了起来，起个名目，只说读书，互相帮助，将来在社会上做事，也要互相提携，这样，我包你都肯来……”从这些谈吐中，曼贞有主见、有心计，稳重老成的性格跃然纸上。

其次，作者非常欣赏中国古典小说通过简洁的勾勒，“短短的几行就写出一个生动的人物”①，而且写得“跟活的一样”的本领。她在《谈与创作有关诸问题》中，谈到刘姥姥第一次见王熙凤，作家只用几笔，就把“凤姐的假殷勤、拿势派的神情刻骨地写进字行里了”，作家只在重要的地方画龙点睛地画上两笔，就把一个人物的形象勾画得活灵活现。

《母亲》在刻画人物时也有意学习这种方法，如对幺妈、小菡、轿夫等，都是通过闲谈中几笔的勾勒，人物就写活了。在江家几十年、服侍了几辈人的幺妈，作者从她与主子娘家的来人以及轿夫的闲谈中勾画几笔，就活现了她“忠心为主”的特征。“我现在才算看透了，平日客客气气，有礼貌，对寡妇可就凶了。我不是爱说主子坏话，我在江家几十年，未必全无恩义，实在看我们奶奶太可怜……一点儿不厉害，话也不会说，把我们做下人的气死了，又不能替她上前……”

下面又有一段描写幺妈以主人身份安排奶奶娘家派来的人：“好，大家睡吧，于大叔那边客房开得有铺，被、褥都是干净的。长庚引轿夫到你房里，也有现成的铺，走了一天路，歇歇吧。明天杀三个鸡，不必去买肉了。乡下就只有小菜，再嘛，蛋，比不得你们城里。三老爷在日，家里人多，要东西还方便……怠慢了，不要见怪吧，不要拿到城里说笑话，说我们小气。我们奶奶是贤惠的，就只没人手，喊起来不灵。”

从幺妈的妥帖安排中，可以看到她很能干，而且还很会说话，既为主子节约又堵住了人家的口——“不要拿到城里说笑话，说我们小气”。她的意思再明白不过了：其实不是小气，奶奶是贤惠的，只是

① 《谈文学修养》，见《丁玲文集》第6卷，湖南人民出版社1984年版，第40页。

没人手去买肉……

“她一边说着话，一边撩起大袖子在灯上点了一个纸捻，纸捻上的油爆着小小的花。动着弯了的腰，一双没有裹小的脚，运着她慢慢地转了几个小院，到正屋去了。”她俨然就是这个屋里的“总管”，“一切都是她做主。说什么就得听什么，三奶奶也全听她呢。”主子也听她的，这个家没有她就不行，足见她在这个家中的地位。

对这位幺妈的勾勒，可以说是妙笔生辉。虽然她是个次要人物，但这个“义仆”形象已经活灵活现了。

再次，通过生动逼真的细节刻画人物。细节是小说中艺术形象的细胞。逼真、生动的细节，能唤起读者的情绪记忆和知觉再现。巴尔扎克描写老吝啬鬼、守财奴葛朗台临终之时的那个细节，的确值得人们回味。当神甫把镀金十字架送到他嘴边时，他没有吻它，眼睛却流露出贪婪的光，拼出最后的一点力气，抖抖颤颤的手，抓住了镀金的十字架，然后才断了气。这一细节，突出了爱钱如命的葛朗台的贪婪。

中国的古典名著也不乏生动的例子：《红楼梦》里写黛玉初进贾府，众人饭后饮茶，在家时，为了不伤脾胃，林家的规矩是饭后片刻方用茶，可是见贾府的许多规矩不似家中，也只得随和些，因而“悄悄地端了茶杯呷了一口”，从“呷了一口”这一细节中可见她的心计。

在艺术的领域里，一切都必须以个别的具体形式来显现，好比一棵树，树干的生气，不就是靠树叶来体现的吗？所以鲁迅才说，删夷枝叶的人，绝对得不到花果。如果把细节砍去了，也就不成其为艺术品。可见细节虽“细”，但其作用并不“细”，在揭示人物性格特征的作用上，肩负着的任务并不“细”。

《母亲》中写像于曼贞这样的奶奶、大小姐们坐着轿子上学，举行开学典礼“不知怎样叫站队”，“一位年轻的十八九岁的女体操教员，望着这群小脚学生发急”，最后是“一个一个地拉，才把学生们排成四行”；“由知县官、堂长、管理员们带着这起小脚的女人在那三合土上面，一起一落地磕着头，算是谒圣……”这些细节是构成作品细小的因素，是生活中的一个切片，但它所反映的，是富有那个时代特点的社会生活，从某种意义上说，是那个时代的缩影。上面所列举的细节之所以感人、真切、生动，是因为它真实地描写了辛亥革命前夜一群特殊的学生——小脚的少奶奶和小姐们冲破封建束缚，由足不出户到抛头露面，第一次迈出深闺，进入学校的情景。那时候的小姐、奶奶们的确出门必须坐轿，那么入学坐轿也就是理所当然的。至于进新学堂不行礼，而要磕头谒圣，似乎是土洋结合，新旧共存，这的确也是那个时代的特点。一方面，新思潮在激荡，在冲击一切陈规陋俗；另一方面，旧的一套又不可能一下子退出历史舞台，于是半旧半新的东西还真不少。

作品描写开学典礼上这些脚包得像个粽子一样的少奶奶、小姐们被折腾了半天，站着听县官、堂长训话，听来宾演说，“有几个女学生几乎忍不住脚痛要哭了”的细节，看起来也是十分真实的，很富有典型意义。

诚然，《母亲》正是通过这些细节，才使我们看清了那个时代、那个社会的总画面，也使我们确切地了解主人公曼贞拐着一双小脚上操、跑步的惊人毅力。从而，读者才能真切地感到那个时代妇女挣扎前进的痛苦与艰难。

《母亲》是一部成功的现实主义作品。它塑造了一个既有着巨大的社会概括力又有血有肉、栩栩如生的，有着丰富的个性特征的辛亥革命时期新女性的典型形象。作者并没有把个性消融在原则里，把人物变成某种政治观念的传声筒。比起《田家冲》《水》这些作品，《母亲》在塑造人物形象方面有了长足的进步。中篇小说《水》虽然也写了几个人物如赵三爷、王大保、李塌鼻以及裸着半身爬在树上鼓动农民兄弟起来造反的农民，但作家塑造这些形象时，只注意了概括化，忽视了个性化的描写，形象模糊不清，甚至有其名而无其形。《田家冲》虽说写了三小姐的形象，也因为没有把她思想转变的基础与过程写出来，而使人觉得很突然，显得不太真实。从某种意义上说，《母亲》克服了这些缺点，标志着作者在现实主义创作道路上已经大大地跨进了一步。

其二，情节结构、节奏、语言诸方面的借鉴。

诚然，《母亲》在结构上，并不像《红楼梦》那样经纬万端、错综复杂，但有一点是颇为相近的，这就是写封建大家庭的衰败、分化，并以此来结构作品。《母亲》以曼贞为结构中心，以她的生活道路的变化为线索展开情节。

《母亲》的情节结构，也不像《水浒传》那样，层层逼近，环环紧扣，而是通过场面的转换自然地开展。由灵灵坳江家—武陵城于家—武陵女师学堂写出曼贞生活的变化，思想和性格的发展。有如《红楼梦》那样，描写的都是饮茶、喝酒、谈天、读书、写字等日常的生活。当然也有剪辫子、办女学、出报纸、建社团等革命活动，但作者似乎没有从整体结构上多做文章，只是自自然然地从场景的转换中描绘出一幅幅生活图画，让读者从这些画面里，真切地体会那个时代、那个社会的风云变幻，以及人物脚步的艰难前移。

节奏是为情节安排服务的。《母亲》这部作品的故事情节一般说没有什么大起大落，雨覆风翻，因而在节奏上，也就没有急剧的起伏升降，没有什么急促的旋律，作品显得如此的从容舒展。情节的运动和推移、情绪的起伏升降、场面氛围的张弛抑扬，也都是那样从容自然、和谐，犹如一支牧笛奏出的悠扬而舒缓的曲子，而非繁弦急管奏出来的乐章。

至于说到语言，作者也是注意吸收和消化古代文学作品中许多活的语言。丁玲十分赞赏《红楼梦》的语言。她说："学习语言，必须学习《红楼梦》里运用语言的方法。"[①]她认为《红楼梦》的语言是语

① 白夜：《当过记者的丁玲》，转引袁良骏编：《丁玲研究资料》，天津人民出版社1982年版，第66页。

言的最上乘，是标准的语言。

在创作《母亲》的时候，作品一反过去欧化的句法，努力做到流畅、质朴、口语化、民族化。过去作者喜欢用一些欧化句法，如“……的我”，“吼着北风的狂啸”等，《母亲》这部作品中已不再出现。正如作者在《给〈大陆新闻〉编者的信》中所说的：“……在文字上，我是力求着朴实和浅明一点的，像我过去所常常有的、很吃力的大段描写，我不想在这部书中出现。”的确，《母亲》的叙述语言有了很大改变，没有冗长的叙述，所使用的语言既质朴，也很简练，和早期的小说语言比较起来，有了很大的变化。

《母亲》这部小说对于中国古典文学尤其是《红楼梦》，是有着明显的继承、借鉴与择取、创新的。这本来是很自然的、无可非议的事情，因为任何时代文学的发展，任何优秀作家创作出好的作品，都是在继承前代文学遗产的基础上进行革新、创造的。只有这样，新的文学才能诞生，优秀的作品才能问世。

然而，对于《母亲》借鉴中国古典小说，有着不同的意见。早在20世纪30年代，就有人指责她“著者的家庭本来是一个‘大户’，这‘大户’是日益破落了，或者关于这大户破落的情形，著者从她母亲的口里听得太多，所以在下笔的时候，不自觉地会怀着伤感的情调，多作‘开元盛世’的追忆……”“关于这些，差不多全是用着《红楼梦》的描写手腕加以仔细地刻画，或者可以说是刻意模仿着《红楼梦》……”①

我们认为这种评论是不够公正的。作者的确用了不少笔墨写江家往日的盛况和今日的破落，如前所述，其着眼点在于写出曼贞怎样从封建家庭的千金小姐转变到具有维新思想的新派人物这一过程的客观原因。正因为江家从珠光宝气、钟鸣鼎食之家败落了下来，才使曼贞猛醒过来，思虑今后的生活出路。再者，曼贞不断跌落的生活，不可

① 犬马：《读〈母亲〉》。

能不引起她的思想感情的变化，孤儿寡母、债主逼债、叔伯凶狠、人情冷漠、世态炎凉，促使她看到世人的真面目，从而对社会与旧家庭的丑恶和腐朽，有着进一步的认识。这就为她冲出封建家庭的牢笼、摆脱少奶奶的生活，奠定了思想基础。

可见作家不是为了赞叹昔日江家的昌明隆盛和哀伤今日的大厦已倾，而是为了如实地写出曼贞勇敢地告别旧的生活，奔向新的生活道路的艰苦历程。当然，作者在写江家由盛到衰的时候，如果能适当压缩些篇幅，那么布局会更加得体，且又可以腾挪出力量，更加充分地铺写曼贞思想转变的过程。

至于批评者提到的“刻意模仿着《红楼梦》”的问题，我们认为从整个作品来说，并不存在“刻意模仿”的问题，但可以看出，作者从《红楼梦》《水浒传》《三国演义》等古典名著中吸收了不少的养分，以滋养和壮大自己，这又有什么值得别人非议的呢?

通向《太阳照在桑干河上》的桥梁

鲁迅说过：“一切事物，在转变中，是总有多少中间物的，动植物之间、无脊椎和脊椎动物之间，都有中间物；或者简直可以说，在进化的链子上，一切都是中间物。”[①]《母亲》作为一个中间物、中间环节，在它身上，我们看到了什么呢？列宁说过：“把任何一个社会现象看作处于发展过程中的现象时，在它中间随时可以看见过去的遗痕、现在的基础和将来的萌芽。”的确如此，在它身上，我们可以清楚地看到丁玲过去创作留下的“遗痕”，如细腻的心理分析、常带感情的笔锋、洒脱明朗的风格等。除此之外，也能看到“现在的基础和将来的萌芽”。

《母亲》从广阔的历史背景上描写人物，从众多的人物关系上发展

① 白冰编《写在〈坟〉后面》，转引《鲁迅全集（上）》，广西民族出版社1995年版，第142页。

情节，从人物的语言和行动中刻画人物性格，这些现实主义成功的经验，可以说为《太阳照在桑干河上》刻画人物形象做了一次有益的尝试、一次成功的探索。当然，《太阳照在桑干河上》更注意在错综复杂的矛盾斗争中去丰富和完成人物的性格刻画。

在景物描写、气氛渲染方面，《母亲》这部小说也做了成功的探索。例如书中第一章便渲染了凄惨、寂寞的灵堂气氛，以映衬新寡的曼贞心里的孤寂和凄苦。《太阳照在桑干河上》也是一开始便出色地渲染气氛，不同的是它渲染的是土改风暴即将到来的气氛，写出各种人物的不同心境。

其他如语言的民族化，也都是这两部作品所共同探求的。

从人物的刻画、景物的描写、气氛的渲染、语言的运用等方面看，这两部作品在艺术风格上是颇为接近的。而且从中我们既可以清晰地看到《母亲》在《太阳照在桑干河上》所留下的种种"痕迹"，又可以清晰地看到作为艺术的长期积累和发展的必然产物——《太阳照在桑干河上》在艺术上所取得的更新的突破与更大的成就。应当承认，《母亲》的创作为尔后作家的艺术里程碑——《太阳照在桑干河上》的出现积累了丰富的经验，可以说它是通往《太阳照在桑干河上》的一座重要桥梁。

如果我们不是单纯地从政治观念出发，而是从丁玲的整个艺术道路的发展的历程来看，《母亲》的出现，它的意义要超过《水》。从艺术水平来看，《母亲》可以说代表了丁玲"左联"时期创作的最高水平。

医院的“怪人”陆萍和霞村“不贞洁”的贞贞

1933年5月14日，丁玲被国民党特务绑架到南京，慑于国际国内进步舆论的压力，国民党对丁玲既不杀又不放，采取劝降、软禁的办法。丁玲虽然身处逆境，承受着精神上的极大压力，但她始终没有背叛革命、背叛党。

1936年9月，经过多方面的努力，她终于和党取得了联系，并于是年9月逃亡上海，准备赴陕北苏区。

在党组织的帮助下，丁玲终于逃出了南京这个魍魉世界，结束了3年多被囚禁的生活，飞向自由的天地，于是年11月10日到达苏区首府保安。

这是丁玲自“左联”时期以来就梦寐以求的。在遍踩荆棘、浸泡了苦液以后，她终于实现了梦想，找到了归宿。从此，她的生活和创作进入了一个前所未有的境地。

丁玲说过：“陕北在我历史上却占有很大的意义。”这是作家对她所度过的解放区生活的由衷怀念。

丁玲是第一个到达陕北的著名作家。为此，保安隆重地召开了欢迎会，党和政府许多重要领导人都出席了，其中有毛泽东、周恩来、张闻天、博古、林伯渠、徐特立、邓颖超等。她回忆这一次的会见，充满激情地说：“这是我有生以来，也是一生中最幸福、最光荣的时刻吧……我讲了在南京的一段生活，就像从远方回到家里的一个孩子，在向父亲母亲那么亲昵地喋喋不休地饶舌。”[①]

“母亲”的胸怀，温暖了她这颗屡受创伤的心。她又恢复了活力、青春。

到达保安以后，丁玲倡议组织苏区“文协”，并于1936年11月23日上午召开成立大会。在第一次理事会上，丁玲当选为主任。11月30日，她又创办了党中央到达陕北后的第一个报纸文艺副刊——《红中副刊》，为发展解放区文艺做出了贡献。

本来组织上安排她在宣传部写作，但她坚决要求去当红军。于是她跟随杨尚昆同志领导的总政治部上了前方，每天急行军三四十公里。这位上海亭子间里的“文小姐”，以顽强的意志战胜困难，和战士一样，“乐而忘忧”。

七七事变以后，她和吴奚如组织“西北战地服务团”，由她担任团长，带领一支“文人”队伍，跨越黄河，奔赴抗日前线服务。她以极大的热情去迎接这新的生活。她在1937年8月11日的日记中这样写道：

> 当一个伟大的任务站在你面前的时候，应该忘去自己的渺小。
>
> 不要怕群众，不要怕群众知道你的弱点。要到群众中去学习，要在群众的监视下纠正那致命的缺点……
>
> 要确立信仰。但不是作威作福，相反的，是对人要和气，对工作要刻苦，斗争要坚定，解释要耐烦，方式要灵活，说话却不要随便。

丁玲是这样想的，也是这样去做的。在民族解放战争的硝烟中，在血与火的斗争中，丁玲不仅经受了考验，而且也增长了才干。

从1936年11月初至1937年5—6月间，虽然只有半年的光阴，但丁玲的生活发生了一个新的、巨大的转折。她以一个战士的姿态，投

---

① 《写在〈到前线去〉前边》，转引袁良骏编：《丁玲研究资料》，天津人民出版社1982年版，第185页。

入火热的斗争中，她也以文艺运动领导者、组织者的身份，为陕北文艺的发展，做出了开拓性的贡献。与此同时，她并没有忘记作家的身份，而是面对着新的生活、新的人物、新的世界，不断地观察、认识，随时记下一些新鲜的印象和感受，写了一些短篇小说、通讯报道、随笔与速写，反映了解放区的面貌和风采。

杜勃罗留波夫曾说过："衡量作家或者个别作品价值的尺度，我们认为是：他们究竟把某一时代、某一民族的追求表现到什么程度……"[①]抗战时期，抗击日本帝国主义的侵略、争取民族解放战争的彻底胜利，已成为中华民族的神圣使命。

还是在卢沟桥事变前三个月，丁玲就创作了《一颗未出膛的枪弹》。这是她到解放区后的第一篇小说。这篇小说写于1937年4月14日。故事情节很简单：一个13岁掉队的小红军，隐藏在老百姓家里，不幸落入"剿匪"的国民党军手里。他们要杀他，可是他镇静地回答："连长，还是留着一颗枪弹吧，留着去打日本，你们可以用刀杀我！"小红军的一席话，感动了连长，他们没有杀他，枪弹终于未"出膛"。

这篇小说写在全民抗战爆发之前，它之所以激动人心，是因为它通过小红军之口，叫出了全民抗战的时代呼声，真实地反映出民众抗战空前高涨的情绪和抗战全面爆发的必然趋势。

丁玲认为："作家应该是一个时代的声音，他要把这个时代的要求、时代的光彩、时代的东西在他的作品里面充分地表达出来。"[②]

在《新的信念》这篇短篇小说中，正是反映了这种时代的"光彩"。这篇创作于1939年的小说，写一个农村的老大娘——陈老太婆在一次日军"扫荡"中，和她的小孙女一起落入敌手，被日寇奸污，未成年的小孙女被糟蹋致死，而老大娘却怀着"一种欲生的力"爬着

① 《黑暗王国的一线光明》。

② 《〈一二九师与晋冀鲁豫边区〉自序》，见《丁玲文集》第6卷。

回到了村子。为了复仇，她忍受着奇耻大辱，抛弃了传统观念，“不顾脸面”地把亲身遭受的凌辱和所见所闻的日军暴行讲给大家听，从而激起了人们心中的仇恨。她似乎看到了自己的仇恨也在别人身上生长，陈老太婆“抗战必胜”的信念成了千千万万人“新的信念”。

这篇小说从一个侧面揭示：战争改变着人们的命运，也改变着人们的道德观念及价值观念。陈老太婆从自己的讲述中看到了活着的自我价值。

其他篇什，也从不同的侧面深入揭示和赞美了抗日民主根据地的新人新气象。

以上这些小说真实地反映了在抗战这一特定的历史性转变中，中国人民的决心与勇气、认识与希望。

诚然，这些小说也如茅盾在分析抗战文艺的优缺点时所指出的那样：“优点是迅速而直接地反映现实，与抗战的迫切要求相结合……缺点是热烈有余而深刻不足……”[①]这些话，用来评价丁玲这篇小说，我想也是中肯的。

真正能够代表解放区短篇小说的创作成就的，是丁玲写于1940年的《我在霞村的时候》《在医院中》和写于1941年的《夜》这3篇小说。它们不但是解放区的优秀短篇小说，而且也是中国现代文学史上的优秀之作。

当丁玲从走马观花到“沉入生活”的时候，在探究生活底蕴之时，她发现这个从旧社会母体中分娩出来的解放区新世界，明显地留有旧社会的痕迹：它既有灿烂阳光，也有雨雪阴霾；既有先进的地方，又有落后的角落；既有欢乐，也有痛苦；它既美，也并没有完全消灭“丑”……总之，现实与理想之间还存在差距，并不是尽善尽美。

那么，可不可以将这些痛苦和眼泪、落后与丑恶揭示出来呢？

在丁玲看来，歌颂和暴露并不是互相对立、互相排斥的，它们可

① 《八年文艺工作的成果与倾向》。

以统一在革命立场上。她认为："假如我们有坚定而明确的立场和马列主义的方法，即使我们写黑暗也不会成为问题的，因为这黑暗一定有其来因去果，不特无损于光明，且光明因而更彰。"[①]

基于这种认识，丁玲大胆地在她的小说中反映了正在那里做最后挣扎的旧时代的渣滓，批判了历史的积淀和传统的恶习，清扫旧社会遗留下的垃圾。她怀着对革命、对党、对解放区的一片赤诚之心，揭示出这里有缺点，有污秽和血，目的无非是为了引起人们的注意，迅速克服这些缺点，使解放区更加光明灿烂。丁玲的勇敢和大胆，表现了她的无私、无畏，然而遭到误解、非难，甚至迫害。在长达1/4个世纪的漫长时间中，她被剥夺了写作的权利，被扣上"反党"的帽子，直到75岁那年，才得以"解放"，她的《我在霞村的时候》和《在医院中》也和作家一起得到了"解放"。40年前，丁玲在作品中所揭示的封建恶习、小生产习气等问题，在革命成功后40多年的今天也并未完全消除，于是人们才不得不承认丁玲"新发现"的真实性，以及现实主义的深刻性。

下面，我们对这3篇小说所表现的现实主义深刻性作一些具体的分析。

其一，形象所包含的深刻性、深远性与典型性。

这3篇小说都注重写人，写现实关系中复杂的人，写他们的理想、他们的心理、他们的命运、他们复杂的性格。因而，人物形象本身就具有丰富的内蕴。

《在医院中》的陆萍，就被人认为是一个"小小的怪人"。这个"怪人""总是不满于现状"。她从小喜欢文学，讨厌医生，却在产科学校读了4年书，偏偏当上了医生，而且在"八一三"炮火中跑到前线为伤病员服务，干上了自己不愿意干的事。之后，她怀着满腔热情来到了革命圣地延安，进了抗大学习。本想当一名政治工作者，但不

① 丁玲：《生活·创作·修养》。

久，组织上分配她到离延安20公里的一个刚开办的医院工作。她申辩说她的性格不合，错误地认为“党的需要”是套在头上的“铁箍”，但最后还是服从了分配。

到医院报到的时候，领导看她的介绍信，就像看一张买草料的收据那样毫无表情，加上同室女伴的冷漠，更使陆萍感到人与人之间缺乏温暖；于是她孤高自傲，离群索居，只跟两三个气味相投的人来往。她不满现状，要改造医院落后的环境，但又不依靠领导和群众，孤军奋战。她热起来像一团火；受到委屈，冷起来像一块冰。她有时表现得很坚强，有时候又表现得很脆弱。她锐意改革，又脱离现实。她有改变医院的热望又缺乏策略与方法……总之，她的身上确实存在着许多互相对立的性格元素，并且表现为某种双向性，按照一定的结构方式构成她的性格系统。然而，也并不是说她身上这些矛盾的性格元素平分秋色，一半对一半。仔细分析一下，朝气蓬勃、富于理想、热心改革、忘我工作，这些应该说是陆萍性格的核心。

她像一个母亲似的看护病员，细心地照顾婴儿和产妇，她是一个医生，却主动代替看护人员替孩子换洗，替发炎的产妇换药，甚至拿起扫把打扫院子。她勤奋好学，刻苦钻研，在完成本职工作以后又挤出休息时间去外科当助手，学习外科手术。她敢想敢说，锐意革新，多次向领导提出改革医院的方案。她“替病员要清洁的被袄，暖和的住宿，滋补的营养品，有秩序的生活”。她不管人们在背后的叽叽喳喳，“有足够的热情和很少的世故，她陈述着、辩论着、倾吐着她成天所见到的一些不合理的事……把很多人不敢讲的、不愿讲的都讲出来了”。可是，大家对于成为惯例的生活已经觉得习以为常，相反，倒觉得陆萍的意见反常、“新奇”、行不通。于是陆萍终因得不到大家的理解而碰壁、失败了。

过去在错误地批判丁玲的时候，也曾祸及陆萍，有的批评者把陆萍与莎菲联系在一起，说什么“莎菲女士来到了延安”，有人甚至认为陆萍“反党”，是“极端的个人主义者”。

诚然，陆萍那倔强的性格和执着的追求与莎菲有点儿相像，但毕竟与莎菲不同。她生活在抗战时期的延安，并且入了党，已经从黑暗中找到了光明，找到了方向，而不是在黑暗中摸索的莎菲。

至于说陆萍“反党”，显然这是一种极不公正的评价。这是以往一些“左”的运动中所流行的“逻辑推理”：既然作家是“反党”的，她所写的作品，以及作品中为作家所喜欢、同情的人物也一定是“反党”的。

随着作家的“解放”，对作品中人物的评价，亦逐步趋向公正。但由于陆萍形象内涵的广大与深远，以及评论者是从各种不同的角度、侧面进行分析与理解，因而仍然有不同的看法。

有的评论家认为：陆萍改造医院的失败，揭露了小生产思想习气的危害，说明同这种思想习气作斗争竟是何等困难。作者塑造这一人物的意蕴是：“在共产党领导的区域内明确地提出了反对小生产思想习气问题，将意识形态方面的反封建斗争向前推进了一步。”“陆萍是现代文学史上屈指可数的同周围严重的小生产思想习气作斗争的人物形象。”①

有的评论者认为陆萍这一形象反映“知识分子在革命中的先锋作用”，“知识分子的历史责任感、科学文化知识以及他们对新事物的敏感和对旧思想的斗争”。②

还有人认为作者通过陆萍这一形象所揭示的是：“那些渴望革命、热情向上而又缺乏艰苦磨炼的小资产阶级知识分子与艰难困苦的革命斗争环境的矛盾，描写他们深入实际、深入群众过程中的‘许多痛苦，许多摩擦’，含蕴着知识分子深入革命实际，走与工农兵相结合的道路是艰难的、必要的这一深刻的思想内涵。”③

笔者认为，陆萍的形象是个艺术的“多棱镜”，从中的确可以折

① 严家炎：《开拓者的艰难跋涉——论丁玲小说的历史贡献》。

② 钱荫愉：《丁玲抗战时期创作的独特贡献》。

③ 田中阳：《也评丁玲小说〈在医院中〉》。

射出各种不同的光彩。人们可以从各种不同角度把握它的内涵，也正因为有了这些“光彩”，陆萍的形象才会引起如此激烈的争论，也才会仁者见仁，智者见智。这大概就是文学理论中常说的“形象大于思想”吧，这类现象在文学中比比皆是。总之，我们认为，陆萍形象是新颖和独特的、深邃而耐人寻味的。她犹如一座逶迤连绵的山脉，既深远，又深邃，有作家的独特创造，非常富于典型意义。

其二，深刻的解剖和哲理的思考。

与上述相联系，由于这类小说形象的深刻性、典型性，内涵的丰富性，因而作品含有浓重、深邃的思想感情。它体现出了一些富有哲学意义的深刻的思想，表现了作家对社会、人生、人的命运、人的价值、人与人之间的关系和对其他社会问题的深刻体验、探索与思考。

在人们对根据地的一片赞美与欢呼声中，丁玲不仅赞美、歌颂它，而且对它作了冷静的深刻的剖析。她清醒地看到：民主根据地不是从天而降，一方面人民当家做主，有了人民民主政权，它是一个进步的社会；另一方面它毕竟脱胎于旧社会，几千年的封建恶习不可能在短短的时间内被铲除干净，因而在这光明的天地里也会发现这样或那样的一些“污垢”。透过生活的表层，透过光明面，人们就可以发现隐蔽在表层下、隐藏在光明中的一些阴暗的东西。

丁玲深深感到，作为一个对人民负责的作家，肩负着重大的历史使命，要用手中的笔对社会作出深刻的“解剖”，提出一些“广泛的社会问题”，让大家思考，并且在自己的作品中客观地写出这个社会的“光明”与“弊端”，对它作出正确的评价。

《我在霞村的时候》，就很具有这种意蕴。作品中的主人公贞贞因反抗封建婚姻，跑去山下教堂当修女，在一次日军“扫荡”中被掳去，遭受了蹂躏，以后被迫当了日军的“营妓”。当她历经种种磨难回到村子里时，在某些封建思想十分顽固的人们看来，她就连“破鞋都不如”了，大家都歧视她。其实，贞贞虽然被糟蹋，她的灵魂却是干净的，她忍辱负重，给村里的游击队送了情报，使敌人遭受严重打击。以后，游击队又派她回到敌人那里去收集情报。贞贞为了民族的解放自觉地作出了如此重大的牺牲，但村里落后的人们仍嫌弃她、鄙视她，使她欲碎的心灵再次遭受了沉重的打击。贞贞的这种不幸的遭遇还不足以说明几千年封建贞操观念的根深蒂固吗？即使是抗日根据地，也不会因为一场革命的到来就会马上把封建遗毒彻底荡涤干净。

贞贞最后终于离开了霞村，她坚决不肯嫁给她从前的恋人、现在仍然爱着她的夏大宝。她不愿在某些人嫌厌和鄙视的目光下继续住在霞村，她没有想到要博得别人的同情。她愿意离开霞村，去到一个没有人认识她的地方，开始一种新的生活。

贞贞的这个决定，使她的父母伤心，使夏大宝难过，并又遭到村里一些人的斥骂。然而贞贞的决定，又一次显示了她灵魂的纯洁。

冯雪峰曾评论说，贞贞的灵魂虽然遭受着破坏和极大的损伤，“但就在被破坏和损伤中展开她的像反射于沙漠上面似的那种光，清水似的清，刚刚被暴风刮过了以后的沙地似的那般广；而从她身内又不断地生长出新的东西来，那可是更非庸庸俗俗和温温暾暾的人们所再能挨近去的新的力量和新的生命”。①

这样一个灵魂，本应受到尊敬，但遭到白眼、非议，被认为“不贞洁”，几千年封建的贞操观念是何等的顽固可怕！丁玲在谈到她写这篇小说时说过：“一场战争啊，里面很多人牺牲了，她也受了许多她不应该受的磨难，在命运中是牺牲者，但是人们不知道她，甚至还看不起她，因为她是被敌人糟蹋过的人，名声不好听啊。于是，我想了好久，觉得非写出来不可，就写了《我在霞村的时候》。”②

作品正是从“一场战争”给人们带来的悲剧这一点出发写贞贞的命运的，也是从对抗日根据地社会的解剖中，“从整个社会、整个运

① 《从〈梦珂〉到〈夜〉》，转引袁良骏编：《丁玲研究资料》，天津人民出版社 1982 年版，第 299 页。

② 《谈自己的创作》，见《丁玲文集》第 5 卷，湖南人民出版社 1984 年版，第 402—403 页。

动，整个结果去看一些人，去想一些人”[①]，才深刻地揭示出封建遗毒的严重性，它对社会正常发展的阻碍，对人们灵魂的腐蚀，从而通过作品提出了铲除封建遗毒是解放区必须引起重视的课题这一富有哲理意义与深远历史价值的问题。从这点看，很明显作品是继承和发扬了“五四”以来现实主义的传统的。

与此相似的还有《夜》这篇小说，它写于1941年。当许多作家正在写农民的“翻身乐”之时，丁玲已经敏锐地发现了他们中新的“忧愁”和“烦恼”。《夜》的主人公何华明——一个农民、农村基层干部，在分得了土地以后，由于他当了乡指导员，繁重的工作使他无法照顾自家的地。荒芜了的土地等待他去耕，牛要下崽等他回家照料，可是他又抽不开身。终于在散会之后乘着夜色回家住了一晚，但家里也缺少欢乐，老婆比自己大12岁，感情合不来。他一回来，老婆就大声骂他不照顾家里。他恨老婆落后，“拖尾巴”，不理解他。儿子和女儿都夭亡了，老婆老了，再不可能有孩子……而隔壁的妇联委员——一个同样有着不幸婚姻的侯桂英又不断地接近他，“他几乎要去做一件吓人的事……他焦躁不安”。最后理智还是战胜了情感，他担心“影响不好”而没跟老婆离婚。他一直克制着自己又投入了繁重的工作。

正如著名文学家骆宾基在《大风暴中的人物》一文中所评论的，作品中的主人公“跨着两个时代、两种农村的社会生活，不迁就那些旧的过时的农村人们的观念，他是没法把他们聚集到周围，率领他们过渡新的有生活旗帜的航线上来的”。何华明正是背负着旧时代所给予他的这种精神枷锁，为了把落后的人们引领到新的生活中而艰难地前进的。他意识到“离婚”并不是解决问题的办法，甩掉“落后”的包袱是容易的，但不能引领这些落后的人们过渡到新的时代，于是他

① 《谈自己的创作》，见《丁玲文集》第5卷，湖南人民出版社1984年版，第402—403页。

情愿背着这沉重的“纤绳”，像纤夫一样把他们拽向新的生活航道。这样，作者便把小说升华到一个哲理的高度。面对着这些中国历史过渡时期的人物，作者倾听到了这些人物的叹息，向被旧时代迫害的妇女——何华明的老婆投去了怜悯的目光；对在历史的大风浪时期接受了新的生活意识，生长了新的生活追求的何华明的心灵做了生动的透视。对于主人公一夜之间由萌生“离婚”的念头到这种念头在自己“理智”的控制下熄灭的奥秘的内心世界，作品描绘得十分深刻。它在读者眼前展开了一颗隐伏着阴影然而却熠熠闪光的灵魂。

敏锐的触觉、对生活深刻的发掘，使丁玲在时代变迁、历史转折的新的过渡时期，能够有独特的生活发现，从而表现出作家在现实主义的道路上不断地深化、探索与前进。

其三，丰富的艺术表现力。

现实主义的深化还表现在艺术表现力的丰富性上。

“左联”时期，丁玲某些描写工农题材的小说，较多地注重对客观环境的反映，却忽视了对主观世界的表现；有时候，人物形象还有点儿概念化，心理描写有时是粗疏的。和她在“左联”时期创作的作品比较，《我在霞村的时候》《在医院中》《夜》则十分注重对人物主观世界的表现和人物灵魂的揭示，在人物形象的塑造上，其手法更为多彩多姿，其艺术表现力越发丰富。

第一，铺垫与婉转。

作者写霞村的贞贞，就采取这种艺术手法，由远及近地介绍贞贞。

小说一开篇，写“我”到了霞村，呈现在眼前的是被敌人烧毁了的小学堂，村公所静悄悄地找不到一个人。这不禁引起“我”的疑问：人跑到哪里去了呢？

接着，夜晚“我”住在刘大妈家，听到院子里一阵嘈杂的声音，人们在纷纷议论，“我”摸不着头脑，以为是谁家娶新娘子或是被俘虏的人回来了，但都不是。直到马同志到来才告诉“我”，是“刘大妈的女儿贞贞回来了，想不到她才了不起呢”，“她是从日本人那里回来的，她已经在那里干了一年多了”。

自此，读者才接触到“贞贞”这个名字。但贞贞为何了不起，下文并没有交代，而是写马同志有事走了，“我”想问阿桂，而她又很难受，不住地叹气，“觉得做女人作孽”。马同志说贞贞“了不起”，为什么阿桂又要叹气呢？这就给读者制造了一个悬念，小说也产生了一个波折。

第二天，“我”到屋外散步，断断续续听到关于贞贞的一些流言蜚语——过去的、现在的，有意中伤的和无意造谣的，使“我”更加迷惑不解。小说在这里又为贞贞出场作了一层铺垫，产生了第二个波折。

直到晚上，刘大妈才把贞贞过去因反抗封建婚姻，到山下教堂去当“姑子”而落入敌手的事抖了出来。但贞贞到底是个什么样子？真的如谣言所描绘的那样？读者很想探寻个究竟。在一个又一个的悬念、一次又一次地铺垫以后，读者对贞贞的疑团越来越大，贞贞像一团迷雾，显得扑朔迷离。读者对她的焦虑和探询的心情越来越迫切，终于落入了作者的“圈套”，进入了一条“危崖”。直到刘大妈给“我”把贞贞的情况述说一番后，读者才对贞贞有了个轮廓式的认识。于是，作品才安排贞贞出场。

正如骆宾基所评述那样，铺垫得这样婉转曲折，作品仿佛把读者引入“峙立的深涧两旁的峻峰，那峡谷之间有一条险道，而这险道又临着危崖，走入这绝境的读者，只全神贯注在这条险道上了”①。

古人说过“诗文宜曲不宜直”，“文章之妙无过曲折”。曲折、蜿蜒、曲径通幽，不但使小说情节引人入胜，而且通过作者对人物的层层铺垫，使贞贞这一形象在读者心目中不断地得到补充，由浅到深、由远到近，形象逐渐明晰，性格不断丰富起来，这样的人物描写才富

① 《大风暴中的人物》，转引袁良骏编：《丁玲研究资料》，天津人民出版社1982年版，第286页。

有立体效果。

第二，细节与意念。

描写，是小说家的基本手段。细节描写，更能显示作者的描写功力。细节，只是生活的一个切片，但是这个切片反映着整个机体的特征，包含了需要用长篇大论来加以叙述的丰富深刻的内容。

《夜》这篇小说，善于用一两个细节，刻画出人物的心境，引出人物突然闪现的意念。16岁的姑娘清子，站在大门口看对山盛开的桃花，她那“长而黑的发辫上扎着粉红的绒绳，从黑坎肩的两边伸出条纹花布袖子的臂膀，高高地举着，撑在门柱上边”。这一个细节，清晰地勾画出一个乡村健美姑娘的轮廓。这个像桃花一样，发育得很好又健壮的姑娘，使何华明突然产生了一个意念：“16岁的姑娘，长得这样高大，什么不够法定年龄，是应该嫁人了的啊？”他往回家的路上走，“他还看见那倚在门边的粗大姑娘”，“突然感到了一阵莫名其妙的轻松与愉快”。

何华明此时此刻怎么会突然产生清子“应该嫁人”的意念？又为什么往回家的路上走还一直在脑海中清晰地保留住这个倚在门边的健壮姑娘的意象？初看起来，似乎是毫无理由，尤其是这个粗大的姑娘又为什么会使他“感到一阵莫名其妙的轻松与愉快”呢？

其实，妙也就妙在这里。这个时候，日近黄昏，他往回家的路上走，而家里那个黄瘦的、开始谢顶的、比自己大10多岁、已经到了40多岁的老婆，和眼前这个年轻健美的清子，正是形成鲜明的对照。因而他看到清子“突然感到了一阵莫名其妙的轻松与愉快”，这种潜意识连他自己也“莫名其妙”。其实，这种“轻松愉快”正是对健康之美的一种愉悦感、爱慕感。一个细节，引出了他的感情的一个个波浪。他在心里无声地说：“这妇女就是落后，连一个多月的冬学动员都不去的，活该是地主的女儿，他妈的，他赵培基有钱，把女儿当宝贝养到这样大还不嫁人……”这是对比赵姑娘和自己的老婆所产生的一场强大的感情冲击波，这股感情波浪袭击着他的心，他甚至嫉妒赵培基，一种莫名其妙的嫉妒，说不出的缘由，他恨自己的老婆“落后”，这是他和老婆在情感上的距离。这种距离，使他和她话说不到一块儿，即使他在外工作，多日不见面，但一见面，老婆便刮起了一场“风暴”……

何华明一路走，一路想。下面又有一个细节，“他有意摇了一下头，让那留着的短发拂着他的耳壳，接着便把它抹到脑后去，像抹着一层看不见的烦人的思绪”。这里写他“摇了一下头”，想把这些袭扰心绪的苦恼“摇”出来，接着又把头发“抹”到后脑，也是为了把这些“不快”的情感迅速“抹”去。

作者精彩的细节描写把人物心中瞬间闪出的意念、感情的变化，写得丝丝入扣，把何华明的心灵搏斗写得惟妙惟肖。

《夜》中对何华明心理的刻画，与《莎菲女士的日记》对莎菲心灵的自我搏斗的刻画在描写方法上自有它的不同之处。后者采用的是自我剖白的方法，用日记体裁由主人公自己剖析自己，语言是自叙性的。《夜》的语言则多是描写性的，而且它是通过一些典型的细节，揭示出人物瞬间的意念，揭示出人物内心的潜意识活动，特别是那些心中不可告人，甚至不可言状的、连自己都感到莫名其妙的东西。两者写法不同，但殊途同归，异曲同工，都产生了良好的艺术效果。

第三，色彩与烘托。

《在医院中》的开头，作者写了一段自然景色：

十二月里的末尾，下过了第一场雪，小河大河都结了冰，风从收获了的山冈上吹来，刮着牲口圈篷顶上的苇秆，呜呜地叫着，又迈步到沟底下去了……几个无力的苍蝇在那里打旋。黄昏很快地就罩下来了，苍茫地，凉幽幽地从远远的山冈上，从刚刚可以看见的天际边，无声地，四面八方地靠近来，乌鹊打着寒战，狗也夹紧了尾巴。人们都回到他们的家，那唯一的藏身的窑洞里去了。

这段自然景色的描写，调动了读者的听觉、视觉、触觉，写出了可见、可闻、可感的许多意象，描绘出一幅缺乏生机、毫无热力的苍茫的凉幽的晚景。犹如一名高明的画师，作者在她的调色板上，调上了一些冷色，涂抹在这些景物上，使这幅画图更加显得灰暗、阴冷与荒凉。

从美学的角度看，不同的色彩积淀着不同的意味，给人以不同的审美感受，具有极强的表情性。这种表情性是通过联想和象征来实现的。正因为如此，所以作者把陆萍放置在一片“苍茫”的暮色中出场，并且在暮色中走向新的工作岗位——医院。这种“苍茫”的颜色自然让人联想到“黑夜”“黑暗”，也象征着她到医院后的灰暗的前景。

这种“苍茫”的颜色，还能暗示出人的某种心态，给人一种沉重感。特别是和作者描写的景色中刚刚下过的“雪”、结过的“冰”和呼啸着的北风，打着“寒战”的乌鹊，“夹紧了尾巴”的狗相联系，这种“苍茫”的颜色，更给人一种“阴冷”的感觉、渺茫的感觉。

在这幅图画的中心，是作品的主人公陆萍。此刻，她正向医院走去，她的心也是灰暗一片。本来她不愿到医院去，却不得不服从命令，“她有意地做出一副高兴的神气”，而“做出”来的“高兴神气”不是发自她的内心，她的内心和这副景色一样是一片苍茫、阴冷、沉重。

小说成功地调动了语言色调的功能，并将色彩和人物心情相互烘托、映照，从而展示了人物的特定心理状态，并且使作品带上了浓重的抒情色彩，产生了极好的审美效应。

第四，象征与暗示。

小说《夜》中的“夜”，既是自然景色，但也被作家赋予了深刻的象征意义。作品从暮色降临、朦胧的夜，写到天亮，也写了这一夜主人公的思想斗争，由激烈、痛苦，到终于平静，解决了思想矛盾。因此“夜”象征着主人公的思想处于光明与黑暗的交战中，就像黑夜与黎明之神在搏斗一样。小说结尾时，“天渐渐地变亮了”，白天终于战胜了黑夜，象征着主人公头脑中的“光明”终于战胜了“黑暗”。何华明放下了离婚的念头，决心带领着这些后进的人走向新的未来。

《我在霞村的时候》里面的贞贞也是富有象征意义的。作者给她取名贞贞，这正是对那些认为她已经失去童贞，被敌人糟蹋，"比破鞋都不如"的人们的一种抗议，也是歌颂贞贞的内心的热情，以及她热爱祖国的忠贞感情。

主人公"贞贞"的名字更象征着她的灵魂的贞洁。

本时期丁玲的优秀短篇小说，以其思想的深刻、尖锐，以其丰富的艺术表现力，标志着她创作上现实主义的新发展。在解放区，丁玲在民族解放战争中洗濯了自己的笔，继承了"左联"时期革命文学的传统，从事创作的题材早已不是那些关在房子里咀嚼个人的小悲欢的小资产阶级女性，作家的视野已经扩展到了工、农、兵以及知识分子，显示了她的作品所反映的前所未有的广阔世界。

从创作艺术来说，丁玲又运用了自己早期小说中某些成功的表现手法。如作者在刻画人物时，注重其内心世界的窥探，而且更注意从人物多向、多维、多层次的心理透视中，折射出丰富、深刻的时代历史的内蕴。可以这样说，《我在霞村的时候》《在医院中》《夜》更富有现实主义的深度。

同时，从另一角度看，她的小说，既肯定了光明面，揭示生活的丰富内涵和内在底蕴，歌颂根据地人民英勇抗日的气概，也敢于在光明与黑暗、先进与落后、善良与凶残、美好与丑恶、崇高与渺小、文明与愚昧的各种社会矛盾的总体中，揭示消极、落后、丑恶、腐败的现象。她不粉饰现实，不虚美，不隐恶，如实地把生活的真相告诉读者，表现了作家崇高的使命感和责任感。正因为如此，她的作品与那些假大空的和主张"无冲突"论的"现实主义文学"有着明显的界限。丁玲的这些小说还为新中国成立初期文坛上出现的那些揭露社会"阴暗面"的现实主义作品，以及当代文学中的"伤痕文学""反思文学"开了先河，表现了某种承继的关系。

当人们从长期"左"的倾向的束缚中解放出来，对"文革"前17

年乃至更以前的文学作出“反思”的时候，人们也自然而然地想到了丁玲小说的这种先驱作用，并对她个人因为写了这些“伤痕文学”而遭受不公的待遇深表同情，对我们革命文学所走过的这条崎岖不平、曲折坎坷的道路表示惋惜。诚如日本中岛碧所言：“如果‘解放区’文学……能够一面描写出带着一些矛盾和缺点，一面努力克服那些矛盾和缺点而向前进，并且如果解放区的情况能够容许这一切的话，那么解放区的以及解放区以后的中国文学的道路恐怕就会跟现在的大不相同了。”[①]这是一个研究中国文学的日本人替我们中国文学进行的“反思”，话说得非常中肯。

丁玲不仅为“反思文学”开了先河，把现实主义发展到一个新的高度，而且她对解放区文学开拓性的贡献也是别的作家所无法代替的。她是行进在从国统区走向解放区文学的转换道路上的一面旗帜！她把国统区现实主义的创作经验带到了解放区，在国统区进步文学和解放区文学的交融中起到了“催化”作用。

① 中岛碧：《丁玲论》，转引袁良骏编：《丁玲研究资料》，天津人民出版社1982年版，第549页。

《太阳照在桑干河上》——“公式化概念化”之作？

无奈的“反省”

从写作《我在霞村的时候》《在医院中》《夜》，到创作《太阳照在桑干河上》，这中间有5年的时间，丁玲的小说创作出现了空白。从某种意义上说，这是丁玲小说创作史上的停滞阶段；从另一种意义上说，又可以视为长篇小说《太阳照在桑干河上》的孕育时期。

在解放区，当丁玲艺术上正在不断攀登高峰、现实主义不断得到深化之时，1942年整风运动中，她受到了不公正的批评，矛头所向，是她的《“三八节”有感》这篇杂文。此文写于1942年3月8日，发表于1942年3月9日《解放日报》第4版。

对《“三八节”有感》的指责主要是“暴露黑暗”。究其实，《“三八节”有感》只是就延安妇女的解放问题发表了一些意见，而且文章首先就指出“延安的妇女是比中国其他地方的妇女幸福的”，接着才指出延安妇女的一些痛苦：如婚前择偶时的被讥讽，婚后被孩子所累，被指责为“回到家庭的娜拉”，有的被喜新厌旧的丈夫所抛弃等。但文章更重要的是从妇女如要和男子争得平等的地位，就必须自强这一角度发表意见的。这些意见和今天我们提倡妇女要自尊、自重、自强的观点是相吻合的。总的来看，文章的倾向是批判封建思想、大男子主义，激励妇女自强、自尊，根本谈不上什么暴露黑暗。

尽管如此，在整风运动中，丁玲还是严格要求自己，反省自己：

“尽管我灌注了血泪在那篇文章里，安置了我多年的苦痛和寄予了热切的希望，但那文章本身仍旧表示了我只站在一部分人身上说话而没有站在全党的立场说话。那文章只说到一些并不占主要的缺点，又是片面地看问题，那里只指出某些黑点，而忘记肯定光明的前途……”①

丁玲在延安

丁玲的反省，是迫于无奈。

整风运动以后，丁玲仍然振作精神，和延安的许多文艺工作者一样，以满腔的热情，沿着为工农兵服务的方向迈进。丁玲努力地深入工农兵，接连写出了反映陕北农村新生活新面貌的一系列通讯报道。如《三日杂记》《记砖窑湾骡马大会》；反映边区大生产运动的模范人物《袁广发》；反映一二九师以及晋冀鲁豫边区抗日军民战斗生活的《一二九师与晋冀鲁豫边区》；反映文艺工作者的先进人物《民间艺人李》等。

诚如作者所说，虽然这都是几篇短文，但“在写了这几篇之后，我对于写短文，由不十分有兴趣到十分感兴趣了。我已经不单是为完成任务而写作了，而是带着对人物对生活都有了浓厚的感情，同时我已经有意识地在写这种短文时，练习我的文字和风格了”。②

① 丁玲：《文艺界对王实味应有的态度及反省》。

② 《〈陕北风光〉校后感》，转引袁良骏编：《丁玲研究资料》，天津人民出版社1982年版，第125页。

今天，我们再来审视作家这些创作时，从历史的角度来看，的确这些文章都是为当时的政治斗争服务的，是歌颂革命根据地、歌颂工农兵英雄人物的好文章；但如果从严格的文艺创作这个角度看，则说不上作家对生活有多少独特的审美体验与独到的艺术构思。不过，它们还是为后来创作的长篇小说《太阳照在桑干河上》积累了一些素材，或者如作家所言，在文字与风格上作了一些练笔。尤其重要的，它对于作家了解工农兵、熟悉工农兵以及孕育工农兵的形象，无疑是起了重要作用的。这是因为，很难想象一个根本不熟悉工农兵生活的作家，能写出描绘工农兵形象的好作品来。这一点对于在城市中长大的丁玲，对于从国统区的亭子间来到解放区农村的丁玲来说，应当是至关重要的。

创作契机的到来

从主观愿望上看来，丁玲并不满足于仅仅写这些报道与速写，她要寻求一种新的形式来表现生活，也计划过写长篇小说《卜掌村》和《张清益》以反映陕北的革命斗争，陕北的农民的变化与农村的变化。但“写了两章，写不下去，搁下来了”。[①]她带着这种惆怅的心情，沉入生活，终于“对人物、对生活都有了浓厚的感情”。这种感情的牵扯，一直到1945年10月离开延安时，她的心情仍未能平静。她觉得与陕北的农民难舍难分，她感到陕北的农民一生一世受了那么多的灾难和压迫，他们不顾一切为了抗日付出了这么大的代价，单就这一点说，都是值得大书特书的，必须把他们写出来。这种强烈的创作愿望一直在她的心中跃动。

创作契机终于来到了。1946年7月，丁玲参加了晋察冀中央局组织的土改工作队，在桑干河沿岸的怀来、涿鹿两县跑了几个村子，其中一个多月的时间在涿鹿县温泉屯参加了土改的全过程。她将这一时

① 《生活、思想与人物》，见《丁玲文集》第6卷，湖南人民出版社1984年版，第210页。

期的经历与延安10年观察、体验生活的收获一起融进了这部长篇小说——《太阳照在桑干河上》。

1946年11月初，丁玲开始动笔创作这部反映土地改革斗争的长篇。在创作中，她曾先后两次搁笔到冀中行唐等地体验生活，一次又一次地修改写作计划。1948年6月，小说脱稿。两个月后东北光华书店发行了这本书的最初版本。1949年，北京新华书店向全国发行了这部小说。1951年，该书获斯大林文学奖二等奖。而后，被译成十几个国家和地区的文字，驰誉世界文坛。

1946年丁玲在涿鹿县温泉屯参加土地改革留影（摄影：李春生）

这一创作契机的到来和创作的成功，一方面是因为生活把作家推向了土地改革这场急风暴雨式的斗争旋涡。在这个旋涡里，她有可能进一步熟悉她所要描写的对象、所要表现的人物，实现作家自延安时期以来魂牵梦萦地描写农民的愿望。这样，作家的创作动机、创作过程中的情感活动、审美体验等内在精神世界的能动性才得以充分地发挥，精神主体性才得到了充分的展示。同时，由于作家在创作实践过程中现实主义不断得到深化，创作技巧如驾驭题材、描写人物、谋篇布局等能力，不断得到提高、发展，这样，作家的创作才得以成功。

创作的成功，除了作家的主体性，包括精神主体性和实践主体性得到充分的发挥这一原因之外，也应该看到，由于《太阳照在桑干河上》运用时代与历史的镜角，描写了大变动中的中国社会，表现了时代最精粹、最本质的东西。这一巨著的创作与当时党和人民关注的热点——夺取人民解放战争胜利密切联系在一起，因而它得到了党与人民极大的支持、鼓励与赞许，而不像当年作家在延安写《我在霞村的时候》《在医院中》那样受到“遏制”与冷遇。正因为这样，《太阳照在桑干河上》的创作活动才得到如此顺利地展开，而且才可能出现艺术上更大的突破。

努力写“自己所发现的东西”

《太阳照在桑干河上》是最早出现的、描写我国土地改革的长篇小说。自1948年出版以来，直到现在，60多年过去了，这部富有历史深度，相当真实地反映了土地改革的史诗似的作品，仍然经得起历史的考验。虽然在1957年作家被打成大“右派”以后，“因人废言”，作品遭到了沉重的打击，被诬为有“严重问题的作品”，但是那只是历史进程中一个不愉快的片段，雨过天晴，太阳又照在桑干河上。

20世纪80年代后期，又有人说它是一部“图解现成公式”的“概念化作品”。不过大多数人还是比较一致地认为这部作品不论在丁玲本人的创作道路上，还是在中国现代小说史上，都具有里程碑的意义，并非“概念化作品”。

其一，内蕴的丰富与历史的深度。

作品以土改工作组进村后，如何发动群众，确定斗争对象作为主要线索，描写了将近1个月的时间里，暖水屯所发生的巨大变化，并折射出古老中国广大农村已发生的或将要发生的这场翻天覆地的变革。作者以精湛的艺术手法和敏锐的感受力，从总体上把握了那一时期中国农村社会变动的急骤和复杂。

1979年丁玲同志75岁，她再次访问温泉屯。这是丁玲同志与县委机关同志们的合影（摄影：付宇乾）

丁玲的《太阳照在桑干河上》和周立波的《暴风骤雨》都是描写土地改革运动的优秀长篇小说。它们是相映成趣，各有特色的，但人们较为一致地认为《太阳照在桑干河上》内涵更为丰富、深沉。

诚然，这两部作品都从工作组进村写到发动群众、组织斗争、分配地主的土地财产以及农民为保卫胜利果实而参军的全过程，但《太阳照在桑干河上》不把这些过程作为重点来写。作者原计划要描写土改运动的三个阶段：斗争、参军和分地。后来，修改了这一计划，决定重点反映第一阶段的生活。这样，后两个阶段在作品中实际上成了尾声。经过修改，重点就放在“斗争”上。这是一个非常重要的修改，旨在突出这场斗争的复杂性和尖锐性。作品通过描写这场斗争，不仅反映出暖水屯从村落到家庭、个人所发生的深刻变化，同时也从政治、经济、伦理、心理等多个角度，从地主、富农、中农、贫雇农等不同阶级、阶层，多元地反映了这场翻天覆地的斗争给中国广大的农村和农民带来的巨大的深刻的历史性变化，使人们感到作品富有某种立体感而不是扁平的平面，是多侧面、多层次的，而不是单一化的。这表明作家有艺术创新的勇气，敢于面对复杂的现实，敢于对生活进行独立的分析与思考，敢于怀疑那些时髦的流行的公式，而不去图解政策条文，写些人云亦云的东西。

如作者所说，她在创作这一长篇时有很深的感觉：“这一次的土地改革却比现实中的土地改革更困难，因为我那时候比较清醒些，我走入人们的心里也比较深刻些……我对于我的人物选择得更严格些，我又发现了我在工作中的许多不可弥补的缺点，我看见了我在工作中所不能看到的人和事，我就用我对于现实生活的认识批判来和那些具体的人和事，交织在一块儿，写出我小说的故事和行动。我是尽我所能达到的去努力，我希望能表现出我所想到的那些。”[①]

1979年，丁玲夫妇再访涿鹿县温泉屯，与土改时的党支部书记曹永明等同志合影（摄影：李春生）

正因为《太阳照在桑干河上》既不把艺术当成现实，同时又不将艺术脱离现实，因而作品中所反映的土改，比现实生活中的土改更为复杂深刻。这种复杂深刻显然是经过作家对生活的提炼、加工，融入作家对现实清醒的认识以及对生活的批判，再经过她的“反刍”而创

① 《一点经验》，见《丁玲文集》第5卷，湖南人民出版社1984年版，第392页。

作出来的，因此，它深深地打上了作家的“印记”，表现出作家的远见卓识和深刻的思想。

对于这场土地改革运动的描写，作者不仅从政治、经济的角度写农民的翻身，也从伦理、道德、心理、思想写他们的“翻身”，把思想领域的斗争作为土改的重要内容加以深入描写。这是这部作品具有历史深度的原因之一。

作品在描写农民精神上的“翻身”这个方面，并没有简单化地把他们写成一拨就通、觉悟很快的人。丁玲深有体会地说：“我觉得农民要自觉起来，跟着共产党勇往直前，实在不是一件容易的事，不是宣传宣传就可以做到的。”①究其原因是多方面的：战争的特殊环境使老百姓人心惶惶。暖水屯土改前1个月，30万国民党军队围攻中原解放区，爆发了全国内战。在土改进行中，国民党军队又向苏皖、山东、晋察冀解放区进攻，八路军能否挺得住？会不会“变天”？蒋介石会不会卷土重来？老百姓心里还是有些顾虑的。

此外，还有套在农民身上的其他精神枷锁，如几千年的封建传统观念、宗族观念、封建迷信、宿命论的观点等。这些思想绳索使他们相信地主的威风不易斗倒，天下还是地主的，弄得不好，地主会反攻倒算，还是“认命”算了。这种思想，在老一辈农民中尤为突出。他们不相信自己的历史命运能够改变。作品中写了一个落后的老年农民侯忠全，“他不只是劳动被剥削，连精神和感情都被欺骗”。他被地主侯殿魁搞得家破人亡。春上，在斗争地主侯殿魁时，农会“赶着鸭子上架”逼侯忠全也找地主算账。可是，侯忠全见了侯殿魁，问他干什么来了，侯殿魁说是“来看二叔来啦”，说完还找了一把扫帚，在院子里扫起地来。后来，农会又硬分给了侯忠全一亩半地，但他还给了地主，并说是前生欠了他们的，要是拿回来了，下世还得变牛马。这说明，在侯忠全的这些因果报应思想、宿命论思想还未得到克服，他还

① 《一点经验》，见《丁玲文集》第5卷，湖南人民出版社1984年版，第390页。

没有充分意识到大家的力量能够彻底把地主打倒之前，也就是说，在他的思想还没有“翻身”之前要真正在政治上、经济上翻身是不可能的。只有当他看到了穷人团结起来的力量时，他的阶级意识才得以醒悟。

当暖水屯的农民斗倒了最阴险、最狡猾的地主钱文贵，并使他威风扫地之后，当侯殿魁终于跪着，双手捧上地契献给侯忠全的时候，侯忠全才看清了原来践踏了他一辈子的地主也有怕穷人的时候。于是，侯忠全终于懂得了：只要大家都起来，地主就会害怕。这样，胆小怕事的农民自动地解开捆绑自己的思想的绳索，不但从政治上、经济上翻了身，而且在精神上得到了解放，终于卸掉了统治阶级加在他身上的精神枷锁，真正地翻了身。

由此可见，作者没有把农民写成一宣传就能发动起来、一拨就通的人，而是写他们觉醒的艰难历程，说明土地改革运动不仅是一场轰轰烈烈的政治运动，也是一场扎扎实实的农民的思想解放运动。它既要铲除封建地主的政治、经济势力，又要铲除几千年来盘踞在农民思想上的封建意识，而后者是更为艰巨的任务。我们的工作在于逐步地帮助农民解开身上的锁链，激发他们内在解放的要求，启发他们的阶级意识，这样才能把群众真正发动起来，土改斗争才能真正取得胜利。

涿鹿县丁玲纪念馆内丁玲塑像

（摄影：李春生）

《太阳照在桑干河上》对土地改革运动的描写所表现出来的深度，恰恰在此。它不去描写土改的一般过程，不去重点写如何斗地主、挖浮财、分田地等方面的内容，而是深入农民的思想和心理，写他们如何真正成为土地的主人这一艰难的历程。这正是丁玲认识生活、反映生活的独特之处，是她所赋予的《太阳照在桑干河上》的历史深度。

作品从社会、村落、家庭等多个侧面揭示了卷入土改运动的各阶级、各阶层广泛而又尖锐的矛盾和斗争，体现了作家对纷繁复杂的社会生活敏锐的感受能力和审美能力，这也是作品具有浓缩的丰富的内涵的重要原因。

土改时期农村的阶级矛盾，当然主要是地主和农民之间的矛盾。作品中暖水屯的农民和钱文贵的矛盾冲突，则是主线。作者不是写孟家沟那个强奸女人、私藏军火、横行乡里、罪大恶极的大恶霸地主陈武或在白槐庄有一百多顷土地的大地主李德功，而偏偏选中了暖水屯钱文贵这个土地并不太多，但更为阴险、狡猾的“内向”型的地主作为典型，这无疑是作者的一番艺术匠心，并非公式化概念化之作。

其二，形象的独到发现。

1950年10月，丁玲在中央戏剧学院作了一次《创作与生活》的报告，其中有一段话是这样说的：

生活的情形，实际有许多地方是一样的。比如我们在华北下乡搞土改工作，步骤、方法、问题有很多都是一样的，因为那许多事都是我们开过会、照会上决定去进行的。我读到过一篇小说叫《韩营半日记》，我读到时觉得很想笑，因为他们那个村的土改的一般情况同我那时搞土改的村子一个样。我们也开过那几种会，也有过那些问题。也同我所知道的我们那个区的27个村子一个样。他把什么都记录了，但除了与我们一样的表面情形以外，我找不到作家自己所发现的东西——是我没发现，是我发现不深的东西，或者因为他的发现启发了我，使我看见了我过去不曾看见的东西。没有，我觉得这本书是一个生活记录……这里面是找不到所谓诗的东西，文学的东西，找不到创作。[①]

① 《创作与生活》，见《丁玲文集》第6卷，湖南人民出版社1984年版，第94—95页。

这是丁玲创作《太阳照在桑干河上》之后的经验之谈，她认为在一部文学作品里面，要找到“作家自己所发现的东西”，这才是真正的“创作”，否则只是“生活记录”而已。

《太阳照在桑干河上》在艺术创造上有哪些独到的发现？如前所述，它在表现农村复杂的阶级关系、土改运动曲折回环的过程和主题的提炼上，都力求写出“自己发现的东西”。此外，她还通过人物形象本身，表现了她独到的发现。

众所周知，文学描写的主要对象是各种各样的人。“小说的成败，是以人物为准，不仗着事实。世事万千，都转眼即逝，一时新颖，不久即归陈腐，只有人物足垂不朽。”[①]而要使人物“足垂不朽”，给读者留下深刻的印象，能够在人物画廊中一眼便认出“这一个”来，并让读者从这些人物身上“看见了过去不曾看见的东西”，这是多么不容易的事。但是丁玲以往所塑造的莎菲、阿毛、曼贞、贞贞、陆萍等人物形象已经让读者永远难忘。《太阳照在桑干河上》又塑造了“一群活动的人”。并且让我们从黑妮、顾涌、文采、张裕民、程仁等形象身上，看到了她艺术的独到发现。

《太阳照在桑干河上》塑造了黑妮这个形象，从黑妮这一形象本身，我们看到了些什么呢？是什么动因触发了作者写黑妮这个人物？丁玲说：

我在土改的时候，有一天我看到从地主家的门里走出一个女孩子来，长得很漂亮，她是地主的亲戚，她回头看了我一眼，我觉得那眼光表现出很复杂的感情。只这么一闪，我脑子忽然就有了一个人物。后来我在另一个地方和一个同志聊天，谈到对地主家子女如何处理；一谈到这马上我就想起我看到的那个女孩子。我想这个女孩子在地主家里，不知受了多少折磨，她受的折磨是别人无法知道的。马上我的

① 老舍：《人物的描写》。

情感就赋予了这个人物，觉得这个人物是应当有别于地主的。[①]

由此可见，丁玲写黑妮，不是从人物的阶级属性出发，而是受到生活的“触发”，她敏锐地感觉到地主的亲属“应当有别于地主”。丁玲深深地感到：人与人之间的关系极为复杂，亲戚关系、血缘关系仅仅是人与人之间若干种关系中的一种，人与人之间的关系，更为重要的是政治关系、经济关系。

黑妮5岁丧父，7岁母亲改嫁，她的二伯父钱文贵说“这是他兄弟的一点儿骨血”，硬把她留下，从此黑妮便孤独地生活在地主家。小时做使唤丫头，大了，钱文贵想从她身上捞回一大笔钱财，因为黑妮长得漂亮。伯父伯母并不爱她，只是收养了她而已，黑妮在这无爱的环境中冷漠孤寂地长到17岁。

作家在写黑妮这一形象时，紧紧抓住了她与二伯父钱文贵的矛盾和她在地主家所受到的精神折磨和内心痛苦，并且着力加以表现。

黑妮爱劳动，心地纯洁，喜欢帮助别人，和她的二伯父“有着本能的不相投”。书中第3章写钱文贵看见亲家顾涌从八里桥赶着一辆胶皮轮大车回村，叫黑妮到顾涌家打听风声，看“中央军”有什么行动。黑妮顶嘴说：“管它呢，问这些干什么？和咱们又没关系。”她挨了骂，但她有主意，“打算着一定照二伯父叮嘱的去问，却不一定都告诉他”。可是，到了顾涌的家，二伯父叫她打听的那些事她都忘了，可见黑妮和钱文贵不是一条心的。村里了解黑妮的人，知道她也是受钱文贵压迫的，可是不了解她的人，则认为她是钱文贵的侄女，不愿和她接近。尤其是当她的恋人程仁对她疏远和冷淡的时候，她的内心就更加痛苦了。

当黑妮17岁时，二伯父家里来了一个烧饭的长工叫程仁，黑妮便将这结实而稳重的程仁当作自己的朋友，但钱文贵不会把黑妮嫁给这个穷小子，于是把程仁辞退了。八路军解放了这个村庄，程仁当了农

① 《生活、思想与人物》，见《丁玲文集》第6卷，第218页。

会主任，他知道村子里的人恨着钱文贵，自己是农会主任，什么事都应站在大伙儿一边，心想不应去娶他的侄女，于是横了横心，怀着痛苦的心情去冷淡黑妮。这样，“黑妮的热情由希望而变成了惶惑，又由惶惑而变成冷峻。失望愈多，便愈痛苦，心情也愈深沉”。狡猾的钱文贵一方面拿利害关系来逼迫黑妮，另一方面又拿亲属关系感化黑妮，唆使她去亲近程仁，以求保护自己；但黑妮有极强的自尊心，她绝不让纯洁的爱情受到玷污，她绝不叫程仁看她不起，她不会去找程仁。她想，如果他们再逼她，就去告诉村支书张裕民。作者的这些描写，着墨虽不多，但把黑妮的冤屈、痛苦的心情写出来了。她的命运确实令人同情。

丁玲说：“我收到读者的信，最多是询问黑妮。”[①]读者询问最多的却是书中一个次要的人物，足见这个人物是富有魅力的。这种魅力来源于作家对这个人物的独特发现与独特创造。作者既写出黑妮与钱文贵的亲缘联系，又写出她与钱文贵的阶级区别，并且着重写她的纯洁、坚贞、爱劳动、乐于助人等美好品质，以及她内心的痛苦与忧郁。这样，作品便没有简单化地在人物的脸上贴上政治标签，而是坚持对具体人物作具体分析，着重写出人物在特定的历史时期、特定的社会生活中的特定的地位与心理。这也表现了作者对生活、对人物独特的发现。

直到现在，40多年过去了，在同类题材中，黑妮这一形象，仍然是独一无二的。

除了黑妮之外，在张裕民、程仁这些形象身上，也都有作者的独特“发现”。如作者所说：“我不愿把张裕民写成一无缺点的英雄，也不愿把程仁写成了不起的农会主席。他们可以成为了不起的人，他们不可能一眨眼就成为英雄，但他们的确是在土改初期走在最前边的人……在斗争初期，走在最前面的常常也不全是崇高、完美无缺的

① 《生活、思想与人物》，见《丁玲文集》第6卷。

人；但他们可以从这里前进，成为崇高完美无缺的人。”

“走在前边”的人，常常不是“完美无缺”的人，这可以说是丁玲的一个独特发现。过去许多作品在塑造人物形象的时候，常常喜欢把工农兵写成“超凡脱俗”的圣人，或鹤立鸡群式的人物、“完美无缺”的“完人”。丁玲却不然，她笔下的农民不是这样，即使是英雄模范人物，也是一些有缺点的英雄模范。例如土改初期，党支部书记张裕民也有某些顾虑，有点怕变天；农会主任程仁也有点“动摇”；副村长赵得禄自私和胆小，组织委员赵全功则在分地时有严重的私心……作者这样描写农民，是不是歪曲了农民形象？

有缺点的农民就不是成功的新的农民形象吗？其实，生活在世界上的人，没有一个是“完美无缺”的。何况是从旧社会过来的人呢？暖水屯才解放两年，几千年的封建专制和封建的生产关系不可避免地要在农民身上产生影响，统治阶级的思想、传统势力、封建的伦理道德等都会残存在农民的身上。因此，即使是新的农民，思想上有某些缺点也是很自然的、合情理的。何况作品还是在写他们前进中、成长中的缺点；随着他们的不断前进与成长，这些缺点将被克服。别林斯基说过：“世界上没有任何一个人生下来就是现成的，也就是说，是完全定型了的；他的整个生活不外是继续不断地发展，连绵无穷地形成。真理在他不是一下子就容易参悟的；要获得真理，他必须怀疑，陷入虚谎和矛盾，经历痛苦和失败。”①

其三，中西融汇的艺术技巧及手法。

《太阳照在桑干河上》的创作既借鉴欧洲批判现实主义文学和苏联革命文学的成功经验，也从中国古典文学中汲取营养。

第一，在结构方面，许多评论者认为：《太阳照在桑干河上》借鉴了中国古典名著《水浒传》《三国演义》《红楼梦》的结构艺术，像这些中国的古典小说一样，《太阳照在桑干河上》脉络分明。它的结构，

① 《别林斯基选集》。

基本上是单线式的，以暖水屯的农民阶级与封建地主阶级及其自身的因袭重负作斗争，从失败到初胜到决战取得胜利这一过程为轴心，脉络简洁，而又清晰。

然而作品又围绕这一轴心，把农民与地主李子俊、江世荣、钱文贵的斗争，以及黑妮与程仁的恋爱纠葛、顾涌和钱文贵的矛盾、土改工作组组长文采与工作组员之间的矛盾、某些农民干部在分地中的私心等穿插进去，在各种矛盾交叉的网络中，展示出丰富多彩、纷繁复杂的生活画面，以表现土改运动这场暴风骤雨所带来的历史变迁——农村的剧变和新人的成长。

这种单线式和网络式的结合，使作品的结构既单纯明朗，又纵横交错，丰富多彩。《太阳照在桑干河上》善于把森罗万象的生活拥在自己的怀里，但这些错综参差、千头万绪的生活事件，又都有其来龙去脉和连贯着的筋络，而不是游离于轴心之外的情节，这正是古人所说的“草蛇灰线，伏脉千里”。

同时，为了使纵向情节轴线与横向生活画幅有一个结构中心，作者选择了富裕中农顾涌作为“贯索奴”（金圣叹语，即作品中对情节起联结作用的次要人物），让他作为贯串作品的一个中心人物，由他联系村里的进步势力与反动势力，并把许多原来毫无关系、思想不一、性格各异的人物联系在一起。小说中，顾涌所起的穿针引线的作用是很明显的。

不仅如此，顾涌这个人物的活动还恰好配合着小说情节的发端、转折和结局，帮助读者寻找出小说的线索。

作品开篇，顾涌便从八里桥赶回了一辆胶皮轮车，这辆车是富农亲家胡泰疏散到他家的。情节围绕着这辆车展开：地主钱文贵派儿媳妇顾二姑娘（顾涌的二女儿）和侄女黑妮去顾家打听风声（因为胡泰住在八里桥，在铁路线上，消息灵通）；而顾涌的儿媳妇又趁歇晌的空闲，跑回娘家告诉她嫂嫂妇联会主任董桂花；董桂花又告诉羊倌老婆周月英，于是由大车引起的一些耳语，慢慢地从灶头转到地里，转到街头……并由这辆车引出一连串的故事情节——“出侦”“密谋”“妇联主任”“盼望”“第一个党员”“土改工作小组”……故事情节依次展开，人物一个个出场、亮相。张裕民请来了土改工作小组，一场轰轰烈烈的土改运动开始了。下文便写与李子俊、江世荣、钱文贵的斗争，写农民在这场翻天覆地的斗争中“翻身”的艰难历程。顾涌的痛苦和欢乐也在其中，他终于被错划为富农，被没收了果园，而后又得以纠偏，他自己仅“献”上一些地，1个月前那辆引起人们纷纷议论的大车也由胡泰赶回去，因为胡泰虽被划为富农而未被没收他的大车，也只“献”了一点儿地便过关了。故事由这辆大车开始，又由这辆大车结束，顾涌这个人物也伴随着情节的推移而自然地施展他的“贯索奴”的作用。

《太阳照在桑干河上》这种构思，明显地受到了我国古典小说的影响。中国古典小说强调用物件或人物把全书纷繁的情节贯串起来。例如把鲁智深和武松两人联结起来的“贯索奴”是张青，而刘姥姥则是《红楼梦》中的“贯索奴”。顾涌、张青和刘姥姥的作用是一样的。

第二，在人物形象刻画方面，《太阳照在桑干河上》既汲取了我国古典小说为人物设置类似“列传”的一些手法，又吸收了西方人物心理描写的技艺。

为了展示生活的广阔和丰富，《太阳照在桑干河上》吸收了《水浒传》为一些人物设置了类似“列传”的一些情节，以介绍人物的身世、历史、性格，使读者对书中人物思想性格的形成，有个整体性的了解。

中国古典小说往往写人物一生的某个片段，也必须交代他的一生。这种“史传”格局，显然在《太阳照在桑干河上》有明显的印痕。如第2章“顾涌的家”，介绍顾涌从一个拦羊的孩子，变为一个庄稼汉，受了43年苦，又终于劳动致富、人财两发的身世和历史；第3章“有事就不能瞒他”，则介绍了暖水屯摇羽毛扇人物，村里有名的“八大尖里面的第一个尖”的钱文贵；第5章“黑妮”、第7章“妇联会主任”也都是同样的写法。

另一方面，作品除了运用古典小说介绍人物的这种方法之外，也运用西方人物心理描写的手法。欧洲小说家普遍重视人物的心理描写。他们认为：小说水平越高，则写内心越多，写事件越少。他们以挖掘内心的深度来衡量小说的水平。从这一点来看，欧洲小说的发展也可以说是不断探索人物内心的历程。许多著名的小说家都很重视人物个性对外界的反映，描写个性的内心世界。直接剖析人物的内心，特别是俄罗斯小说家，如陀思妥耶夫斯基、托尔斯泰等，在挖掘人性、掘发人心方面，堪称巨匠。

鲁迅赞誉陀思妥耶夫斯基“把小说中的男男女女，放在万难忍受的境遇里，来试炼他们，不但剥去了表面的洁白，拷问出藏在底下的罪恶，而且还要拷问出那藏在罪恶之下的真正的洁白来。”[①]车尔尼雪夫斯基赞美列夫·托尔斯泰的才华的基本力量，是他对人类心灵的知识。正是他掌握了这种心灵的知识，才能写出人物心灵的辩证法，准确地捕捉到人物刹那间的内心变化。

《太阳照在桑干河上》的心理描写，也有异曲同工之妙。如作者在刻画地主钱文贵、李子俊的女人、老年农民侯忠全的时候，能够钻进人物的内心，多侧面、多角度地描写他们灵魂的搏斗，达到追魂摄魄的地步，充分发挥其解剖人物心理的特长。

第三，在情景的描写方面，如气氛的浓重、景色的明丽和色彩的丰富繁杂等，显然也融进了中西艺术的技艺。

《太阳照在桑干河上》对于事件发生的地点，人物生活的时代、社会环境，自然风光、气氛、环境的描绘，情绪的抒发和人物心灵的感受等构成情景的元素，无不精心设计。

如《果树园闹腾起来了》一章，脍炙人口，广受称赞。作者运用

① 鲁迅：《且介亭杂文二集》，《陀思妥耶夫斯基的事》，见《鲁迅全集（下）》，广西民族出版社1995年版，第1768页。

的就不是白描手法。在作家笔下，闹腾的果树园犹如一幅色彩斑斓的油画：金色的朝霞、淡紫的阳光、浓密的绿叶、红色的鲜果……黄、红、绿、紫，交相辉映，灿烂夺目。其色彩主要是用的暖色“红”“黄”，给人以温暖、热烈之感；其次是中间色“绿”色，再是“淡紫”色，它属于冷色。这样，色彩的明暗、深浅和冷暖对比非常鲜明。

不仅如此，作者还用工笔细画出压弯了腰的枝头上“累累沉重”的果子，使人联想到果子的硕大、果实的成串，给人以量感；“红色果皮上有一层茸毛，或者是一层薄霜，显得柔软而润湿”，它则使人感到轻柔、润湿，给人以质感；还有果子“新鲜的香味”在那透明的光中流荡，给人以味感，真是色、香、味天然配合，油画与工笔画结合，给人以无限的美感。

在这一幅色彩绚丽的油画中，作者又融进了中国写意画的手法，突出“闹腾”二字——“当大地刚从薄明的晨曦中苏醒过来的时候，鸟雀便已经在欢叫，小甲虫在飞闯，而人们的笑声压过了鸟雀的喧噪。翻身的农民从痛苦的深渊中被解放了出来，和大地一同苏醒了。现在，他们正在摘翻身的果子，欢声和笑语是那样的欢快和热烈。”“一阵哄笑，又接着一阵哄笑，这边笑过了，那边又传来一阵笑”，笑声使果树园“闹腾”起来了。

“一切景语皆情语”，作者描写果园的美丽和欢乐，却是为了抒写翻身农民的欢乐，并将翻身农民的欢乐融注到果树园里。于是，下文便描写了这个果园新的主人公的欢乐。

看守这所果园的长工李宝堂，也一反沉默寡言的常态，竟开起玩笑来。过去，他给地主看了20多年果园，替别人下了20多年果子，虽然年年下果子，但是，“像不知道果子是又香又甜似的，像拿着的是土块，是砖石”，一点儿也没有喜悦的感觉。但现在他变了，“忽然成了爱说话的老头”，还和年轻人开玩笑，“要是再分给一个老婆，叫咱也受女人的罪才更好呢”。他的心情变了，性格变了，他的视觉和嗅觉也从麻木中苏醒过来了。“如同一个乞丐忽然发现许多金元宝一样，果子都发亮了。”

李宝堂的变化，反映了土地改革这场伟大的历史变革不但给农民带来了政治、经济上的解放，而且在精神上也解开了农民心灵的锁链，使他们的思想感情、性格都发生了巨大的变化。正如冯雪峰所指出的，《太阳照在桑干河上》“景色的明丽还是居于第二位的，那居于第一位的是形象性的深刻、思想分析的深入与明确、诗的情绪与生活热情所织成的气氛的浓重……”①

《果树园闹腾起来了》用重彩、点染、烘托，淋漓尽致地描绘了果树园的美丽和色彩的丰富、气氛的欢乐、劳动者翻身的喜悦，富有诗情画意。它有深邃的意境，既融进了中国山水画中的画中有诗、诗中有画，讲究“写意”的特点；又有西洋油画富有美丽的色彩和真实地表现出物体的“质感”“量感”的风格。作者借鉴了中西绘画的艺术，融合了中西小说的新技，有所择取，有所师承，又敢于创新，充分地表现了丁玲小说在艺术上的成熟与突进。

《太阳照在桑干河上》无论在丁玲长达60年的创作道路上，还是在中国现代文学史上，都具有重要意义。它是丁玲一生中唯一完成的一部长篇小说，是作家艺术道路上的又一座里程碑。冯雪峰认为它是“一部艺术上具有创造性的作品，是一部相当辉煌地反映了土地改革的、带来了一定高度的真实性的史诗性的作品”。有的评论者则赞扬它是“新中国诞生前的叙事诗”。

然而，近年来，也有的人认为它是“彻底失败”了的作品，完全丧失了作者的创作个性，是从阶级斗争和阶级关系出发，按图索骥、图解政策的公式化概念化之作。

这是两种完全对立的观点。

① 冯雪峰：《〈太阳照在桑干河上〉在我们文学发展上的意义》，转引袁良骏编：《丁玲研究资料》，天津人民出版社1982年版，第339页。

笔者认为《太阳照在桑干河上》这部反映土地改革运动与斗争的作品，无疑要涉及阶级和阶级斗争，要反映这场斗争的尖锐矛盾。这样一来，是否就有图解政策，公式化概念化之嫌呢？大家知道，问题的关键不是看作家写什么，而是看她怎么写。

如前所述，《太阳照在桑干河上》并没有罗列土改的全过程，也没有按阶级成分在人物的脸上贴政治标签，写些人云亦云的东西，而是通过作家的深刻观察、敏锐的感觉，去挖掘生活深层的内蕴，写出自己独到的发现。

这些独到的发现包括作者不是从单一的角度、单个的侧面去反映生活，而是从社会、村落、家庭，从政治、经济、道德、伦理、心理等多个侧面与层次去反映这一时期变动中的中国社会和农民，既具有丰富的内蕴，又富有历史的深度。而且由于作者富有敏锐的观察力和深刻的哲学思考，敢于面对人生，敢于独立思考，因而作品在艺术上内容上有许多创新与审美的独特价值。如敢于写出这场土改斗争的反复与曲折、人物关系的错综复杂、敌我营垒的相互渗透、农民翻身的艰难步履、干部的重重顾虑与内心的矛盾……从而揭示出生活的底蕴，显示出生活的七色阳光，体现出作品的独特风貌。

从人物形象来看，如果作家果真是从政策条文出发，也就不可能写出黑妮、顾涌、文采、钱文贵这些颇具特色的形象。事实上，早就有人从某种观念出发指责《太阳照在桑干河上》的立场有问题，有“地富”思想，把地主家的人如黑妮写得很漂亮，把农民写得很脏……那么，从这些指责中我们不也可以看出作品超乎寻常的一些独特之处吗？

这样说来，是不是作者写作时根本就没有受到任何条条框框的束缚？仔细地分析，这部小说的确有时代的、作家自身的局限。这部小说描写60多年前河北解放区农村的一次土地改革运动，那时国民党几十万大军压境，时不我待，土改仓促进行，再加上在解放区这又是开天辟地的事，许多政策还来不及仔细研究，那时又比较“左”，丁玲思想上是否有怕“触犯政策”的思想顾虑？

我们觉得应当实事求是地加以分析，从黑妮、顾涌、文采这些形象的塑造来看，作家仍然是有所顾虑的。按理说，对于这些人物，作者是比较熟悉的，可以把人物写得更活些。但显然作者是在尽力地克制自己，诚如她自己所言：在写黑妮的时候，“我又想这样的人物是不容易处理的，于是把为她想好了的好多场面去掉了”；写文采的时候，尽管这个人物是“很多年在作家思想上，作家的性格上，作家的感情中，作家的社会经历中”积累形成的，写来应该说是得心应手的，然而，也许作者受到要着力写工农兵“英雄人物”的某些条条的束缚，于是，在“写文采时，我曾努力克制自己，把他压缩，总想笔下留情。我不愿让他的形象压倒其他的人，我不喜欢他成为一个主角”。①

由此观之，作者一方面以她现实主义作家的敏锐，能够捕捉到别人无法捕捉到的东西，对生活有独到的发现；另一方面，她又受到某些观念的束缚，不敢放开来写，于是，不能为文采、黑妮、顾涌这些人物形象增添更多的异彩，在某些方面，作家的主体性、创作个性也就得不到更充分的发挥。

除了生活与思想上的矛盾之外，作品还表现了写作技巧方面的矛盾。

对于青年农民形象，如张裕民、程仁、李昌、张正国、周月英、董桂花等的描写，则显得差强人意。尽管作品能够大胆地描写这些“走在前边”的人，他们常常不是“完美无缺”的人，以发展的眼光去写他们的进步与成长；但是，由于冗长的静止的叙述较多，生动的描写较少，因此，这些人物表现得不够鲜活，给读者留下的印象不大深刻。虽然作者对这些人物投注了全部的感情，但感情并不能

① 《生活、思想与人物》，转引袁良骏编：《丁玲研究资料》，天津人民出版社1982年版，第158页。

代替技巧。显然生活、情感、技巧之间的矛盾，给作品带来了一些缺陷。

在语言方面，一方面，作品已经摒弃了欧化句式和知识分子腔，在不少地方注意描写农民群众生动的谈吐，增强了作品的生活气息；但另一方面，作品中的叙述语言有时又比较文雅，显得语言格调不甚一致。

丁玲小说嬗变之轨迹

从《梦珂》的胎动、诞生，到《莎菲女士的日记》的闻名遐迩，到后期创作《杜晚香》，丁玲小说的发展道路，有高峰，也有低谷；有给人振奋的力作，也有较为平庸的作品。然而，这并非她粗制滥造，而是探索中的某种不足。她的小说有明显的嬗变轨迹，有前进的脚印。在前面，我们已经分别对其嬗变的各个方面作了一些论述，下面，还拟就其发展轨迹作个整体的勾勒。

社会意识的不断强化

从作品的内容来看，丁玲小说的社会意识，不断地得到强化，体现在以下几个方面。

其一，小说个性解放主题的淡化与阶级解放主题的强化。

从《梦珂》《莎菲女士的日记》到《杜晚香》，丁玲小说的一个至关重要的内容，就是探讨妇女解放的主题。

丁玲自己是妇女中的一员，女性作家对于妇女的解放自然更加关注些。丁玲说过："我懂得妇女的弱点，也更懂得她们的苦痛。"[①]

正因为如此，所以在将近60年的创作生涯中，她总是怀着最大的同情，真切地关注着妇女的命运，同情她们的痛苦和不幸，始终不渝地和那些摧残和戕害妇女的封建势力作斗争，不管是在光明的社会，抑或是在黑暗的时代。因此，可以这么说，对苦难妇女深挚的爱、对封建势力的恨、对妇女个性解放道路的探求，是丁玲小说的基本主题。

① 《写给女青年作者》，见《生活·创作·时代灵魂》。

当丁玲发表《梦珂》和《莎菲女士的日记》的时候，相距“五四”运动已经整整10个年头。“五四”运动中兴盛了10年之久的个性解放主题已处于落潮之势，但是，丁玲在她文学道路的起点上，在她为妇女唱出的第一支个性解放之歌中，宣告了自己作品与妇女的命运与个性解放紧密地联系在一起。莎菲是作家从自己的切身体验中提取出来的形象，真实地记录了已经走出了家庭的“娜拉”无路可走的迷茫、苦闷和困惑。丁玲没有像“五四”时代写个性解放的其他作家那样，从经济不能独立、环境扼杀个性这些方面去写个性解放，而更多的是写莎菲们由对自我的发现到自我失落的迷惘，对人生价值的怀疑以及醒后无路可走的痛苦。

莎菲不知道往哪个方向走，写莎菲的作者也不知道往哪个方向走。就在这个时候，中国现代文学史上继“五四”运动个性解放主题的流行之后，又发生了一次裂变，这便是革命文学主题的高涨。茅盾的《虹》和叶绍钧的《倪焕之》，率先提出了知识分子必须投入社会革命、把个性解放融于阶级的解放之中的主题。在他们影响下，丁玲也认识到“那时中国的文坛上要求着《莎菲女士的日记》的作者有更深刻更有社会意义的创作。”[①]于是，在革命文学兴起、阶级解放主题盛行之时，丁玲小说创作中个性解放的主题也就逐步淡化了。

20世纪30年代初，她以《韦护》和《一九三〇年春上海》描写革命与恋爱之冲突，而最后革命终于战胜恋爱的时髦主题，加入了“左翼”文学队伍。然而，丁玲和某些革命文学家比较起来，在描写知识分子的个人意识及个人情感与阶级意识、集团利益的关系时，其片面性似乎要少一些，表现在她并不把二者完全对立起来。作品中敢于描写韦护这个革命者时常流露出来的个人兴趣。韦护爱好文学，喜欢写诗，喜欢躺在床上靠在软枕上看他喜爱的书，这些是否也对革命事业

① 茅盾：《女作家丁玲》，《茅盾论创作》，转引袁良骏编：《丁玲研究资料》，天津人民出版社1982年版，第253—254页。

有害？革命者是否也允许有个人的兴趣与爱好？显然作家有自己的看法。

当丁玲写完《韦护》和《一九三〇年春上海》以后，如她所说，她很懊悔掉在革命加恋爱的陷阱里，于是她又抛开了这些流行的“革命的主题”，以她的母亲为模特儿，写主人公于曼贞从一个旧式女子向新式女子演进的艰难步履。这样她的作品又从阶级解放的主题回归到个性解放的主题上来了。

本来，个性解放主题和阶级解放主题是同属于“人”的解放范畴的，它们并不是根本对立、互相矛盾的。没有绝大多数人个性的解放和思想的觉醒，阶级的解放就不可能彻底。马克思、恩格斯在《共产党宣言》中就指出：“每个人的自由发展是一切人的自由发展的条件。”反过来看，阶级解放了，“人”的个性是不是就获得了彻底的解放呢？在以往流行的理论中，似乎革命一旦成功，人的解放、个性解放的任务也就完成了。

事实并非如此。在解放区，在抗日民主根据地，人民大众翻了身，做了主人，阶级解放了，但是，中国人民长期以来所受到的民族压迫和封建压迫，仍然束缚着个性的发展。因此，阶级的解放只不过是“人”的解放中的一个重要环节，而摆脱落后的封建思想的束缚与封建伦理道德的规范，改造小生产者保守、狭隘的缺点，使农民真正从思想上得到解放，这是一个十分艰巨的任务。正是基于这种认识，丁玲在《太阳照在桑干河上》等小说中，一方面，她坚持以阶级解放为主题，但是，她又没有抛弃“五四”个性解放主题的精华。她颇有见地地描写了解放区的农民在急风暴雨的土地改革运动中的复杂心态，以及他们挣脱封建思想锁链的艰难历程，她没有停留在农民欢天喜地打土豪、分田地的生活表层上，而是深入生活的底蕴，写他们的欢乐与痛苦、欣喜与忧虑、怕变天的思想以及宿命论观点对他们的束缚。也只有在挣脱了这些思想锁链之后，土地改革运动才获得了真正的最后的胜利。

丁玲在写《太阳照在桑干河上》的时候，在揭示农民反压迫反剥削、宣扬阶级解放主题的同时，很明显，并没有宣传单纯的政治解放、经济解放就能达到“人”的最终解放的观点。作品中所强调的是只有农民自己起来砸碎身上的精神锁链，才能获得自身真正的解放。丁玲这部小说和解放区其他类似的小说比较，略胜一筹之处在于：它指出无产阶级的彻底解放，正是建立在这千千万万人思想解放和个性发展的基础上的。

在延安，在解放区，一方面，丁玲小说阶级解放的主题和20世纪30年代初比较，显然进一步得到了强化。另一方面，个性解放的主题虽然隐退到了阶级解放、民族解放的身后，但作家并没有停止这方面的探索。作家在描写疾风暴雨式的阶级斗争的时候，仍然没有忘记写人的命运、人的疾苦、人的愿望和理想。作品中把个性解放从属于阶级的解放，使二者结合起来。这样，在强化阶级解放的主题中，个性解放主题也得到了某种发展。

其二，从宣泄意识到忧患意识与超越意识。

体现在丁玲小说中的主体意识，很明显地可以找到一条线索，即由“自我”的宣泄意识到走向更为广阔的情感世界。

如前所述，丁玲开始写小说的时候，就是为了宣泄。她说：“我感到寂寞、苦闷，我要倾诉，我要呐喊，我没有别的办法，我拿起了笔，抒写我对旧中国封建社会的愤懑与反抗。”[①]这样，她早期的小说就充满了一种极端的反叛情绪，表现了怨天尤人、愤世嫉俗的思想和情怀，宣泄了作家的冲动和激情。这种激情，含有张扬个性解放、关心妇女命运和对美好社会的憧憬等。

20世纪30年代初，随着丁玲在政治上倾向革命，作家的使命感和责任感便得到不断的加强。丁玲说过：“中国的文学、作家历来多是

① 《我的生平与创作》，见《丁玲文集》第5卷，湖南人民出版社1984年版，第408页。

与政治有不解之缘的，无法分开的，社会条件决定了这种关系。”[①]

众所周知，在我国古代文论中，就提倡“文以载道”，提倡文章要有鲜明的政治观点与内容。再从古代作家忧国忧民的爱国主义思想传统来看，这种忧患意识自屈原到司马迁、李白、杜甫、陆游等历代作家，都是代代相传的。这种广义的忧患意识是古今中外作家最核心的一种主体意识。中国现当代作家当然也具有这种忧患意识。如丁玲所言，她在拿起笔写小说的时候，很自然地追随她的前辈如鲁迅、瞿秋白、茅盾等人。“和他们一样，不是为了描花绣朵，精雕细刻，为艺术而艺术，或者只是为了自己的爱好才从事文学事业的。不是的，我是为人生，为民族的解放，为国家的独立，为人民的民主，为社会的进步而从事文学写作的。”[②]

正由于作家重视文艺与时代与政治的关系，重视和强调文艺创作的社会功利性，就自觉地使自己的小说创作与时代生活、与人生、与社会息息相关，融为一体。因而，她的小说也就具有一种深沉的忧患意识。

鲁迅说：“我时常说些自己的事情，怎样在‘碰壁’，怎样在做蜗牛，好像全世界的苦恼萃于一身，在替大众受罪似的。”[③]这段话，说出了创作主体的心灵不但与人民大众的心灵相通，而且还具备有一种博大的胸怀，心甘情愿地替人民受苦。丁玲也说过：“我们的喜怒哀乐不是哪一个人，而是要同人民融为一体，就像人们常说的‘心有灵犀一点通’。”[④]这种心心相印、息息相通的情感，说明作家已经超越自我。她的爱，是与人世间的悲欢苦乐相通的大爱，而不是自我的患得患失。因此，她总是“先天下之忧而忧”，她总是像“蜗牛”一样背负着精神

① 《我怎样跟文学结下了“缘分”》，见《丁玲文集》第5卷，湖南人民出版社1984年版，第417页。

② 《我的生平与创作》，见《丁玲文集》第5卷，湖南人民出版社1984年版，第408页。

③ 《二心集·序》，见《鲁迅全集（中）》，广西民族出版社1995年版，第986页。

④ 《文学创作的准备》，见《生活·创作·时代灵魂》。

的重担和历史的重担前行。她时刻在记住“替大众受罪”的历史责任。

作家背负的这种历史责任感和社会责任感，使他们能够敏锐地观察生活，细心地感受到人民大众的苦痛和欢乐。

这种忧患意识，还使作家能够居安思危。从黑暗的国统区来到阳光明媚、充满欢乐的解放区，丁玲是无比快乐和幸福的。她热爱解放区，热爱新生活，但这种爱，并非圣徒朝圣时的顶礼膜拜。正因为她对解放区爱得深，爱得切，而且希望它更好，更美，因此，她能够大胆而敏感地发现：“即使在进步的地方，有了初步的民主，然而这里更需要督促、监视。中国所有的几千年来根深蒂固的封建恶习，是不容易铲除的，而所谓进步的地方，又非从天而降，它与中国的旧世界是相联结着的。”[⑤]这种与中国几千年封建恶习的血缘联系，使解放区这样的革命圣地不可避免地也存在一些缺点。历史的封建积习就像黄河泛滥以后沿途所丢下的许多污泥与浊水，如何清除这些污泥浊水，这是解放区所面临的严峻课题之一。

丁玲在她的小说中，用一种冷静的眼光审视，对生活作了艺术的总体透视和表现，使人们清楚地看到了旧思想、旧传统、旧习惯是如何缠绕在这些从旧社会走到新社会里来的人物身上的，它们又是如何制约、干扰着这些新人的成长和新社会的发展的。

作者正是本着对解放区的这种热爱，对人民政权的一片赤诚，出于一个共产党员的良知与惊觉，才敢于在一片光明的赞美诗中掺入一种“不和谐的杂音”，提醒人们居安思危，警惕封建遗毒、官僚主义以及懒惰、怯弱、小生产者的落后意识等旧的习惯势力对健康的革命肌体的侵袭，注意疗救旧社会遗留下的创伤。可以说，丁玲正是怀着这种“女娲补天”的精神，才敢于在她的小说里塑造贞贞、陆萍这样的形象，写出何华明翻身以后的“乐”与“忧”，写出生活在地主家、又“有别于地主”的黑妮的形象，写出在土改初被错划为“富农”的

⑤ 《我们需要杂文》，载《解放日报·文艺副刊》1941年10月23日，第26期。

富裕中农顾涌的形象。这些形象的塑造，不仅需要有作家的天性——敏锐，更需要作家有一颗金子般的心——对党、对人民、对艺术事业高度的责任心。

作家如此强烈的历史责任感，她的声声啼唤，有如啼血的杜鹃，让人感到她的精神的伟大。然而，有些人无法领会作家这种伟大的情怀，把揭示局限和缺陷，视为诬蔑解放区；把作家塑造黑妮与顾涌的形象视为同情“地富”；把《在医院中》对官僚主义作风的批评视为攻击党的领导。为此，丁玲几十年来背上了沉重的十字架，这位“圣僧”被丢到了地狱去熬炼。然而，历史是公正的，几十年过去了，人们才体会到她的“替大众受罪”的纯洁的心灵。

神圣的忧患意识，使丁玲能够密切注视现实，双脚牢牢地踩在现实的土壤上。同时，她又能够超越自己，超越现实，超越她所生活的空间，看到未来，因而也具有一种超越意识。

罗曼·罗兰说：“在歌德、雨果、莎士比亚、但丁、埃斯库罗斯这些伟大的作家的创作中，总是有两股激流，一股与他们当时的时代运动相汇合，另一股则蕴藏得深得多，超越了那个时代的愿望和需要。直到现在，它还滋养着新的时代，它给诗人们和他们的人民带来了永久的光荣。”[①]

丁玲也一样。一方面，她的作品总是跳动着时代的脉搏，反映着时代的要求、时代的色彩和时代的声音，与时代相汇合；另一方面，她既尊重现实又不受现实的束缚，她借助自己天才的艺术直觉、敏锐的观察力发现与现实不相一致的东西。丁玲这种“特有的敏感”并不是她有未卜先知的本领，也不是因为她能够靠哲学的推断对未来作出某种预测，而是“因为参加斗争多了，社会经历多了，考虑的问题多了，在反映到作品中时，就常常想到一个更广泛的社会问题”。[②]这样，

① 《法国作家论文学》。

② 《谈自己的创作》，见《丁玲文集》第5卷，湖南人民出版社1984年版，第402页。

才赋予她的作品以透视力和超前性。

丁玲还说过："作家一定要看见旁人能见到的东西，还要看见旁人看不见的东西。"作家独特的慧眼使他们能够感觉到尚未被人们发现的东西。这种"发现"，可能是时代的强音，或者是时代变革的潜流；可能是时代的欢乐，也可能是时代的苦闷和忧伤。但总之，她有"发现"，是超越前人的发现。因此"独特的发现"是作家充分地发扬创造者的主体意识使作品具有"超越性"的前提。另外，作家保持自主的精神和心灵上的自由，也是保证作品具有超越性的条件之一。

丁玲说过："我写作的时候，从来不考虑形式的框框，也不想拿什么主义来绳规自己，也不顾虑文章的后果是受到欢迎或招来物议。我认为这都是写完以后，发表之后，由别人去说去做，我只是任思绪的奔放而信笔所之，我只要求保持我最初的、原有的心灵上的触动和不歪曲生活中我所爱恋与欣赏的人物就行了。"①

如果作家主体意识受到各种条条框框的束缚，思前想后，万无一失地考虑到作品将招来的是"欢迎或是物议"，那么这样的作品也就不可能有什么独特的发现了。

丁玲小说中的"超越意识"并不是将某种观念外贴或附加上去，而使作品抽象化和哲理化。如果是这样，倒是对文学的削弱。她的小说所表现的超越性，往往是"超以象外，得其环中"。就是说，作家将自己对社会、人生、历史、文化、伦理道德等的总体思考与审美评价，艺术化地、含蓄地蕴含于小说的情节、细节、人物，语言的描绘之中。这样，超越于物象之外的哲学思考，要以物象之内的"环中"来求得。丁玲的"超越意识"大多是通过"寓意超越"来实现的。比如，《在医院中》的陆萍改造医院的失败寓意着小生产者的褊狭保守、苟安、愚昧对改革的严重障碍。

40年以后，当我们大刀阔斧地进行改革之时，仍然有愚昧、保

① 《我的生平与创作》，见《丁玲文集》第5卷，湖南人民出版社1984年版，第410页。

守、苟安、不求发展进步与革新精神之间的尖锐冲突。小生产者的习惯势力仍在腐蚀着革命的肌体，危害党的事业，“消融”改革者的锐气。历史与现实中的许多事情竟然如此相同，今天我们改革中经历的种种矛盾斗争，不是早在40年前丁玲写的《在医院中》的陆萍所遇到的吗？在这里人们不得不惊叹作家目光的敏锐性与意识的超前性。历史总是联系着现实，也联系着未来，历史地把握生活，是作家超越时代的先决条件。

丁玲从一个小资产阶级作家走向革命者的行列，将自己融于革命群众之中，达到了“超我”境地。这种嬗变，更增强了她的忧患意识和作家的历史责任感。斗争生活给她增添了敏锐的观察力，使她能超越时空，看到现实的不足与缺陷，看到未来。

作家主体意识中的这种超越意识既是超越世俗的观念，超越常规，超越前人的意识，也是超越作家“自我”，表现出主体感情、思想、意识上的开放性。如果说早期丁玲小说的感情、思想如一条涓涓细流的话，到后期她的感情则变为汹涌澎湃的长江大河。她的创作视野和表现空间不断地扩大，创作内容所表现的社会意识因而不断得到强化。

艺术个性的形成、迷失、回归与拓展

丁玲是一位具有独特艺术个性的作家。如屠格涅夫所指出的，有“生动的、特殊的、自己个人所有的音调”①。

问题是她这种个人所独有的“音调”有多高？“音域”有多广？目前对这位女作家独特的艺术个性评价不一。有的认为只有《莎菲女士的日记》个性才鲜明，其后那些作品都失去了个性，都是些公式化概念化的作品。有的评论者又认为：如果说，在某些现代作家身上有着什么“后期现象”（思想进步、艺术退步）的话，丁玲并没有。粉碎“四人帮”以后发表的《杜晚香》代表着晚年丁玲的创作水平。作

① 屠格涅夫：《作家的创作个性与文学的发展》。

为艺术形象，从艺术创作的角度讲，杜晚香与莎菲、陆萍比，毫不逊色。

只要我们仔细地从丁玲的小说来探讨她的艺术个性的话，就会很明显地看到：从早期到“左联”时期，再到抗战后期，她的艺术个性有形成期，也有迷失期与回归期、拓展期。

众所周知，丁玲早期的小说，具有其艺术个性的雏形。令人吃惊的是这位女作家丢开了传统，并不精心于谋篇布局，编织故事，而是淡化情节。她往往以人物的意念、心绪、情感作为结构全篇的线索，并以自由联想为基础去写人物意识的流动、心绪的变化，并对人物作大胆而率真的心理剖析，细致入微地刻画主人公的心理，描写人物被痛苦意识所缠绕的精神上的苦闷、情绪上的压抑，或者是觉醒、迷惘、困惑、失望等复杂的内心感受，体现了作品的悲剧倾向和抒情气氛，这些都是丁玲艺术个性的基调。《在黑暗中》集子里的小说充分表现了作者对当时社会的不满，要求反抗而找不到出路的情绪和心境，因而呈现出孤独、愤懑、感伤的风格。

这种独特的艺术个性，使读者一眼便认出丁玲来。

然而，当丁玲参加“左联”以后，她的描写世界变了，她由描写小资产阶级知识分子，转到描写工农。面对着她所不熟悉的世界，面对着工人、农民的陌生面孔，她的艺术感知力发生了危机。因为艺术是一种特殊的意识形态，它不是以抽象概念的形式而是以感性形象的形式把握生活的，没有对工人、农民敏锐的、真切的、细致的感知，没有对工农生活听得多、看得多、记忆得多的材料，她所表现的世界必然是苍白的、缺乏魅力的。丁玲放弃了自己熟悉的感知世界，而进入了一个陌生的感知世界，她一时无法进入自己描写的对象——工农群众的内心，她缺乏对生活的自我体验。于是作家在创作中就弃其心理描写之所长，尽量避免让人物的心灵说话，回避对人物的内心进行直率的大胆的剖析。她的小说如《水》，仅写农民的行动，而看不清他们的面庞和他们的内心，失却了《莎菲女士的日记》心理描写的细腻。

歌德曾这样说："凡是我没有经历过的东西，没有迫使我非写不可的东西，我从来就不用写诗来表达它。我也只在恋爱中才写情诗。"这就是说，写诗应有真情实感，而且只有到激情难抑、非写不可的地步，写出来的诗才能感人。用这个观点来分析丁玲"左联"时期的小说创作，作者当时正是缺乏这种深刻的生活体验与难抑的激情，因而所写的这些小说自然就缺乏早期小说那种浓重的抒情色彩，给读者的印象似乎是理智多于感情。

当时写的《田家冲》《水》《奔》等小说，虽然其革命的倾向性得到了发展，但作家早期的某些艺术个性失落了，其美学价值也相对地有所损失。

为了探寻这些迷失了的艺术个性，丁玲回过头来又从自己熟悉的材料"仓库"中搜索，她觉得写以自己母亲为模特儿的小说更能得心应手，于是她创作了长篇小说《母亲》。不幸的是这部著作尚未终稿，她就被国民党特务绑架了。

抗战初期，丁玲写下了不少篇什，记录了时代的声音和社会的风采。然而这些篇什共同的特点是热烈有余而深刻不足。自强不息、永远探索的丁玲终于在1940年后，深深地潜入到了生活之中，细细地观察生活，这才真正地感知到了生活，于是她写出了《我在霞村的时候》《在医院中》《夜》等佳作，并于1948年6月写完了长篇小说《太阳照在桑干河上》。

从这些小说创作的成功来看，可以把这个时期视为作家艺术个性的回归与拓展期。

当作家的艺术个性基本成形之后，它的基调总会沿着一条大致确定的方向作日趋成熟和完美的发展，这就是说，作家的风格有相对的稳定性。艺术个性亦如此，它也具有相对稳定性。它的独特性在流变过程中可以得到延续与拓展。当然，出现断裂的现象也是可能的，倒退、变异也有可能产生，但丁玲属于前者，而不是后者。

在"左联"时期，丁玲的艺术个性迷失在新的题材、新的人物中，而当她逐步熟悉自己描写的对象后，重新感知到生活后，在20世纪40年代所写的这些小说中，她的创作个性又得到回归，并且还有所拓展。

说到《太阳照在桑干河上》等作品，有的人认为它完全失去了作者“自我”，简直看不到作家的独特感受，但也有人认为“在人物、思想、情节诸多方面，都表现了独特的个人感受，颇有立体的现实感”[①]。

显然，笔者不能同意前一种看法，而且在前面笔者已经从思想到艺术对作品作了分析评价。下面再就这些小说所体现的作家的创作个性作某些专门的分析。

首先，从众口一词所赞誉的心理描写看，早期小说多为内心独白，而在这些小说中，心理描写方法更为多样。《夜》中以指导员何华明从黄昏到天明的内心情绪为线索，通过意识的流动，描写他内心的搏斗。《太阳照在桑干河上》对农民挣脱束缚自身的封建锁链的艰难思想历程的描述，角度更为多样，比起早期小说的心理描写，它联想的跨度更大。

其次，从抒情的浓重来看，丁玲的作品，往往以情动人。《莎菲女士的日记》通过分析莎菲的心理，渲染了一种痛苦、哀伤、失望的氛围，写出了莎菲的孤独与凄清，酿造了浓重的抒情气氛。《在医院中》，我们又看到作者大胆而率真的抒情个性的回归。作者通过描写陆萍和环境的矛盾，渲染了医院的冷漠、停滞、愚昧、落后、使人感到窒息的气氛。小说的开头和结尾深蕴着作者的感情，典型地体现了丁玲小说浓郁抒情的叙事风格。丁玲的小说，无论是采用第一人称或第三人称，作者在叙述事件、描写环境、刻画人物中，都渗入这种浓郁的感情。

① 司马长风：《中国新文学史》，转引袁良骏编：《丁玲研究资料》，天津人民出版社1982年版，第519页。

再次，从小说的格调看，如日本汉学家中岛碧所评论的，丁玲1942年以前的创作“笼罩着阴郁的气氛，或以曲折的表现，并通过这种表现感觉出作者的焦躁和郁愤”[①]。这种“阴郁”的气氛也可以说是丁玲小说的一种格调；但我们从《水》《太阳照在桑干河上》《在严寒的日子里》等小说中，又可以发现另外一种高昂乐观、豪放的格调，这又说明她的艺术风格是多样的，艺术个性既稳定也是不断拓展的。

最后，还可以看到，早期小说显得直率，而《夜》《我在霞村的时候》《在医院中》写得深邃、细腻，笔力刚健、浑厚。由此也可见作家艺术个性的拓展。

宋代画家郭熙在《山川训》中说道：“山有三远：自山下而仰山巅，谓之高远；自山前而窥山后，谓之深远；自近山而望远山，谓之平远。”

读丁玲后期这几篇佳作，给人的印象如望逶迤绵延的山脉、层峦叠嶂的群峰，“自山前而窥山后”，给人以深远的感觉，使人产生无限的遐思和联想。如《夜》就是“旨浑意远”的佳作，即使作者写的是“老婆”和牛下崽的琐事，也立意深湛，使人不觉得琐细，作者善于创造一个个深邃的意境。

早期小说很少描写景物，描写背景，从创作《母亲》开始，她的小说在情景描写方面，就有了较大拓展。在后期这几篇佳作中，常常创造出一个个深邃的意境。《夜》中那个充满了陕北风情画的春之夜、那黄昏中归圈的羊群、窑洞顶上缕缕蓝色的炊烟、暮色中盛开的桃花、发辫上扎着粉红绒绳的健美的陕北姑娘……这一切，都给人一种温馨的气氛、一种诗意的想象。接着是写夜色变得朦胧和沉郁，主人公在这梦幻般的夜色中思绪万端，心情也沉郁起来了，接

① 中岛碧：《丁玲论》，转引袁良骏编：《丁玲研究资料》，天津人民出版社1982年版，第544页。

下去是写主人公心灵的搏斗，继而战胜矛盾与痛苦，增强了对走向新生活的信心和力量，人物的精神境界得到了升华，意境寓意丰富。

诚然，作家的艺术个性有其相对稳定性，有它的基调。但是，作家生活在一定的社会关系和时代环境中，随着社会的变革，他的世界观、艺术观也可能发生某种变化，影响到他的创作风格和艺术个性亦可能发生某些变化，这就是艺术个性的可塑性。在艺术个性的流变中，作家的某种稳定的基调会得到延续，但这并不排斥艺术个性的丰富和发展，稳定性与可塑性可在纵向的时间延续上形成对立统一。

丁玲的生活道路是坎坷的，艺术探求之路也是曲折的。这种曲折是因为受时代、环境、社会等外驱力的制约，同时也与她的创作心境、个性、气质、审美追求紧密相关。

当她将自己的全部感情注入作品中，不去考虑屈就某些条条框框的时候，她和描写对象情感相融合、息息相通，这时，作家的“自我”就获得释放，创作个性也就得到弘扬，良好的心境会使其艺术个性得到充分的发挥。当她的理智有意抑制自己的感情，无可奈何地去屈就某些条条框框的时候，她和描写对象存在隔膜，这时，她的创作心境就难以与艺术个性融合，这样，就不利于艺术个性的发展。在创作过程中，有时作家也会被自己潜伏的感情所驱使，自然而然地将自己的个性流露于笔端。正是基于这样一些情况，她的创作个性就会时显时隐，有时强化，有时淡化，有时迷失，有时回归。

横向的借鉴与纵向的继承

从创作方法来看，丁玲的小说，在横向的借鉴和纵向的继承上，走过了一条从借鉴西方现代主义、批判现实主义到继承本民族现实主义传统的道路，她在汲取外来文学营养与继承本民族的文化遗产的基础上，孕育着自己的文学胚胎。

当丁玲登上文坛之时，新文学已经走过了10年的道路。崛起的新文学一方面吸吮了源远流长、卷帙浩繁的古典文学母亲的乳汁，另一方面又吸收了外来文学的营养，因而长成了一位具有开放意识、创新精神、锐意进取的文学中的“英俊少年”。“五四”时代那些知识分子先驱、文学开拓者，已经从东方的日本、西方的欧美、南方的印度、北方的苏俄的文学宝库中，多元地接纳了文学新潮。他们对小说的形式、小说的理论、小说的观念、创作方法等进行了一系列的革新，使中国的现代小说，成为世界小说的一个重要分支。丁玲有幸生活在这个万象更新的时代，这个中西方文学的交流的时代，这使她一开始，便有机会接触到世界各国的文艺名著，并将它们拿来作为自己的“借鉴”，以壮大和发展自己。中国现代文学史上的名家，都毫无例外地、或多或少地接受了外来文学的影响。鲁迅就曾说过，他写《狂人日记》的时候，“大约所仰仗的全靠先前看过的百来篇外国作品和一点医学上的知识”[①]。茅盾、叶圣陶也说过，开始写小说的时候，凭借的是以前读过的一些外国小说。至于说到郭沫若，他对歌德、海涅、泰戈尔、惠特曼等诗人的民主主义思想及其艺术形式的借鉴，也是十分明显的。他的《女神》，其雄浑与豪放的诗风与惠特曼的诗风不无关系。曹禺每一部成功的剧作，也都与汲取外国戏剧大师如易卜生、奥尼尔、莎士比亚、契诃夫的成功经验密切相关。

丁玲早期小说，同样有着外来影响。有人说，她受福楼拜、莫泊桑的影响很深，并指出莎菲与包法利夫人之间的联系。沈从文说福楼拜的《包法利夫人》，丁玲至少看过10遍，并且“跟那些书上的女人学会了分析自己的方法，也跟那些作书男人学会了描写女人的方法”[②]。丁玲自己则说，她不只喜欢福楼拜、莫泊桑，也喜欢雨果、巴

① 鲁迅：《南腔北调集·我怎么做起小说来》，见《鲁迅全集（中）》，广西民族出版社1995年版，第1164页。

② 沈从文：《记丁玲》，上海良友图书公司1934年版。

尔扎克、狄更斯，尤其喜欢托尔斯泰、屠格涅夫、高尔基等作家的作品。这样看来，丁玲受19世纪批判现实主义大师的影响是较深的，她从中找到了几个与自己文学气质相契合的朋友，自觉地接受他们的影响。当然，这种影响是潜移默化的，或者可以说是某种精神的渗透和精神的契合。丁玲在写小说的时候，不知不觉地吸收、消化外来养料，并把它化为自己创作个性的一部分。

诚如本章开篇所指出：在丁玲起步的时候，她的小说就以其新鲜的、大胆的、直率的心理描写而征服了读者。另外，她早期小说的散文化结构以及浓重的抒情色彩，也都表现了其“别求新声于异邦”的开放精神。表现在描写的技巧上，对于人物主观情绪或感受的渲染、象征手法、自由联想、意识流、内心独白以及叙事视点的多角度、不注重外在背景的交代与描述等，这些都与现代主义不无联系。

20世纪三四十年代的丁玲小说，和整个中国现代文学的发展进程一样，在“五四”吸新纳异之后，又重新归位到民族化道路的探求上。这种探求，不是倒退，而是在中西文化参照中的进一步自省，是在中西文学对流中的进一步思考，在对外来营养的吸收中注意更进一步地与民族的特点相结合。

那时，从“左翼”作家方面看来，他们更注重于对法国、俄国与北欧的批判现实主义和苏联的革命现实主义文学的借鉴。从“京派”和“海派”来看，他们更注重向英美的现实主义和现代主义借鉴。究其原因，是在阶级斗争的加剧和民族解放斗争的激烈搏斗中，“左翼”作家认为创作方法为世界观所制约，先进的世界观，应该选择先进的创作方法，因而，现实主义和革命现实主义便与进步的、革命的思想联姻。诚然，这种联姻和当时的世界文学潮流，20世纪30年代的时代潮流以及我国文学的民族传统都有密切的联系。

丁玲也不能置身于这种思潮之外。从20世纪30年代初开始，大众化、通俗化、民族化讨论了几十年，从未间断过，丁玲不能不受其影响。当她创作《母亲》的时候，便注意从“欧化”转向“民族化”。

这种“转向”，不只是技巧问题，首先是作家现实主义文学观和创作原则的确立，然后才是构思的技巧、方法的借鉴。

丁玲对19世纪欧洲批判现实主义、我国传统的现实主义以及苏联革命文学的继承、借鉴与革新是非常鲜明的。

鲁迅说过：现实主义要求作家“真诚地、深入地、大胆地看取人生并且写出他的血和肉来”。①鲁迅这种观点是具有代表性的。

一般的现实主义作家，都要“按照生活的本来面目反映生活”，伟大的深刻的现实主义作家，如巴尔扎克、托尔斯泰、鲁迅等不但能按照生活的本来面目反映生活，而且更能“真诚地、深入地、大胆地看取人生，并且写出他的血和肉来”。在这方面，丁玲从《母亲》开始，就试着朝这个方向发展。丁玲说过，“我要描绘出变革的整个过程与中国大家庭的破产和分裂，以母亲为全部小说的线索”。②丁玲学习《红楼梦》的手法，写出母亲的变化和社会变革的联系，在这方面有其成功之处。

抗战时期，丁玲所创作的《我在霞村的时候》《在医院中》《夜》等优秀短篇小说，应该说比创作《母亲》时，无论从思想到技巧都要成熟。她所反映的人生，更为真诚、大胆与深入。她写出了生活的错综复杂以及作家对这些错综复杂的生活的独到发现，并对人物内在情绪进行了深刻的发掘，不但写出了血和肉来，而且在主题的表达方面，摒弃了单一性、单纯性，而表现了它的多义性、反映现实的深度。

在解放战争中创作的《太阳照在桑干河上》，新中国成立之初创作的《在严寒的日子里》，从某种意义上说，又可以认为是丁玲学习苏联的革命现实主义创作方法的尝试。

这两部小说都以重大的社会斗争为题材，展现社会历史发展的必然性，表现革命人民的英雄主义精神，塑造正面的代表历史发展方向

---

① 《坟·论睁了眼看》，见《鲁迅全集（上）》，广西民族出版社1995年版，第120页。

② 尼姆·韦尔斯：《丁玲——她的武器是艺术》，转引袁良骏编：《丁玲研究资料》，天津人民出版社1982年版，第45页。

的英雄形象，表现了作者的革命理想。总之，无论在思想和艺术上，都有革命现实主义创作的倾向。

但这并不意味着这两部小说就是用一种模式创造出来的，没有作家的独特个性和体验。关于这些小说的独创性，对外来养料的吸收，对传统的继承，对中西技巧的融汇，在前面几章，笔者已经分别作了一些论述，在此不再赘述。

丁玲在整个作品中所表现的现实主义，既不同于“异域”的文学，又不是单纯地对传统的现实主义的继承，而是对中外现实主义广泛的吸收与渗透。其实，现实主义也是流动变化着的，我们的传统，凝结在历史里，也涌动在现实中。现实，是传统的延伸。

在横向借鉴与纵向继承的问题上，丁玲既有对西方现实主义的学习、借鉴，也有对本民族传统的批判、继承。20世纪20年代，她偏重于横向借鉴西方现实主义。20世纪三四十年代，在“民族形式问题”与“文艺大众化问题”论争的影响下，作家又倾斜到纵向的继承上，似乎有以此来纠正过去横向借鉴的某种偏颇之意，但到了40年代末创作《太阳照在桑干河上》时，则处于横向借鉴与纵向继承的交汇点上。而创作《在严寒的日子里》时则更多地在人物描写与情节结构上借鉴于民族形式。

以上，我们对丁玲整个小说的发展的轨迹作了一个整体的勾勒，以期揭开其小说艺术个性嬗变之谜。

我这个人有点倔脾气，湖南人的倔脾气。

——丁玲

第四章　湖湘文化对丁玲个性气质濡染之谜

在谈到某个区域的文化特征时，许多研究者都十分重视水土、环境、气候对区域文化的影响。而且，许多学者还认为：自然地理环境是区域文化的重要构成部分，因为它是人类活动的舞台，是人类生存的依托。但是，如果没有人类的历史活动以及与自然地理环境的交融、契合，自然地理环境就不具有社会的意义、文化的意义。地域的历史积淀、自然环境、生活风俗、习惯等外在因素，会制约着、影响着人们的生存方式、心理定式，并形成一定的文化心理结构。

那么，湖湘的自然环境怎样？它与湖南人的特点、与湖湘文化精神特征有何联系呢？现代著名学者钱基博先生在《近百年湖南学风》一文中精辟地指出：

湖南之为省，北阻大江，南薄五岭，西接黔蜀，群苗所萃，盖四塞之国。其地水少而山多。重山叠岭，滩河峻激，而舟车不易为交通。顽石赭土，地质刚坚，而民性多流于倔强。以故风气锢塞，常不为中原人所沾被。抑也风气自创，能别于中原人物以独立。人杰地灵，大儒迭起，前不见古人，后不见来者，宏识孤怀，涵今茹古，罔不有独立自由之思想，有坚强不磨之志节。湛深古学而能自辟蹊径，不为古学所囿。义以淑群，行必厉己，以开一代之风，盖地理使其然也。[①]

在这段话中，首先，钱氏对湖南的地理位置作了描绘。湖南毗邻六省，北有洞庭湖，以滨湖平原与湖北接壤；南枕五岭，与广东、广西为邻；东邻江西；西部以云贵高原东缘连接贵州；西北侧以武陵山

① 钱基博、李肖聃：《近百年湖南学风·湘学略》，岳麓书社1985年版，第1页。

脉为界连接川东和鄂西。此所谓“北阻大江，南薄五岭，西接黔蜀，群苗所萃，盖四塞之国”。

其次，钱氏又对湖南这方水土如何培养出湖南人倔强的个性气质、独立自创的精神与“行必厉己”“开一代之风气”的风格作了精彩的分析，道出了湖湘区域文化以及湖南人的某些特点。

维新志士杨毓麟先生也从湖南的地理环境对湖湘文化精神的影响作过细致的分析。

（湖南）前则划以大江，群岭环其左而负其后，湘江与岭外之流同出一源，故风气稍近于云贵，而冒险之性颇同于粤，于湖北与江西则相似者甚少，盖所受于地理者使然。①

在此，杨先生和钱先生不约而同地都是从地理环境这一角度去探讨它与湖南人精神的某些内在的联系，湖南与周边各省人文方面相近与相异之处，从而凸显出湖南人的独特风貌。

的确，独特的地理环境造就出独特的群体个性。地理环境对于某个民族或某个群体的精神文明和物质文明都起着极其重要的作用。人类在不同地区、不同国度所创造的文化或文明，都与其地理环境是密不可分的。

湖南的区域环境造就了其文化的独特风貌。许多研究者认为：湖湘文化具有“经世致用”的实践精神；力行践履的道德原则；无所依傍、浩然独往而不囿于成见的创新精神以及敢为天下先的探索勇气；念祖忠君的思想及以天下为己任的忧国忧民的群体参政意识；踔厉敢死、强悍炽烈、百折不回的士风民气……而这些，在丁玲的身上，有最鲜明、最深刻的印记。而且，这些文化的遗传基因，已经化为丁玲的人格和意志、性格与思想，化为丁玲的灵魂。

① 杨毓麟：《新湖南》，载《湖南历史资料》1959年第3卷。

"虽九死其犹未悔"
——"一条道走到底"之谜

"长太息以掩涕兮，哀民生之多艰。""亦余心之所善兮，虽九死其犹未悔。"[①]这是屈原的心声，亦是楚人爱国忧民的精神体现。屈原在遭受迫害和长期的流放生活中，仍心怀远大的理想，并希望楚怀王能"举贤授能""圣哲茂行""循绳墨而不颇"，以修明政治，奋发图强，振兴楚国。这种将生死置之度外、百折不挠、"虽九死其犹未悔"的爱国精神，一直教育着后代子孙。苏东坡的《屈原塔》："楚人悲屈原，千载意未歇。精魂飘何处，父老空哽咽……遗风成竞渡，哀叫楚山裂！"[②]这首诗写出屈原影响之深远。郭沫若在《屈原考》中说道：屈原"不但在中国的文学思想上有极伟大极长远的影响，就是在普通人的精神中，我们也可以找出他的影响的深刻的痕迹"。近代湖湘文化的爱国主义精神，其源头正来自屈原的这种精神，因而历史上涌现出来的可歌可泣的湖湘爱国志士，他们正是在这种精神的鼓舞下奋发图强，为祖国的独立自由、繁荣昌盛而奋斗牺牲。

"若道中华国果亡，除是湖南人尽死"。[③]陈独秀用这句话来盛赞湖南人爱国的精神。湖南人的这种文化心理，自屈原至今日，源远流长，历史已做出了最好的证明。这是湖湘文化宝贵的历史遗产和精神财富。

---

① 屈原：《离骚》，载《中国历代诗歌选》，人民文学出版社1964年版，第50页。

② 《苏轼诗集》第1册，中华书局1982年版，第22页。

③ 陈独秀著，三联书店编：《陈独秀文章选编（上）》，三联书店1984年版，第480—481页。

毋庸置疑，沈从文和丁玲都是这一宝贵财富的继承者，但两位作家爱国的内涵和表现的形式不大相同。

沈从文的政治立场，是爱国主义的立场、民主主义的立场。他虽然远离政治的旋涡，远离城市的喧嚣，追求自己天空的宁静，一心一意营造人性美的“希腊小庙”，但其目的在于将读者引进一片美的净土。因而，他的作品有一种引人“向善”的力量，能引导读者对人生作更深沉的理解，以洗尽物欲的熏染，恢复古朴、善良、正直、优美、健康的人性，达到民族精神的重建。由此我们不也可窥见他拳拳的爱国之心吗？20世纪50年代后他未动笔写多少文学作品，而是潜心于中国古代服饰研究。他的《中国古代服饰研究》将中国几千年的服饰文化的珍宝发掘出来，用20万字400多张的图片，将从商朝到清初3000多年的服饰发展史加以描述、论证，探索研究，弘扬了中华民族的文化，体现了他那颗赤子之心。沈从文没有豪言壮语，没有闪光发亮的词语，向社会学习的热情和对国家的热爱，保住了他一片永不消失的幻念和童心。

1980年11月24日，沈从文被邀出访美国，在美国圣若望大学讲演时说道：“可不能只看到个人，个人受点委屈有什么要紧，要看到国家在世界上作战！我们中国这么长的文明史，可我们的文物研究还赶不上日本汉学家，心里难过得很。我们的文化，最有发言权的应该是我们自己，得努力呀！要做一个合格的公民，就不能用感情代替工作。”沈从文朴素无华的语言，反映了他多么炽热的爱国之情。

丁玲和沈从文都有共同的爱国情怀和忧患意识，但她的言论和行为比沈从文要激烈得多、革命得多。

丁玲小时候虽有文学的天赋，但那时，她没想做个文学家，她说：“我小时候的志向不是写文章，而是向往做个革命的活动家。”[①]从童年时候开始，她的周围就有着一群革命人物，对她起着引路人的作

① 庄钟庆、孙立川：《丁玲同志答问录》，载《新文学史料》1991年第3卷。

用。1936年，当丁玲从被国民党软禁的南京逃到延安以后，她就彻底地走上了革命的道路。

从此，她“一条道走到底”，革命到底。丁玲一生与革命结下了不解的情缘、生死之恋。她无法与革命分开，无法与共产党分开，无法不过问政治，无法与政治分开。这是时代、社会、个人原因使然。

如前所述，“五四”运动使丁玲这位少女迅速觉醒，读书的目的从为了个人，为了重振家声提高到要以天下为己任，救人民于水火的高度。

在丁玲青少年的时候，母亲经常叮嘱丁玲要向“九姨”学习。这个“九姨”就是著名的妇女运动领袖向警予。她原名叫向俊贤，后改名向警予，湖南湘西溆浦县人。她是丁母在常德女师的同班同学，并和丁母结拜为姐妹，比丁母岁数几乎小一半，当时只有17岁。因为向警予在家里排行第九，所以丁玲叫她“九姨”。九姨在丁母的心目中，是个“先知先觉”者，九姨在家乡办起了女校，宣传妇女解放的思想，经常给学生讲国家大事，激发女学生奋发图强为国家而学习。后来九姨参加了共产党，并成为妇女运动的领袖。

当“九姨”给她的姐妹们宣传《共产党宣言》、讲巴黎公社、谈论常德街头的革命活动时，刚上幼稚园的丁玲，也挤在她们中间，静静地听。她觉得“九姨”是她崇拜的偶像。她像一盏灯、一团火。大革命失败以后，“九姨”被杀了。丁玲曾经回忆道：

当我还只是一个毛孩子的时候就有了她美丽崇高的形象；当我们母女寂寞地在人生的道路上蹒跚前行时，是她像一缕光、一团火引导着、温暖着我母亲……她一直是我母亲向往和学习的模范。我想到我母亲书桌上的几本讲唯物主义的书和《共产党宣言》，就感到她的存在和力量……她的坚韧不拔的革命精神总是在感召着我……她对我一生的做人，对我的人生观，总是从心底里产生作用。我常常要想到她，愿意以这样一位伟大的革命女性为榜样而坚定自己的意志。我是崇敬她的，永远永远。①

的确，“九姨”对于丁玲选择人生道路起了关键的作用。

众所周知，丁玲的丈夫胡也频是一个革命先烈，他对丁玲的影响肯定是很大的。虽然一开始，胡也频并不见得比丁玲“左”倾。诚如丁玲所言：

胡也频投身革命可以说是我把他拥上来的，胡也频什么革命经历也没有。讲客观条件，他一个革命的朋友也没有，一本革命的书也没看过，他只有一个东西：反对旧社会……我们俩在一起时，我讲很多革命故事给他听，他在书中描写的革命故事还是从我口中了解到的一点材料，听到我母亲和我讲的革命故事。他原来的生活范围比我小，我的生活范围比他大而且是进步的，他的生活范围小而且落后些。他是从我这里了解到很多新鲜的东西。②

在《我与雪峰的交往》一文中，丁玲谈到胡也频时说道：“我过去比他革命些，跑到上海，做了李达和陈独秀的学生，成了瞿秋白、施存统的朋友。他过去却是同革命绝缘的。”③

这话是真实的。1928年到上海后，胡也频才开始读鲁迅的小说以及一些革命理论的书，并“一天天地往‘左’走”。1930年，丁玲夫妇参加了“左联”，胡也频成为“左联”的执行委员、工农兵文学委员的主席。丁玲回忆说，自己感到他变了，“胡也频的进步是飞跃的，我却是在爬”。④

---

① 丁玲：《向警予同志留给我的影响》，见《丁玲文集》第5卷，湖南文艺出版社1985年版，第193页。

② 庄钟庆、孙立川：《丁玲同志答问录》，载《新文学史料》1991年第3期。

③ 丁玲：《我与雪峰的交往》，见《丁玲文集》第9卷，湖南文艺出版社1995年版，第161页。

④ 丁玲：《在丁玲创作讨论会闭幕会上的讲话》，见《丁玲创作独特性面面观》，湖南文艺出版社1986年版，第3页。

的确如此，胡也频很快地加入了共产党，并被选为出席江西苏维埃代表大会的代表。但就在1931年1月27日，他被捕了；1931年2月7日，他英勇地牺牲了。

胡也频牺牲一年之后，1932年3月，丁玲加入了共产党，入党仪式是在上海南京路大三元酒家的一间雅座里举行的，和丁玲同时入党的有叶以群、田汉、刘风斯等。主持仪式的是当时文委负责人潘梓年，瞿秋白代表中央宣传部出席了这个仪式，可见其隆重程度。秋白可能还记得丁玲在上海大学读书时常说的一句话："我是喜欢自由的，要怎样就怎样，党的决议得束缚（我），我是不愿意受的。"[①]现在，她终于走进了革命的队伍，并且成为共产党的一分子。

丁玲不会忘记，1922年她与好友王剑虹离开湖南，结伴来到了上海。她们先在一所平民女校学习。但又觉得在这里学不到多少知识，于是两人到了南京，在家自学，由于朋友的介绍，1923年8月，结识了后来成为共产党领袖的瞿秋白，这时他刚从苏联访问回国。丁玲和王剑虹一下子被这位瘦长个子，戴一副金边眼镜，机警，讲话滔滔不绝，风度潇洒的男子所吸引。

他和她们讲到红色的苏联，他鼓动她们到上海大学中文系学习。这个学校宣传马克思主义，培养年轻的共产党员，但不勉强学生入党。丁玲和王剑虹又回到上海，在上海大学向瞿秋白学俄文，听他讲普希金的诗；"有幸听沈雁冰先生一本正经地讲课"；听田汉讲西洋的诗；听陈望道讲古文……这些共产党人，在丁玲的心里留下了深刻的印象。

瞿秋白后来与丁玲的好友王剑虹结婚，丁玲感到孤独寂寞，决定回湖南。秋白无论是对丁玲的靠拢革命、靠近共产党，还是对丁玲的文学创作，都起过巨大的影响。据丁玲回忆，她曾经向他讨教将来究

① 丁玲：《在丁玲创作讨论会闭幕会上的讲话》，见《丁玲创作独特性面面观》，湖南文艺出版社1986年版，第3页。

竟学什么好，干什么好，秋白毫不思考地回答道："你嘛，按你喜欢的去学，去干，飞吧，飞得越高越好，越远越好，你是一个需要展翅高飞的鸟儿，嘿，就是这样……"①秋白的话，并不单纯属于对丁玲的鼓励，实在还包含对丁玲的深切了解。丁玲是一个怀着人生狂想，永远不满足，永远有新的追求的女性。秋白太了解她的心思了！他可以称为丁玲的知音！他是丁玲人生道路和文学道路的又一引路人。丁玲称赞他"人很好，有才，聪明，是个了不起的人"。②

瞿秋白在丁玲入党的仪式上说过，"冰之是飞蛾扑火，非死不止"。这句话不知被评论者引用过多少次，它已经成为经典名言。丁玲一生追求真理，倔强执着，尽管命运多舛，仍不向命运屈服，勇敢扑火，死而后已。秋白是除雪峰之外，最了解丁玲、读懂丁玲的朋友。

在丁玲周围，还有一个极其重要的人物，这就是冯雪峰。他与丁玲相识、相知，心心相印，"你的魂儿我的心"。

1927年冬，经王三辛介绍，雪峰作为丁玲的日语教师，出现在丁玲、胡也频家里。丁玲回忆说："我们相遇，并没学日语，而是畅谈国事、文学，和那时我们都容易感受到的一些寂寞情怀。"③他们有共同的兴趣、爱好。于是由相识迅速发展到相知、相恋、相思。1931年，丁玲主编"左联"刊物《北斗》，直接属冯雪峰领导，他们的交往更多了。丁玲说在她的一生中，"这是我第一次看上的人"。

在《不算情书》中，丁玲坦白地承认："在过去的历史中，我真正的只追过一个男人，只有这个男人燃烧过我的心，使我起过一些狂炽的欲念，我曾把许多大的生活的幻想放在这里过……"④后来，在延安

① 丁玲：《我所认识的瞿秋白同志》，见《丁玲文集》第5卷，湖南人民出版社1984年版，第94页。

② 包子衍、许豪炯、袁绍发：《丁玲谈早年生活二三事》，载《新文学史料》1986年第2卷。

③ 丁玲：《悼雪峰》，见《丁玲文集》第5卷，湖南人民出版社1984年版，第179—180页。

④ 丁玲：《不算情书》，见《丁玲文集》第7卷，湖南文艺出版社1991年版，第304页。

时，有人问丁玲："你最怀念什么人？"丁玲回答说："我最纪念的是也频，而最怀念的是雪峰。"[①]从丁玲的措辞，我们很清楚地看到她的感情倾向。

胡也频牺牲后，丁玲深植于心的爱恋又复苏，但此时雪峰已经与自己的学生何爱玉结婚。丁玲回忆说："我们都是有热情、有理智的人，我们会处理自己的生活，在保持我们永恒友谊时能够冷静，也能够彼此谅解。"

1976年1月31日，冯雪峰去世了，带走了丁玲的深深怀念。

1983年，当丁玲出席首届冯雪峰学术讨论会时，她坦率地承认："我认为自己最尊敬的，最能相信的，还是雪峰同志。"

人之相知，贵在知心。在最困难、最关键的时刻，雪峰总是帮助丁玲。胡也频牺牲以后，丁玲留在上海办《北斗》杂志。那时，雪峰到江苏省委宣传部工作，而丁玲被提名为"左联"党团书记。这两件事不知前后有无联系。1936年，又是冯绍峰派张天翼带了一张条子给软禁中的丁玲，约她去上海，帮助她逃出南京，并周密地帮助她奔赴陕北。从此，丁玲开始了革命生涯。

丁玲还十分感激雪峰对她文学创作毕生的关注。她说："雪峰开始认识我，便对我的文学创作，寄予最大的关注。""雪峰是最了解我的朋友之一，是我文章最好的读者和老师，他是永远支持我创作的。我们的友谊是难得的，是永远难忘的。"

雪峰对丁玲的深情，化为对丁玲人生道路和文学创作的特殊的、长久的关爱。他以诗人的敏感及文艺理论家、批评家的眼光，对丁玲的创作给予肯定、批评、鼓励和支持，从20世纪30年代一直到50年代从未间断。

当1928年《莎菲女士的日记》发表的时候，雪峰说，他看了小说

---

① 丁玲：《悼雪峰》，见《丁玲文集》第5卷，湖南人民出版社1984年版，第179—180页。

哭了，他本来是不大容易哭的。他一方面鼓励丁玲再写小说，一方面又说："你这个小说，是要不得的。"这是在众多的赞美声、恭维话中，丁玲听到的唯一的反对声音。1931年，当丁玲发表《水》的时候，雪峰高度评价了它，并写了评论《新小说的诞生》。总之，从最初的《梦珂》到《太阳照在桑干河上》，雪峰对丁玲重要的作品，几乎都有评论。

1946年，在国统区，他还为丁玲出版了一本《丁玲文集》。丁玲说："他在前面写了一篇文章，把我在延安时写的小说，加以评论。还是说好话，说我成熟了。"[①]丁玲还说过，雪峰评论她作品的文章很多，"但是我觉得有些文章，都是在雪峰论文的基础上写的，难得有个别篇章、个别论点，是跨越了他的论述"。[②]对于丁玲这句话作何理解？我以为：雪峰写了一些文艺理论、文艺评论论文，丁玲可能看得较多，常常运用他的理论观点去进行创作，所以是在他"论文的基础上写的"。由此可见雪峰对丁玲影响之深。这些影响，我以为既有好的方面，也有某些偏激的、片面的文艺观点的影响。

对丁玲有着巨大影响的还有鲁迅先生。他是丁玲的良师益友。他对丁玲的关爱、支持，使丁玲永远难忘。

1983年9月，复出后的丁玲，以十分崇敬的心情写了《鲁迅先生于我》一文，回忆鲁迅先生与她的交往，先生的为人、处事，对她寄予的关怀与厚爱以及她所受到的教益等。

丁玲第一次见鲁迅先生，是1931年7月30日，距"左联五烈士"牺牲已近半年。其时，丁玲正在主编"左联"刊物《北斗》杂志。作为"左联"的盟主，鲁迅曾用冬华、长庚、隋洛文、洛文、丰瑜、不堂等笔名在《北斗》上发表了10余篇杂文和译文。此次，丁玲拜访鲁迅，是希望刊载几张插图，以纪念牺牲了的5位"左翼"作家。于

① 丁玲：《我与雪峰的交往》，见《丁玲文集》第9卷，湖南文艺出版社1995年版，第166页。

② 丁玲：《我与雪峰的交往》，见《丁玲文集》第9卷，湖南文艺出版社1995年版，第166页。

是由冯雪峰引路，丁玲到了鲁迅家里。鲁迅拿出珂勒惠支的版画——《牺牲》。画中一位母亲双手托着一个孩子，高举头顶，这明显的是为纪念这5位“左翼”作家的牺牲而精选的版画。鲁迅先生还为它撰写了说明。鲁迅先生说：“母性”漂泛于珂勒惠支的艺术之上，“如一种善的征兆。这使我们希望离开人间，然而这也是对于更新和更好的‘将来’的督促和信仰”。[①]以后丁玲送给鲁迅先生一个短篇小说集《水》（内收《水》《田家冲》《一天》《从夜晚到天亮》《年前的一天》），鲁迅先生对丁玲的思想、创作、风格有了进一步的了解。当冯雪峰问他对《水》的印象时，他说：“《水》很好，丁玲是个有名的作家了，不需要我来写文章捧她了。”[②]

1933年5月，丁玲、潘梓年被国民党特务秘密绑架失踪了。鲁迅始终关注着这件事。他出席了5月25日民权保障同盟“营救丁、潘”的会议。当朝鲜《新东亚日报》驻中国特派记者问道：“在中国现代文坛上，您认为谁是无产阶级代表作家？”鲁迅毫不犹豫地回答：“丁玲女士才是唯一的无产阶级作家。”[③]这是1933年5月19日鲁迅致申彦俊的一封信中所写的。可见，鲁迅对丁玲的赞誉。鲁迅先生还通过上海良友图书公司的赵家璧先生，请他迅速将丁玲的著作——《母亲》出版。为了纪念这位被绑架的作家，并作为对国民党反动派的抗议，《母亲》很快出版，并成为当时的畅销书。鲁迅还细心地打听丁母的详细地址：“湖南常德忠靖庙街6号”，以便稿费万无一失地送到丁母手里，作为丁玲抚孤养母的费用，并建议用分期付款的办法，以免款项一到，顷刻被丁母穷本家分尽。鲁迅还赞成募集经费，抚恤丁母和孩子。

---

① 转引自王中忱：《风雨人生丁玲传》，中国文联出版公司1988年版，第137页。

② 丁玲：《我便是吃鲁迅的奶长大的》，见《丁玲文集》第5卷，湖南人民出版社1985年版，第23页。

③ 鲁迅：《答朝鲜〈东亚日报〉驻中国特派记者申彦俊问》，见《丁玲文集》第8卷，湖南文艺出版社1991年版，第165页。

在丁玲被绑架期间，鲁迅的日记多次提及此事，密切关心她的生死，6月下旬，盛传丁已遇害，鲁迅先生于1933年6月28日在日记中写下一首诗《悼丁君》：

如磐夜气压重楼，
剪柳春风导九秋。
瑶瑟凝尘清怨绝，
可怜无女耀高丘。[①]

诗中，鲁迅将丁玲比作奏瑟的湘灵，辉耀高丘，有才有德之女。现在她死了，瑟上凝集了灰尘，那清怨的乐声也听不到了。这首诗明显地有讴歌丁玲之意。9月21日，鲁迅在给《涛声》主编曹聚仁写信时，在信尾上特地加上一句："旧诗一首（指《悼丁君》）不知可登《涛声》否？"[②]

1934年鲁迅还将丁玲的《莎菲女士的日记》《水》选入英译中国短篇小说集《草鞋脚》。最受感动的还是1936年夏天，丁玲找到曹靖华，委托他把自己软禁南京的消息及时报告鲁迅。鲁迅马上告知了刚从陕北抵达上海的中央特派员冯雪峰，后才由雪峰派张天翼到南京与丁玲联系，并帮助她逃出了南京。这事前文已经说过。

丁玲还十分理解鲁迅对她的担忧。1934年9月4日，鲁迅在给王志之的信中说："丁君确健在，但此后大约未必有文章，或再有先前那样的文章，因为这是健在的代价。"[③]

丁玲后来读到这封信，她说："我认为这话的确是一句有阅历、有见识、有经验，而且是非常有分寸的话。本来嘛，革命者如果被敌人逮捕关押，自然是无法写文章、演戏或从事其他活动的；倘如在敌

① 诗句引屈原《离骚》的"忽反顾以流涕兮，哀高丘之无女"作典。高丘，楚国山名，"无女耀高丘"，暗示一位湘籍女作家被害。

② 《鲁迅书信集》，人民文学出版社1976年版，第408页。

③ 《鲁迅书信集》，人民文学出版社1976年版，第622页。

人面前屈从了，即‘转向了’，自然不可能写出‘再有先前那样的文章’。读到这样的话，我是感激鲁迅先生的。他是多么担心我不能写文章和不能写出‘再有先前那样的文章’”。①

对于一位年轻的、有才华的“左翼”女作家的被绑架，鲁迅先生始终关注着并设法加以营救，帮助她与共产党取得联系。所有这一切都令人感动！丁玲说：“鲁迅先生给过我的种种鼓励和关心，我只愿深深地珍藏在自己心里……我崇敬他、爱他。他永远是指引我道路的人。”

和前面几位对丁玲产生影响的人比较起来，毛泽东对丁玲一生的影响可以说是最大的，他主宰着丁玲的命运、荣辱、浮沉。

丁玲和毛泽东是老乡，在湖南时，她已经对毛泽东有所耳闻。况且，她又和毛的夫人杨开慧同是周南女中的同学，后又因抗议学校当局对进步教师陈启明先生的解聘而一起转到岳云中学，所以算起来，她们也可以称故交了。

1936年11月10日，丁玲到达中共中央所在地保安。她是第一个到达陕北的著名作家。为此，中共宣传部召开了欢迎会，党和政府许多重要领导人都出席了，共有20多人。其中有毛泽东、周恩来、张闻天、博古、凯丰、林伯渠、徐特立、邓颖超等。丁玲回忆这一次的会见，充满激情地说：“这是我有生以来，也是一生中最幸福、最光荣的时刻吧……我讲了在南京的一段生活，就像从远方回到家里的一个孩子，在向父亲母亲那么亲昵地喋喋不休地饶舌。”②

据陈明同志回忆，1936年12月30日，由聂荣臻交给丁玲一份电报，这是毛泽东写给她的一首词——《临江仙·给丁玲同志》：

---

① 丁玲：《鲁迅先生于我》，见《丁玲文集》第5卷，湖南文艺出版社1984年版，第20页。

② 丁玲：《写在〈到前线去〉前面》，见《丁玲文集》第6卷，湖南人民出版社1982年版，第628页。

壁上红旗飘落照，
西风漫卷孤城。
保安人物一时新。
洞中开宴会，
招待出牢人。
纤笔一枝谁与似，
三千毛瑟精兵。
阵图开向陇山东。
昨天文小姐，
今日武将军。

这首词赞颂了丁玲到达陕北后的战斗风貌。这对丁玲来说，非同小可。对于毛泽东来说，也是“史无前例”。可见这位湖南老乡对丁玲这位著名作家的热忱与厚爱。毛泽东赞颂丁玲手中这支笔的威力，赞扬她从“文小姐”到“武将军”的变化风貌。

1937年1月，丁玲陪史沫特莱去延安，又见到毛泽东，除了感谢那首赠诗外，言谈中丁玲提到可惜没见到手迹。于是毛主席临时找了一张纸，在饭桌上将原诗词抄了一遍送给丁玲。丁玲如获至宝，将它寄到重庆胡风处代为保存。

毛泽东还亲自安排丁玲当中央警卫团政治部副主任这个要职。

在1942年延安整风运动中，丁玲因写了《“三八节”有感》《我在霞村的时候》《在医院中》而遭到批判，在这危难之际，又是湖南老乡毛泽东救了丁玲。他说:《“三八节”有感》虽然有批评，但还有建议。丁玲同王实味也不同，丁玲是同志，王实味是托派。①毛泽东保护了丁玲，她非常感谢他。座谈会期间合影照相时，毛泽东问丁玲在哪里，要她照相坐近一点儿，不要明年再写《“三八节”有感》。见丁

① 丁玲:《延安文艺座谈会的前前后后》，见《丁玲文集》第5卷，湖南人民出版社1984年版，第280页。

玲挨着朱德同志坐下时，毛泽东放心了。

延安整风之后，丁玲振作精神，以满腔的热情，沿着为工农兵服务的方向迈进。1944年6月30日，丁玲在《解放日报》上发表了通讯报道——《田保霖》。这是一篇采访边区合作社会议的真人真事的文章。作家欧阳山写了另一个模范人物刘建章（《活在新社会里》）。毛泽东因为合作社会议请他作报告，没有材料，想请丁玲与欧阳山谈谈，于是给他们写了一封信。

丁玲、欧阳山同志：

快要天亮了，你们的文章引得我在洗澡后睡觉前一口气读完，我替中国人民庆祝，替你们两位的新写作作风庆祝！合作社会议要我讲一次话，毫无材料，不知从何讲起。除了谢谢你们的文章之外，我还想多知道一点，如果可能的话，今天下午或傍晚拟请你们来我处一叙，不知是否可以？

敬礼！

毛泽东

七月一日早[①]

丁玲后来回忆说，接到这封信是7月1日的上午，于是和欧阳山同志应约到枣园，还在毛泽东同志那里吃了饭。

毛泽东同志不仅写了这封信称赞《田保霖》，还在各种会议上提到过。据陈赓同志回忆，毛泽东同志在一次高干会上说："丁玲现在到工农兵当中去了，《田保霖》写得很好；作家到群众中去就能写好文章。"[②]

一篇写模范人物的《田保霖》，被誉为"新的写作作风"的转折，

① 中共中央文献研究室：《毛泽东年谱（1893—1949）》中卷，人民出版社、中央文献出版社1993年版。

② 丁玲：《毛主席给我们的一封信》，见《丁玲文集》第5卷，湖南人民出版社1984年版，第250页。

并给予了这么高的评价，显然，毛泽东同志当时主要是从政治的角度，从文艺为工农兵服务，作家要深入工农兵这方面来估价的。就其艺术价值而论，丁玲自己也十分清楚，她说："我的《田保霖》写得没有什么好，我从来没有认为这是我得意之作"。[①]

由于毛泽东的倡导和鼓励，丁玲彻底走上了革命的道路，走上与工农兵结合的道路。

以上，我们回顾了从儿童时期到青年、中年时期丁玲与不断引导她走上革命道路并对她有着巨大影响的几位革命人物的交往。从中可见，丁玲走上革命道路并非偶然，并非心血来潮，并非投机。"文革"时期，有人在批判她时，说她骨子里反党，从这些事实来看，丁玲实在从头到脚、从内心到外表完全是忠贞于共产党的，即使以后被打成"反党集团"头目、大"右派"分子，也从未动摇这种信念。

丁玲戴上"反党"和"右派"这两顶帽子，历时20多年，当1978年7月18日山西省长治市老顶山公社党委主持召开"为丁玲摘掉'右派'帽子会议"时，她感激涕零，在会上说："党决定摘掉我的'右派'帽子，批准我回到人民的行列，使我轻装快步，和同志们一道继续革命，继续长征，为人民服务，我怎能不万分感激呢？"

① 丁玲：《毛主席给我们的一封信》，见《丁玲文集》第5卷，湖南人民出版社1984年版，第250页。

“蛮”“倔”“辣”
——丁玲个性气质的文化基因

湖南古称“三苗之国”，从远古起，即为多民族错杂聚居之地，长期以来聚居着汉族与苗、瑶、侗、壮、回、维吾尔、土家等少数民族。据统计，全省100多个县（市）中有68个县（市）居住着少数民族。他们与汉人相互融合，相互联姻。湖南人吸收了这些少数民族强韧、犷悍、刻苦耐劳的遗传基因与习性，从而熔铸成一种特殊的有别于其他地域的文化个性。

俗话说：“江西老表，湖南骡子。”为何湖南人有“骡子”的雅号？他们有什么特性？

原来，骡子是母马和公驴杂交的产物。其体形扁似马，叫声似驴，且有驴子的倔劲、执拗与忍耐力。人们习惯地称呼驴子为“倔驴”。因为它有个怪脾气，它越拉不动，越是拼命用劲拉。骡子堪粗食、耐劳苦，抗病力和适应性强，挽力大且能持久，寿命也长于马和驴，因而深受老百姓喜爱。那么，湖南人为什么会有这种“骡子”的文化个性呢？

从地理环境看来，湖南西部、南部广大地区崇山峻岭，滩河峻激，顽石赭土，地质刚坚。在这种土地下讨生活，必然要付出艰辛的劳动，也会练就劳动者顽强奋斗的精神，因而民性多流于倔强。钱基博认为：湖南人厌声华而耐坚苦，唯其厌声华，故朴；唯其耐坚苦，故强。如此看来刻苦耐劳、倔强、执着、不达目的决不罢休，这是湖南人的鲜明特点。

著名歌唱家李谷一（长沙人）说过这样的话："我们湖南人吃得苦、霸得蛮、耐得烦。"这是对湖南人群体性格特征的绝妙概括。

湖南人又是热情的，对人火热火热的，直爽、泼辣，天不怕地不怕。

湖南妹子宋祖英的《辣妹子》、湖南著名歌唱家何纪光的《辣椒歌》，唱出了湖南人的这一个性特点。湖南人以爱吃辣椒而闻名，许多外省人闻风惧怕。辣椒能辣得你眼泪鼻涕一大把，但湖南人不怕，越辣心里越快活。"辣味"，这是湘菜的标志，也是湖南人禀赋个性的主调。《辣妹子》这首歌这样唱道：

辣妹子从小辣不怕，辣妹子长大不怕辣，辣妹子嫁人怕不辣，吊一串辣椒碰嘴巴……辣妹子说话泼辣辣，辣妹子做事泼辣辣……

这首歌道出了湖湘妹子说话、做事、待人、接物的火辣情怀。她们既热情洋溢，又泼辣能干。

丁玲的个性气质中显然也具有湖湘文化"辣""倔""蛮"的基因。诚然，丁玲身上没有沈从文的苗人血液，也没有近代湘西凤凰名人熊希龄江西祖籍、苗族后裔的血统，但湖湘文化在丁玲身上的积淀，是很深的。湖南人的朴实勤奋、火辣热情、劲直勇悍、好胜尚气、不怕鬼、不信邪，甚至流于褊狭任性的乡俗民气，在丁玲身上有着最为明显的标记。丁玲是一个典型的火辣的湘妹子，她最为多情；她又是一个最为典型的"湖南骡子"，吃得苦、霸得蛮、耐得烦。丁玲还是个"倔驴"，只要她认为是正确的，就一条道走到底，十头牛也拉她不回。她勇于坚持真理，百折不挠，乐观洒脱，刚毅勇悍，好胜任性，有时甚至有点偏激……所有这一切，包括优点和缺点，都有其遗传的文化基因。

那么，丁玲的这种个性、气质是如何形成的？又是如何丰富和发展的？

一般说，人的气质是一种表现于心理活动的强度、速度和灵敏性方面典型的、稳定的心理特征。人们的心理气质是在一定的社会历史条件下，在其长期的生活经历中逐渐形成的。它一旦形成，就具有某种稳定性，但这并不意味着一个人的个性、气质是永远不变的。因为社会生活是十分复杂的，变化繁多的，各种人际关系也是纷繁多变的。因此，人的个性特点也必然随着现实生活的多样性和多变性而发生或多或少的变化。

童年的丁玲，长得可爱，胖胖的脸，大大的眼睛，活泼、灵巧。4岁时父亲去世，她不得不过着寄人篱下的生活，母亲在外边工作，经常不在家。孤独、寂寞、痛苦，给这个天资聪慧的小女孩的心理抹上了一层阴郁的“底色”。她心中的寂寞和苦闷无人倾诉，只能在内心沉淀、郁结。于是，为了寻找心灵中的平衡，她不得不从现实走向内心，这样，便养成了一种内向的、沉默的个性气质。在她早期的几乎每一篇作品中，都有这种个性气质的投影。丁玲在以自己的母亲为模特儿的小说《母亲》和带自叙性质的短篇小说《过年》中更直接地刻画了一个小女孩“小菡”（丁玲有一个笔名叫“晓菡”），这个小女孩可以说是幼年丁玲的投影。小菡寄住在舅舅家，孤独凄冷，觉得舅舅的“尊严”“高不可及”，舅妈客气地款待她，但又“藏不住使小菡害怕的冷淡的神情”。小菡的“神经非常纤细，别人以为她不够懂的事，她早已放在心上不快活了”。

童年时代的丁玲，正是这样敏感、孤独、沉默而内向。另一方面，母亲毅然冲破封建束缚，放足上学，走自立的道路，这种坚毅的性格和奋斗的精神，对丁玲也产生了潜移默化的影响。丁玲说过，“我虽然从小就没有父亲，家境贫寒，但我却有一个极为坚毅而又洒脱的母亲，我从小就习惯从痛苦中解脱自己，保持我的乐观……”①母亲的刚毅和奋斗精神赋予丁玲洒脱、乐观的气质及倔强的反叛世俗的叛逆个性。特别是在“五四”运动之后，丁玲参加了反对军阀赵恒惕的斗争，解除由外婆给她与表兄私订的婚约，公开揭发三舅父腐化的

① 丁玲：《我所认识的瞿秋白同志》，见《丁玲文集》第5卷，湖南人民出版社1984年版，第83页。

生活……这些都表现了她火辣的个性。

“五四”运动后，为了“安排自己在世界上所占的位置”，她“像一个灯蛾，四处乱闯地飞，在黑暗中寻找光明”。她赴上海，到南京，又重回上海，往北京，四处寻找出路。但在那样的时代，哪里有路可找、有光明可寻呢？这样，她的幻想终于一次又一次地被黑暗的现实所撞碎。于是，如她自己所说的，“我到今天还不愿仔细地去回忆那可悲的青年时代，应该像春花一样美丽的时代，却填满了忧愁、愤慨、挣扎和反抗”。①

那么，青年时代的丁玲，有着怎样独特的个性气质呢？

首先，看看作家的自我感觉。如丁玲所言，“青年时代我表面温顺之下是掩藏着一种倔强高傲的气质”。

在《我与雪峰的交往》一文中，丁玲又说道：“我这个人有点儿倔脾气，湖南人的倔脾气。”②

湖南人这种倔傲的脾气在曾国藩编练湘军之后，逐渐形成了一种倔傲强悍的风气：指划天下，尚勇好武，指点江山。丁玲也自然而然地被湖南人这种“时尚”所濡染。

值得注意的是：丁玲个性气质中的这种湖南人的倔脾气，是十分可贵的，它能帮助丁玲战胜挫折、艰难，甚至是毁灭性的打击。最能体现丁玲的倔强、刚毅性格的，莫过于对待胡也频被捕与牺牲这件事。当时年仅27岁的丁玲，不像一般女人那样哭哭啼啼、束手无策，而是四处奔波，到处找人，想办法营救丈夫出狱。当这一切努力落空的时候，当得知胡也频牺牲不在人世的时候，她仍然能要强自持。沈从文在《记丁玲》中这样写道：

---

① 丁玲：《中国的春天》，见《丁玲文集》第4卷，湖南人民出版社1984年版，第226页。

② 丁玲：《我与雪峰的交往》，见《丁玲文集》第9卷，湖南文艺出版社1995年版，第161页。

当海军学生（指也频）死去消息证实时，她在任何熟人面前，并不曾滴过一滴眼泪……对每一个来见她对她有所慰藉表示同情的人，还只是抿着嘴唇，沉默地微笑着，让各人在印象中，各留下一个坚忍强毅女孩子的印象。

……

几个极熟的朋友，就可以看得出她这种不将悲痛显出，不要人同情的怜悯的精神，原近于一种矜持。她其实仍然是一个多情善怀的女子，而且也不把这样一个女子在这份生活中所应有的哀恸抹去。但她却要强，且能自持，把自己改造成一个结实硬朗的女人。因为她知道必须用理性来控制，此后生活不至于徒然糟蹋自己，她便始终节制到自己，在最伤心的日子里，照料孩子，用孩子种种麻烦来折磨自己精力与感情，从不向人示弱。当时她既不做儿女妇人的哭泣，便是此后在作品上，也从不作出那种自作多情儿女妇人的陈述。①

如果说，在别人面前，尚易控制自己的感情的话，那么当她带着不满3个月的小孩回湖南老家、谎说胡也频要出远门、请母亲帮忙带小孩而还能控制自己的恸哭，那是多么难啊！丁玲怕这位为女儿耗尽精力和积蓄，现在又到了风烛残年的母亲经不住这个沉重的打击，所以强忍着。“我想哭，我不敢呜咽，就用牙齿咬定被角，三夜那么过去，她一点儿也不知道。”②

这份因勇敢而来的镇静，这份湖南人的倔劲，实在对她大有帮助。高傲，也是青年丁玲个性气质中较突出的成分。

在《丁玲谈早年生活二三事》（录音）中，丁玲回忆1923—1924年在上海上大学时的一些情况。其中有一段话：“同学有戴望舒、施蛰存、孔另境、王秋心、王怀心等，这些同学对我们很好，我们则有

① 沈从文：《记丁玲续集》，上海良友图书印刷公司1934年版，第109—110页。

② 沈从文：《记丁玲》，上海良友图书印刷公司1934年版，第134页。

些傲气。”[①]这里又涉及“傲气”。

施蛰存在分析丁玲的这种“傲气”时，认为这大约来自两方面。

第一，是女大学生的傲气。1923年，上海大学招收女生，这在上海是新鲜事。而丁玲这个班一共只有五六名女生。大概是物以稀为贵吧，她们受到特殊的待遇。每次上课，男生先进教室，从第三排或第四排课桌坐起，空出前面两排座位，待男生坐定，女生才鱼贯进入教室。她们一般都是用眼睛向男生扫描一下，然后入座，再也不回过头来瞧他们一眼。

第二，施氏认为丁玲还有“意识形态”上的“傲气”。因为她自负是一个彻底解放了的女青年。在上海大学时，她崇拜的是施存统，因为他发表了《非孝》而为青年人赞扬，认为他才是最激进的反封建人物，所以丁玲才“常常去他那里玩”。其时，施存统在上海大学当教授，他的社会地位高于瞿秋白。在丁玲的认识里，那时的瞿秋白只是“觉得还可以与之聊天的”，[②]足见她的高傲。

关于青年丁玲的倔强和高傲，朋友们回忆起来，例子还真不少。20世纪30年代初，上海一家杂志曾为出版女作家专号向她约稿。丁玲回答说：“我卖稿子，不卖‘女’字。”[③]这话颇为“辣人”。这家杂志编辑也许并没有什么恶意，但丁玲为什么这么反感呢？不外乎有这么些原因：如不愿因为女子而接受特殊待遇；也许还有另一种想法，即自己的作品与男性作家放在一起，也是毫不逊色的，并不需要“照顾”。这些都体现了丁玲的“辣”和“傲”。再如，当丁玲发表了《莎菲女士的日记》之后，她在文坛上知名度比胡也频高得多，据沈从文回忆：当时杂志上要文章时，常有人问丁玲要，却不向胡也频要。假

---

① 转引自施蛰存：《丁玲的“傲气”》，收入施蛰存《沙上的脚迹》，载《书趣文丛》第一辑，辽宁教育出版社1999年版。

② 转引自施蛰存：《丁玲的“傲气”》，收入施蛰存《沙上的脚迹》，载《书趣文丛》第一辑，辽宁教育出版社1999年版。

③ 丁玲：《写给女青年作者》，载《青春》1980年第11期。

如两人共同把文稿版权售给某书店时，署名胡也频的不要，署名丁玲的却毫无困难地出版了。丁玲一提到这件事就很生气，她认为这些编辑之所以如此，就因为她是个女人。为此，她把许多可以写成的文章半途搁笔不再写下去。沈从文说，如果没有这些原因，在1927年到1930年之间，她的作品在数量方面，应当超过目前所见到的一倍。究其实，这些出版商也许从销路方面、从商业利益方面考虑得更多一点儿。

这就是丁玲的“倔”和“傲”。作家的自我感受，人们对于丁玲的认识，达到了一致。但是，这只是青年丁玲的一面，丁玲还有另一面。沈从文在《记丁玲》一书中这样写道：

朋友们所得于丁玲女士的好印象，实不在她那女性意味方面。她能给朋友的是亲切洒脱。她既不习惯使用脂粉，也缺少女性那份做作。她待人只是那么不可形容的爽直，故朋友相熟略久，就似乎极容易忘掉了她是个女人。

……她爽直并不粗暴。她无时髦女人的风韵，也可以说她已无时间去装模作样地学习那种女性风韵……她没有二九年华女人那份浮于眼眉形诸动止的轻佻风情罢了。认识那灵魂美丽天分卓绝的，只是很少几个朋友，一般人对于她的美丽与长处的认识，则必须数年后从她作品上方能发现的。[①]

从这段文字中，可以看到朋友们印象中的丁玲：“女性而非女子气”，且爽直、洒脱，这也是丁玲个性气质中较为稳固的方面。关于这方面的印象，王映霞（郁达夫妻子）女士也有同感。1929年的一天，姚篷子带丁玲第一次上郁达夫家，丁玲给王映霞的第一印象很深刻，后来王女士回忆道：

丁玲给我的第一个印象是直爽、大方，没有一点儿旧式女子的扭捏。她的头发剪得很短，而且是往后梳的，像个男青年，我一看这种

① 沈从文：《记丁玲》，上海良友图书印刷公司1934年版，第103—104页。

发式，就知道她的思想一定“左”倾。她人长得比我胖、比我矮，长得很结实，头几次来说话比较少，只是坐下专心搓麻将，后来来的次数多了，我发现她非常健谈，有时大家在一起聊天，几乎是听她一人说话。她当时大约在编《红黑》杂志，所以常和郁达夫谈稿子、杂志等事，有时也谈谈吃什么菜的生活杂事。她是湖南人，但和我们说话时，说普通话……丁玲吃菜不挑剔，能喝酒，但酒量不大……[①]

王映霞对丁玲女士的第一印象是“直爽、大方，没有一点儿旧式女子的扭捏”，而且与人混熟了还很“健谈”。

关露与王映霞有同样的感觉。据她回忆：大概是1932年中秋前后，“左联”领导开了一次会议，有冯雪峰、丁玲、周扬、胡风、张天翼等，还有她自己。会上大家吃水果、吃糖，很随便，有人提议每人要报告自己的恋爱史，轮到丁玲，她说：“我，没什么说的，谁也知道，跟胡也频在一块儿过，生过孩子，也打过胎。”[②]关露认为：像她写小说那样，她竟敢说别的女人所不敢也不愿意说的话。这种勇敢和大胆、坦白明朗的个性，在那时，即使是在男性中也是少见的。恰如丁玲所言：“我是一个比较豁达，比较自由舒展、无所顾虑的人。”[③]事实如此。

以上，从作家的自我感觉和朋友们的印象中，可见青年时代丁玲的个性气质。这位圆脸大眼睛，长眉毛，个子不高，身体结实、略胖的女性，她既高傲、倔强，有着极端的反叛情绪，她又是一个热情、大方、直爽的年轻女子；她那双严肃的大眼睛，带有忧郁，她常常被一种无法解释的感情支配着，情感处于冲突之中。她外静而内动，内心常常处于骚动不安之中；她要高飞，有执着的追求，又往往碰壁，但她是飞蛾扑火，非死不止。有人说，个性倔强的人，命运多舛，尤

① 见《王映霞自传》，安徽文艺出版社1991年版。

② 关露：《女作家印象记——女战士丁玲》，载《上海妇女》1939年第2卷第8期。

③ 丁玲：《风雪人间》，见《丁玲文集》第8卷，湖南文艺出版社1991年版。

其是女人。不幸这句话在丁玲以后的生活中应验了。但是丁玲不会向命运低头，她会带着沉重的翅膀、满身的创伤奋飞。

20世纪三四十年代，丁玲的生活发生了根本的变化，思想有了质的飞跃。她参加了“左联”，加入了中国共产党，担任了革命工作。在变革现实的斗争中，也改造了自己，她由一名小资产阶级知识分子变为工人、农民的代言人。正是在这种变革现实的斗争中，丁玲进一步发展了自己的个性，并使个性得到了某种改造。

马克思、恩格斯在《德意志意识形态》一文中指出：“人创造环境，同样环境创造人。”①人和环境的关系是相互作用、对立统一的。在这种关系中，首先我们应当看到的是“环境创造人”，即人的思想、性格、个性、气质，主要是由后天的一系列环境因素所塑造的。无疑青少年时代来自家庭、学校方面的环境影响是很大的，步入社会以后，整个的社会环境对人们的个性气质形成的影响就更为深刻了。

步入中年后，丁玲的个性、气质既和青少年时期有其连续性，又有变化和发展：由狂狷孤傲变为喜群；愤懑感伤变为开朗热情。这个变化的原因，自然应归结于丁玲全身心地投入革命的工作，并从中得到锻炼和改造。在主持“左联”机关刊物《北斗》的编辑工作中，她要向不同思想、个性的作家组稿，与他们交往，“狂狷孤傲”便干不好这个工作。

抗战以后，丁玲领导西北战地服务团上前方慰问、演出。这个服务团是由笔杆、大枪、胡琴、绣花针、幕布、颜料箱、行军锅、赶驴鞭组成的一个长长的行列。据史轮的《丁玲同志》一文的描述：论文化水准，有留学生也有文盲；论家庭出身，有少爷、小姐，也有捡炭渣的；论职业，有作家、秘书、农民；论个性脾气，也十分复杂，有生熟不认、软硬不吃的，有像狮子样爱咆哮的，有爱钻牛角尖的；论思想，有个人主义的打算，有无政府主义的倾向，有人道主义的立

① 《马克思恩格斯全集》第3卷，人民出版社1979年版，第43页。

场，有厌世者的残存、罗曼蒂克的余烬……这些人在抗战热情鼓动下，走到一起来了。但是，要领导好他们，却不是一件容易的事。但“她的确把过去写小说的天才如今完全献给眼前的工作了，她把观察力、透视力完全应用到团里来了，她想使她领导着的团成为一件艺术品，一件天衣无缝的艺术品。她了解我们每一个人的个性，知道对待某一个人用某一种方法”。[①]她在工作中实践、学习。她不怕麻烦，不辞劳苦，习惯了拜访那向来很怕见的军政长官，了解各界人士的心理，和群众谈家常，站在广场上演说……

总之，她既是战士、作家，又是团长、将军。生活在斗争中，生活在群众中，她再也不会感到什么孤独感伤了。她变得喜群、热情、开朗、能干。难怪美国的尼姆·韦尔斯称赞丁玲“是一个使你想起乔治桑、乔治依列亚特那些别的伟大作家的女子——一个女性而非女子气的女人”。[②]“女性而非女子气的女人”，这话确切地论述了丁玲这一时期的个性气质的特点。

丁玲说过：“我曾有幸接触到当代一些伟大的人物，同时，我也可以接触到不识字的普通老百姓，我可以和外国友人围坐在桌前高谈阔论，也可以坐在炕上和一个农村老太婆聊天、谈心。这是时代给我的幸福。”[③]

在时代、环境的陶冶下，丁玲一改过去的狂狷、孤傲。她将自己置于群众之中，作为普通的一员，和群众谈心聊天，做他们的知心朋友。每当到乡下调查研究或搜集创作素材时，她总是和当地老百姓结下深厚的友谊。不管是在延安还是在桑干河、石家庄、黑龙江、山西的嶂头村，老百姓乐意找她说心里话，还有些大娘要和她结拜为

① 史轮：《丁玲同志》，转引袁良骏编：《丁玲研究资料》，天津人民出版社1982年版，第57页。

② [美]尼姆·韦尔斯：《丁玲——她的武器是艺术》，香港复兴书店1939年版。

③ 丁玲：《我的命运是跟党联系在一起的》，见《丁玲文集》第4卷，湖南人民出版社1984年版，第340页。

姐妹。

丁玲对人民是一往情深的。对一起工作的同志，也是热忱的。她说："我喜欢不摆架子的人，我自己也不会摆架子。"[①]她还说："我喜欢有真性情的人，不虚伪，不耍两面派，不搞阴谋，是个光明磊落的人。这种人对我的心思。"[②]

正是这种平等待人、坦诚相见，对同志不搞阴谋诡计、光明磊落的态度，才赢得了大家的心。不仅如此，她还善于发现别人的优点，团结不同观点的人。"她经常说这个人有才，那个人懂艺术，革命需要这样的人，我们应该团结这些人，帮助他们，使他们在工作中发挥长处……"[③]她更能理解、谅解各种各样的人。在延安文协时，魏伯同志曾说过："丁玲本人一点也不怪，可是'怪人'都能同她相处，还处得很好。"[④]能够和"怪人"相处得很好，的确需要爱心，需要理解和谅解，但也需要直率的批评。陈明同志回忆说，他亲眼看到丁玲对一些有才气的难于相处的"怪人"进行直率的批评，被批评者听后却心服口服。

这就是丁玲的一往情深。对人如此，对工作也如此。如丁玲所言，"我喜欢淡雅，但我更喜欢火热火热的……"[⑤]丁玲不仅对人有一副火热的心肠，对工作也有火一样的热情。"她给你这样一个印象：完全合适做任何她着手做的事情，从投炸弹到演电影。她是一个具有抑制不住的精力和专致不分的热诚的发动力。"的确如此，在西北战地服务团，丁玲既当团长，又当导演；既编剧本，又在戏里演小角色，工作干得很红火、出色。

在延安这个革命熔炉的熔铸下，在民族解放和人民解放的事业

---

① 丁玲：《谈写作》，见《我的生平与创作》，四川人民出版社1982年版，第123页。
② 陈明：《丁玲及其创作》，转引《丁玲研究》，湖南师大出版社1992年版，第138页。
③ 陈明：《丁玲及其创作》，转引《丁玲研究》，湖南师大出版社1992年版，第138页。
④ 丁玲：《谈写作》，见《我的生平与创作》，四川人民出版社1982年版，第124页。
⑤ 尼姆·韦尔斯：《丁玲——她的武器是艺术》，香港复兴书店1939年版。

中，丁玲得到了很好的锻炼，个性气质得到了某种改造、丰富与发展。

泰戈尔曾说，你能在别人那里借来知识，但你不能在别人那里借来性格。丁玲的个性气质，既不是从别人那里借来的，也不是从天上掉下来的。它的形成和发展，固然有其家庭的遗传基因，同时，又是一系列的环境因素和湖湘文化的濡染所形成的，是丁玲长期社会实践的产物。

个性气质对其小说形象的渗透
——丁玲是莎菲？

当我们读完丁玲的全部小说之后，不难发现，能够留在我们脑海里鲜明的艺术形象，是梦珂、莎菲、曼贞、阿毛、陆萍、黑妮等。她们脱离了脂粉气与闺秀气，具有现代人的现代意识，对鄙俗和虚伪的社会充满着反叛情绪。为什么这些形象能够涌动着无限的生力和活力？这些女性形象为什么能够那样富于灵性，令人久久难忘？究其原因，是她们身上渗透了丁玲的个性气质，渗透了作家的审美体验。我们可以从人物塑造中捕捉到作家的身影。

首先，“有着极端反叛的情绪”的丁玲，把她的“反叛”性渗透到这些女性形象身上。这些女性都是“叛女型”而不是“淑女型”，她们对于封建规范、封建伦理道德，对于传统文化心理习俗都是背叛的。她们要求妇女自身的人格独立，维护人的尊严，主张妇女要自强、自立，追求自我价值的实现。

“怀有人生狂想”的丁玲，也把这种人生狂想注入这些女性形象身上，她们对黑暗的社会现实充满了鄙视，而追求一种从未有过的新的生活。阿毛厌弃乡里贫穷的生活，追求现代物质文明的生活；曼贞厌弃少奶奶生活，追求自食其力的生活，憧憬着美好的社会；贞贞不愿留在村里看到亲人的眼泪，不愿接受别人的怜悯，而要到延安去学习，从头做起，过一种从未有过的生活；陆萍对医院进行改革，想把半死不活的医院改造成为干净、整洁，充满生气，有较好的医疗条件和井然有序的好医院……作品中人物所有这些“人生狂想”，都与作者的人生狂想紧密相连。

再次，这些形象的倔强、狂狷和孤傲以及她们的躁郁气质，也很明显地和青年丁玲的气质相似。这些女性都是外静而内动，内心充满了激烈的情绪，如丁玲所言，“感情在冲突之中”，“心里就像要爆发而被紧紧密盖住的火山”[①]。这样，莎菲的时代苦闷、阿毛幻想得到的现代物质文明生活、陆萍的改革激情、贞贞的民族创伤、黑妮的内心委屈，都在心内燃烧，像岩浆在地壳里奔突一样。

由此可知，在这些女性形象身上，作者或是曲折地将自己的个性气质间接地投射在形象身上；或者是直接地在她们身上写出自己的个性气质。这在用第一人称写成的、带有某种“自叙传”成分的形象身上，表现尤为突出。莎菲和年轻时代的丁玲，的确在个性气质方面有许多相似点，显示了作家个性气质在作品中的渗透和外现的强烈程度。

那么，莎菲是不是就是丁玲呢？有的说莎菲就是丁玲自己，有的说，莎菲绝不是丁玲。说莎菲就是丁玲的人有些是从批判莎菲入手来达到批判否定丁玲的目的，他们说作者是在“借莎菲的嘴来说自己的话”，是“玩弄男性”“极端的个人主义者”“颓废主义者”等。说“莎菲绝不是丁玲”的人，则认为“青年时代的丁玲，是个性格开朗、情绪稳定、平易近人、生活态度极为严肃的女性，她的朋友大部分是胡也频的朋友，或是以前上海大学的教师。朋友们聚在一起的时候，她总是睁着一双炯炯有神的大眼，倾听别人的谈话，偶然插一两句，都是要言不烦，显示出高度的理智，与莎菲那种有点儿病态神经质的性格，截然不同”。因此，“当我1930年前后听到有人说丁玲就是莎菲的时候，我觉得有些可笑”[②]。

笔者认为，把作品中的莎菲完全视为丁玲，把二者画等号，这显

① 丁玲：《访美散记》。

② 《关于莎菲的原型问题》，见《丁玲创作独特性面面观》，第216页。

然是不妥的，至于借批判莎菲来否定丁玲那更荒唐，是“极左”年代的产物。但如果就因为丁玲和莎菲的“病态神经质的性格截然不同”，单凭这一点说莎菲与丁玲无关，那也未免失之偏颇。因为“病态神经质”并不是莎菲个性气质的全部，也不是她个性气质的核心。

最了解丁玲的冯雪峰在评价《莎菲女士的日记》时说过：“和莎菲十分同感而且非常浓重地把自己的影子投入其中去的作者……”[①]这句话，已经非常准确地说明了莎菲和丁玲之间的关系。的确，莎菲身上有丁玲的“影子”，尤其是丁玲年轻时的“影子”，有丁玲的那种寂寞和追求，也确实有丁玲的某些个性气质的投影。然而，这仅仅是投影而已，绝不能在二者之间画上等号。

在文学史上，这样的事例比比皆是。例如在巴金所写的《家》中觉慧的身上，我们可以看到巴金热情的个性气质；在魏连殳、吕纬甫、孔乙己的身上，也能找到鲁迅的孤独与抑郁；在郭沫若的历史剧所塑造的人物形象屈原身上，我们同样可以发现郭沫若的热情、豪放的个性气质。同样，在莎菲身上，不是也可窥见青年时代的丁玲的某些个性气质吗？

① 冯雪峰：《丁玲文集·后记》，见《论文集》第1卷。

咬牙励志，韧性战斗的文化人格、意志

1979年的春天，一只曾经扑火的飞蛾，带着沉重的翅膀，在明媚的春光中旋舞，飞回了久违的北京。经中央组织部批准，九死一生的丁玲回到北京治病。她像一个出土文物一样，神话般地出现在人们的面前。人们惊异、迷惑，“丁玲还没有死？”“她还活着？”“这20多年是怎样度过的？”于是，关于她惨烈的人生图画，徐徐地展开在我们的面前。

1955年，丁玲莫名其妙地被定为“丁、陈反党集团头子”。她和陈企霞曾是《文艺报》的主编和副主编，但只有工作关系，并没有私下谈论过什么，干过什么，更不用说组成什么“集团”去“反党”了！但那时的某些上级领导未经集体讨论通过，又未向当事人核实材料，便向中央打报告，罗织了丁玲许多罪名：“一、拒绝党的领导和监督，违抗党的方针和指示；二、违反党的原则，进行情感拉拢，以扩大反党小集团的势力；三、玩弄两面派的手法，挑拨离间，破坏党的组织；四、制造个人崇拜，散布资产阶级个人主义思想。”

这真是天方夜谭。所谓“罪状”一条又一条，大帽子一顶又一顶，真可谓吓得人死！可惜，毫无事实作依据，全是臆造的谎言。但在那时，“人为刀俎，我为鱼肉”，有什么办法呢？

1956年，丁玲就“反党集团”问题向中共中央提出申诉，要求辩正。正当作协党组根据中宣部调查组复查结果准备纠正错误之时，1957年7月，全国反“右派”斗争开始，丁玲又被钦定为文艺界的头号“右派”分子。1958年，丁玲脸上刺着“大右派”金印，流放到“北大荒”汤原农场劳动改造。

劫难未尽，又雪上加霜。1966年，“文革”开始，丁玲这个“死老虎”“大右派”首当其冲。1967年，农场武斗升级，丁玲不断被批斗、殴打，住处遭查抄，稿件、衣服被劫走。

1970年，“四人帮”突然命令北京军管会将丁玲、陈明作为“要犯”逮捕入狱，关进了北京秦城监狱。丁玲又坐了5年的牢房，直到1975年才被释放，稍后又被下放到山西长治市嶂头大队劳动改造。

在心灵罹难、肉体折磨中，丁玲以超乎常人的坚韧、持久、锲而不舍的精神，走完了她苦难的历程，显示了她坚韧不拔的人格和意志。

加缪在《西西弗斯的神话》中说，判断人生究竟是否值得活下去，就等于回答了哲学的根本问题。

丁玲几乎用其一生的绝大部分时间，用她的血和泪来探索“生与死”这一根本的命题。丁玲没有死，她绝不轻生，而是像压在大石下面的小草，韧而且坚，显示了她的人格和意志的力量。说到“人格”，过去，人们似乎从伦理学的角度去探究的多，主要指人的人品、品格、道德品质；今天人们更多的是从心理学意义上去理解：人格就是单个个人的个性特征，就是使一个人成为他自己并且与其他人区别开来的独特的心理特点的总和。每个人的人格都会以一种固有的独特的思维方式、行为方式、观察方式、表情方式等表现出来，因而人格具有鲜明的个别性，不可重复性。与此同时，人格又是由一定的时代文化模式内化为个体的具有独特的心理过程、心理特点构成的，会具有某种社会性并打上时代的色彩。人格的形成、成熟与完善是人长期社会实践的产物。自然，每个人的复杂的社会关系、生活环境与独特的生活经历会对自己人格的形成起重要的影响。

拿丁玲来说，她的人格的形成、成熟与完善，自然与长期湖湘文化的濡染、师友的教诲以及苦难与逆境对于她的磨砺紧密相连。如前所述，湖湘士子一向办事认真，有一股“蛮”劲。这种强悍炽热的士气民风表现出来的便是有敢死的精神，有坚强不屈服的节操。

这种精神和节操代代相传。曾国藩带兵打仗，“扎硬寨”“打呆仗”；陕甘总督，湖南湘乡人左宗棠年近古稀，仍壮志不减，抬着棺材出关，进军新疆，誓与沙俄侵略者血战到底，迫使他们将强占了10年的伊犁归还给中国；蔡锷扶病统领2000名装备不足的将士出滇讨袁，与袁世凯10万人马决战……这些声名鹊起、叱咤风云的人物，无一不是“豪雄盖代而敛之惕厉”，①他们无不从艰难困苦中历练而出。湖南人的这种人格和意志，在丁玲身上得到了最好的体现。

除了湖湘文化的濡染之外，另一个重要的方面，是鲁迅精神的濡染。丁玲说：“我便是吃鲁迅的奶长大，以至于成熟起来的。”②丁玲在《鲁迅先生于我》一文中说：“鲁迅先生给过我的种种鼓励和关心，我只愿深深珍藏在自己心里，经常用来鼓励自己而不愿宣扬，我崇敬他，爱他。”③

瞿秋白将鲁迅的精神归结为“韧性的战斗”。“韧”也是鲁迅的人格精神。在鲁迅看来，韧性是生命体需要具备的品格，拥有这种品格，生命才能升华，生命价值才得以实现。鲁迅这种做人与战斗的精神，对于“左翼”的青年作家影响极大。柔石曾记载过鲁迅先生的教诲：“人应该学一只象。第一，皮要厚，流点儿血、刺激一下子，也不要紧；第二，我们强韧地慢慢地走去。”④他还说，他不赞成自杀，自己也不预备自杀。不是不屑，因为不能够这样做，因为负有对于社会的伟大任务。生在这麻木的中国，纵使如何牺牲，也无非毁灭自

① 钱基博、李肖聃：《近百年湖南学风 · 湘学略》，岳麓书社1985年版，第1页。

② 丁玲：《我便是吃鲁迅的奶长大的》，见《丁玲文集》第5卷，湖南人民出版社1984年版，第22页。

③ 丁玲：《鲁迅先生于我》，见《丁玲文集》第5卷，湖南人民出版社1984年版，第16页。

④ 《柔石日记》（1929年2月9日），转引自《鲁迅生平史料汇编》第5辑（下），天津人民出版社1981年版，第350页。

己，于国度没有什么影响，所以要“韧”，要锲而不舍，要向恶势力作“韧性战斗”，坚持不懈，坚强不屈。“战士的生命是宝贵的。在战士不多的地方，这生命就越宝贵。所谓宝贵者，并非‘珍藏于家’，乃是要以小本钱换得极大的利息，至少，也必须买卖相当。”[①]所以，他以为觉悟的青年不要轻死！

鲁迅的这种教诲，早已被丁玲“深深地珍藏在自己心里”。她有足够的安眠药片，让自己舒舒服服地死去。但丁玲没有选择自杀这条路，她说，死是多么容易啊，生却是多么艰难啊！但是她还是选择了生！

丁玲对于生命的选择，说明她早已下了与艰难困苦做持久的坚韧的奋争的准备。丁玲这种选择也足以说明鲁迅精神已成为中国知识分子建构人格的典范，鲁迅的精神风范得到了普遍的认同。

人生是否值得活下去？丁玲用她近1/4世纪的苦难历程做了出色的答卷，回答了这个哲学的根本命题，显示了丁玲韧性的人格特征与强悍的人格意志。

“文革”中，丁玲已过花甲。身上又有多处伤残。腰部被“造反派”踢伤，经常腰痛，患有糖尿病，加上长期营养不良，得了夜盲症……虽如此，“造反派”还故意派她去干那些重体力的劳动，把神圣的劳动当成惩罚人、侮辱人的手段。但丁玲对于“劳动”有自己的正确见解，她认为：对于一个普通劳动者来说，劳动是天职，她能从劳动中享受到乐趣，从劳动成果中看到自己的成绩，得到满足。对于丁玲来说，她是一个脑力劳动者，但她对于体力劳动还是很热爱，现在虽说成了个“被强迫劳动改造”的人，但她并不以劳动为耻。而且她还认为：

劳动确可以医治人体上的某些病痛，预防一些疾病，又可以医治精神上所受的创伤。在劳动时，人们把精力集中在劳动对象上，就会

① 《鲁迅全集》第3卷，人民文学出版社1981年版，第281页。

忘记许多烦恼忧愁。劳动后获得的成果，更能打开一个人的眼界，原来自然世界是如此广阔，个人忧戚在万物更迭中是如此渺小。这样，人们就把一些褊促狭小的立脚点转移得高一些，远一些，大一些。人们的兴趣、喜爱的范围，也就逐渐扩大，人们就会变得比较能正确理解世界，衡量自己，从而对人民一往情深，对个人无所企求，不会再保留什么了。这样，人们才能得到真正的自由，得到真正的解放，即使再遇有风云变幻，也会始终和劳动人民共生死，不至于走上歪路上去的。[①]

正因为丁玲将体力劳动看成锻炼自己、医治精神创伤、开阔自己的眼界和接近普通劳动者的手段，所以她始终没有把劳动当成苦差事。“文革”中，有一段时间她被勒令打扫全队的公共厕所，一共有10多个。每个粪坑有11—12米长，3米多宽，2米深。这里地下水位高，一下雨，厕所粪水离坑面不到30厘米，粪水经常外溢。丁玲开了一条小沟，让粪水顺着斜坡流到附近的菜地里。同时，她从早到晚地打扫，将满满的粪坑舀浅一点，一天要舀五六千瓢，手腕都肿了，脚上的鞋也经常湿漉漉的。但当她看到人们舒舒服服地走出厕所时，她高兴了。她毕竟又为大家做了件好事，并且在劳动中医治了精神创伤。

横逆和迫害，可以扼杀某些人的生命，但扼杀不了丁玲蓬勃的生机。丁玲说，有的人在横逆迫害面前失去了理想，失去了活着的信心和勇气，疯了，病了，灰心了，看破世情，只图保身保命保儿女。但有的人不这样。“横逆迫害也可以锤炼革命者的赤胆忠心，临危难而无所畏惧，处恶浪不胆战心惊……”[②]“凡经受磨炼，总是会有痛苦的。铁变成钢，就得经过冶炼锻压；种子的提纯复壮，就得不断进行选

① 丁玲：《丁玲散文近作选》，云南人民出版社1983年版，第23—24页。

② 丁玲：《一首爱国主义的赞歌》，见《丁玲文集》第6卷，湖南人民出版社1984年版，第503页。

优、淘汰，否则就将失去抗逆性。”[①]正是这样，丁玲将横逆和迫害看成锻炼自己、考验自己的机会。

从丁玲这种思想认识看，显而易见，中国传统文化及湖湘文化中那种讲究修身养性、不断磨炼自己的“遗传基因”，已化为她的思想和行为。

曾经担任国家主席的刘少奇（湖南宁乡人）著有《论共产党员的修养》一书，此书为全体共产党员必读的教科书。书中特别引用孟子的话：

天将降大任于斯人也，必先苦其心志，劳其筋骨，饿其体肤，空乏其身，行拂乱其所为，所以动心忍性，增益其所不能。[②]

刘少奇引用这段话，目的在于论述全体共产党员为了要经受革命斗争和艰难困苦环境的磨炼，就必须加强修养，以使每个党员品质优良、政治坚强。

刘少奇这本论“修养”的书，无疑对丁玲是极大的教育。如前所述，丁玲一贯主张妇女要得到解放，就必须有“强己”的精神，这种“强己”的精神，正是不断加强修养，完善自己人格的精神核心。

清代曾国藩的家书中有一段话：“谚云：‘吃一堑，长一智’。吾生平长进，全在受挫辱时，务须咬牙励志，蓄其气而长其智，切不可恭然自馁也。”可见“咬牙励志”是湖湘学子的共同品格。

巴尔扎克对于“不幸”和逆境同样有生动的论述。他说：“不幸是天才的晋身之阶，信徒的洗礼之水，能人的无价之宝，弱者的无底深渊。”通过这“洗礼之水”，人会变得聪明。因为，谁经历的苦难多，谁懂得的东西也就多。因此，逆境才是使人变得聪明的磨刀石。

① 丁玲：《一首爱国主义的赞歌》，见《丁玲文集》第6卷，湖南人民出版社1984年版，第503页。

② 《孟子・告子下》，转引《中国传统文化读本・孟子》，燕山出版社1995年版，第215页。

人不能在顺境里认识人生，必须在痛苦中，在寂寞里，锻炼出一种明净无尘的心境，才能深刻地体验人生。中国有句俗语：“不遭魔不成佛。”在和魔鬼作斗争中，丁玲的人生体验不断丰富，人格不断得到升华。

这样看来，逆境、困厄是个很好的老师。然而这位“老师”向丁玲索取的“学费”实在也太昂贵了。它几乎要了丁玲的“命”，它使丁玲的身心、灵肉受到了极大的创伤。不过，却也造就了丁玲锲而不舍、坚韧不拔的人格意志！

其四，在沉重的压抑下，执着地面向未来，坚信光明会战胜黑暗。

坚强不屈之志节，来源于丁玲的开朗、乐观的精神。她始终相信：历史是公正的，群魔乱舞只是暂时的，天狗吞日只是梦想。她相信光明一定会到来，人妖颠倒的局面会结束。她有信心，特别是相信党、相信群众会理解她，还她一个清白。丁玲很清楚自己压根儿就没有“反党”，没有叛变，没有干过坏事，她相信自己。她充满了自信。她曾有一段发人深省的自述：

很多同志和朋友问我，这二十多年你处逆境，为什么能活过来，而且活得很好呢？我回答说：为什么不呢？因为我走到哪里，到处都看到淳朴善良的人民和欣欣向荣的社会主义事业。我生活在底层，和劳动人民在一起，我遇见很多实事求是、正直、诚实、勤劳、高尚的人，我从他们那里得到很多同情、很多关心、很多鼓励、很多关爱，因此我更爱他们。我在他们中间，什么时候也没感到孤独。[①]

人类不能没有爱，失去了爱，人的心灵便会变成荒漠，生活变得死寂。爱像血液一样能浇灌心灵，开启心智，给人以智慧与力量。丁玲心中有爱，相信人民，相信群众的绝大多数都是好人，因而能将自

① 丁玲：《我这二十年是怎么过来的》，转引袁良骏编：《丁玲研究资料》，天津人民出版社1982年版，第552—553页。

我融化在群众中，获得人民真正的理解和信任，获得战胜劫难的动力。她好像古希腊神话人物大力士安泰，人民就是她的大地母亲，这是取之不尽、用之不竭的力量源泉。心中有人民、有爱，丁玲才有力量锻炼出手上厚厚的茧子，而且把心也磨出一块厚厚的茧子，来承担这无限重的精神上的痛苦、心灵上的创痛，支撑自己到达胜利的彼岸。

此外，她坎坷的一生又是极其宝贵的财富。从20世纪30年代中期到去世之时的80年代中期，她经历了革命队伍内各个时期以及社会上的种种复杂斗争，并有正、反两面的切身体验。她“识得真金，一面也就真的识得了硫化铜”。[①]知道什么是真的，属于“真金”，什么是假的，属“硫化铜”，所以她能在对比观照中，站在时代与历史的高度来正确对待与处理事物，相信真理终归要战胜谬误。如此，丁玲才能从铁窗烈火、鬼影幢幢中走出来，从九死一生中走出来。更为可贵的是：复出以后，她能以国家、人民的利益为重，朝前看。

复出后的丁玲，虽然已于1978年7月摘掉“右派”帽子，但是，20多年来泼向她身上的污水岂能一下子洗刷干净？况且还有某些人仍死死揪住她不放。当丁玲女儿蒋祖慧去见周扬，要求解决丁玲问题时，周扬回答说：“40年的表现，可除掉疑点，但不能排除污点。”[②]看来，周扬仍在抓她的小辫子。1979年2月，《新文学史料》转载《周扬笑谈历史功过》一文，仍死咬丁玲不放，说她在延安时就一直主张“暴露黑暗”，把延安搞得乌烟瘴气，等等。

看来，当时摆在丁玲面前还有一张无形的网。面对这种复杂的情况，丁玲还是胸怀坦荡，不计较个人恩怨，努力朝前看。她说：

---

① 鲁迅：《随便翻翻》，转引《鲁迅全集》第6卷，人民文学出版社1981年版，第138页。

② 参见丁玲1978年10月17日日记。

现在，我搜索自己的感情，实在想不出更多的抱怨，我个人是遭受了一点儿损失，但是党和人民、国家受到的损失更大。我遭受不幸的时候，党和人民也同受蹂躏。许多功劳比我大得多的革命元勋、建国功臣所受的折磨比我更大更深。一个革命者、一个革命作家，在革命的长途上，怎能希求自己一帆风顺，不受一点儿挫折呢？

现在我的国家正处在大乱之后，疮痍满目，百废待兴，举步维艰。此情此景，很容易使人联想到古代的多少爱国诗人，他们曾长歌代哭，抑郁终生。但我绝不沉湎于昨天的痛苦而呻吟叹息，也不能为抒发过去的忧怨而对现今多所挑剔……[①]

正是这种豁达的胸怀，使丁玲从不悲悲切切，怨天尤人，而是面向未来进取奋击，向死神挑战，与时间赛跑，在复出后六七年的时间中，创作了近百万字的著作，最大限度地发挥自身的创造能力，显示了她不屈的意志和永不消逝的活力。

信仰是心中的绿洲。只因为心中有这片“绿洲”，丁玲才会有力量战胜暗夜，等到春天的到来。

“希望是不幸者的第二灵魂”，有了这个“灵魂”，在人生海洋中浮沉的丁玲，才会牢牢掌握“罗盘”，扬起“希望”的风帆，忍受一切人间罕见的苦楚，战胜惊涛骇浪！

在漫长的心神罹难与灵肉折磨中，丁玲将“信念”作为人生杠杆的支点，有了这个恰当的支点，她才能成为一个坚强有力的人！

① 丁玲：《我的生平与创作》，见《丁玲文集》第5卷，湖南人民出版社1984年版，第413页。

风气刚柔，系于水土。

——丁玲

第五章　湖湘文化对丁玲作品的气韵风格浸润之谜

区域文化对作家的气韵风格的影响是不言而喻的。常言道，风气刚柔，系于水土。人和土地、水土与作家、作家与故事之间，有一种水乳交融的关系。众所周知，《文心雕龙》早就谈到地理环境参与文学风格流派形成这一现象。

此后，唐代的魏征对于南北朝时期南方和北方文风的殊异作了精彩对比："江左宫商发越，贵于清绮；河朔词义贞刚，重乎气质。气质则理胜其词，清绮则文过其意。"从而指出地域与文学风格的关系。

在现代，关于地域文化与风格流派的关系，论述也颇多。如朱晓进在《"山药蛋派"与三晋文化》一书中，对于"山药蛋派"与三晋文化的关系，就作了精彩的论述。他认为：山西土瘠民贫，敦厚朴实、重实际、尚实干、讲实利的民风、民气影响着"山药蛋派"的作家与作品，使其所表现的内容具有很强的地域的实指性。他们很少虚构故事，而写作方法又近乎实录式，抱定了"真实记录"的目的，注重展现其生活的原生态；甚至于细节，也是不加想象的真实生活的挪用，总之，不是靠想象创造出来的。"山药蛋派"作家这种重实际、重实情、讲实效的观照问题的角度与思想方法、创作作风，无疑明显地烙下了山西这一地域文化"崇实"的印记。

同样的道理，丁玲作品的风格气韵，与湖湘文化也有深刻的内在联系。

丁玲的创作，不管是小说还是散文，既有直面人生、不断深化的现实主义的深度与力度，又有诗的激情和浪漫的色调；既有大胆的男子汉的气概，又有女作家的清丽与细腻，做到刚柔相济。显然，这些与湖湘文化都有着千丝万缕的联系。

诗的激情与浪漫的色彩

湖湘学子，普遍受到楚文化“道”“巫”“骚”的熏陶。楚籍《老子》《庄子》的道家思想，睿智妙论；巫学充满奇思幻想；为屈子所独创的骚体文学文采灿烂。因而他们往往具有哲理的思考和诗人的才情。他们很少有学究气，他们既是哲人、学者，又是才子、诗人。例如毛泽东，既是思想家、政治家，又是军事家、诗人。严肃的哲理思考与诗人的浪漫热情相结合，沉雄与俊逸、朴质与华美、英雄气概与妖娆俏丽的文笔和谐统一在他的身上。他的诗词，继承了屈原、唐代“三李”的诗风，具有浪漫主义的风韵。

说到屈原，以他的《离骚》为代表的《楚辞》，是浪漫主义的源头。在诗中，他常以香草美人自况，借助象征来表达自己对祖国的热爱和忠贞，对理想和抱负未能实现的忧愤。一方面，诗人的崇高理想和炽热的情感，迸发了夺目的光彩。另一方面，屈原又从荆楚风俗中汲取营养。在他的诗中，神话传说、历史人物、日月星辰、山川流沙、风云雷电任其驱遣。他将瑰丽的想象、大胆的夸张、奇幻的神话、怪异的传说、优美的文采、参差的句式、浪漫的情调以及华丽的辞藻熔于一炉，创造了具有强烈浪漫主义色彩的诗歌，开启了中国浪漫主义文学的先河。对后世产生了绵延不息的影响。刘勰在《文心雕龙·辩骚》中对此作了十分详细的分析：

自《九怀》以下，遽蹑其迹；而屈、宋逸步，莫之能追。故其叙情怨，则郁伊而易感；述离居，则怆怏而难怀；论山水，则循声而得貌；言节候，则披文而见时。是以枚、贾追风以入丽，马、扬沿波而得奇，其衣被词人，非一代也。[①]

这一段文字，评述了《楚辞》对后代作家的巨大影响。从王褒《九怀》以后，许多作品都学习《楚辞》。以后枚乘、贾谊追随他们的遗风，作品写得华丽绚烂；司马相如、扬雄循着他们的余波，因而作品具有奇伟动人的优点。可见屈原对后世的影响，非一代也。

唐代李白等人创作的大量优秀的浪漫主义诗篇，标志着我国古代浪漫主义诗歌创作进入了黄金时代。元代以后，浪漫主义文学创作在小说、戏剧领域得到充分发展，涌现了汤显祖、吴承恩、蒲松龄等浪漫主义作家。

“五四”以后的中国现代文学，以鲁迅的《狂人日记》开启了中国现代抒情小说的先河。郭沫若的《女神》，反映了“五四”时代人民的理想、情感和愿望，成为时代的强音。郭沫若广泛地接受中西方浪漫主义的影响，从中国的老庄哲学、屈原、李白，西方的惠特曼、拜伦、雪莱、歌德等人那里汲取营养，将奔腾的想象与大胆的夸张、宏伟的构思与浓烈的色彩、激昂的音调、急骤的旋律以及神话的巧妙运用等与火山爆发式的内发情感相结合，创作了许多优秀的诗篇与历史剧的杰作，显示了现代浪漫主义的新的内容、新的风貌。此后郁达夫、沈从文、萧红、孙犁等作家则成为中国现代浪漫小说的代表。可见，屈原对后世的影响，代代相传。

生活在楚湘的丁玲，自然是“近水楼台先得月”，她自小受到了这种楚文化的熏陶，对于这种屈骚之风、楚味之美，自然是心领神会。如前所述，丁玲一方面，敢于直面人生，并且拥有理性的思考力与认识力，因而她的小说富有现实主义的深度与力度。另一方面，从本质上看来，她又具有感性生命的激情和冲动。沈从文说她“一切出于感

① 刘勰：《文心雕龙·辩骚》，见《文心雕龙注（上）》，人民文学出版社1958年版，第47页。

情推动者多，出于理智选择者少”。[①]如此来看，丁玲又是富于诗人激情和诗人气质的。这表现在如下三方面。

其一，丁玲富有浪漫情怀与精神特征。

在丁玲的身上，有一种“爱飞，爱幻想，总是不满现状”的精神特征。瞿秋白发现了这一点，鼓励她说：“你是一个需要展翅高飞的鸟儿，飞吧，飞得越高越好，越远越好。”[②]秋白对丁玲精神气质的发现及鼓励，恰中鹄的。

丁玲研究专家于河生女士认为：“作家的精神特征，即是作家在气质、性格、理想、信念的整体性中所显示出来的精神独特性。它是独特的个体在长期社会实践中所形成的稳定的心理状态或精神面貌。”[③]人们不难发现：在丁玲的小说和散文中，多次出现了在广阔天空中自由翱翔的雄鹰，这一意象正是作家自我人格的象征和审美观照。

正是这种“总是不满现状，总是爱飞”的精神特征，使丁玲富于想象和幻想，而且这种充满生命力的执着追求，已成为蕴蓄在作家体内的一股内在力量，使她能以无穷的精力勇往直前地去追求理想的实现。这股理想主义的浪漫激情，使作家在沉重的压抑下，执着地面向未来，唱出了一曲曲讴歌光明、讴歌理想的炽热篇章。

其二，强烈的叛逆精神和个性解放的要求。

浪漫主义注重自我，张扬个性。显然，这对丁玲的影响也是深刻的。如前所述，丁玲富有强烈的叛逆精神。她倔强高傲、偏执任性、刚毅勇敢、乐观洒脱。她笔下的女性也大多桀骜不驯、乖张怪僻、蔑视平庸、孤独感伤。她们从个人的主观感受和意志出发，向整个不合理的社会现实提出控诉和抗议。但是她们受到了强烈的压迫，个性得

① 沈从文：《记丁玲》，上海良友图书印刷公司1934年版。

② 丁玲：《我所认识的瞿秋白同志》，见《丁玲文集》第5卷，湖南人民出版社1984年版。

③ 于河生：《新文学交响乐中一个独特的活跃的音符——论丁玲及其创作的精神特征》，载《丁玲与中国新文学》，厦门大学出版社1988年版，第51页。

不到解放，理想无法实现，于是愤世感伤。而这，正是浪漫主义情调的特征之一。

中国具有浪漫倾向的作家，大多悲怀感伤，所谓“哀怨起骚人”。屈原忧悲愁思，乃作《离骚》，已经成为一种文学传统。中国文人，多有爱国精神与忧患意识，于是在文学创作中便出现了悲怀伤感的浪漫主义倾向。丁玲早期的作品，亦如此。

当丁玲写小说的时候，和巴金、曹禺一样，并没有从理智上明显地去认识什么，要匡正、讽刺或攻击什么，只是隐隐地仿佛有一种感情的汹流在推动她，使她不吐不快。

鲁迅说，屈原“忧悲愁思，不知所诉，乃作《离骚》”。丁玲也是忧悲愁思，不知所诉，乃写莎菲。它的抒情和浪漫，一下子打动了读者的心。当莎菲对那个黑暗而虚伪的社会表示出厌恶和鄙视而发出绝叫和呐喊的时候，当她将真爱的种种冲动、欲望、渴求毫无保留地宣泄出来的时候，封建卫道者们瞠目结舌了。中国现代文学画廊中出现了一群前所未有的满怀着时代创伤、狂狷孤傲、叛逆倔强、执着追求、大胆开放的莎菲形象。作家通过她，宣泄了愤世嫉俗的情怀。丁玲说：“我感到寂寞、苦闷，我要倾诉，我要呐喊，我没有别的办法，我拿起了笔，抒写我对旧中国封建社会的愤懑与反抗。”[①]

早期小说中这种情感宣泄，大胆而率真的心理剖析、细致入微的心理刻画，对人物被痛苦意识所缠绕的精神上的苦闷、情绪上的压抑，觉醒、迷惘、困惑、失望交织在一起的复杂内心感受的描述，都为作品带来了浓烈的抒情气氛与浪漫色彩。至于说她早期小说的散文化、情绪化结构、剖白式自叙传性的人物塑造以及“任感情奔涌而信笔所之”的情感表达方式，无不表现了丁玲的浪漫主义特色。

① 丁玲：《我的生平与创作》，见《丁玲文集》第5卷，湖南人民出版社1984年版，第408页。

其三，“一切出于感情推动者多”，写作以“情”为原动力。

“湘女多情”，丁玲这位湘女，尤为多情、重情。陈明回忆道：“她的文章从最初的到最近的都贯串着一条红线，那就是‘一往情深’……我以为这四个字不只表明她为人的特点，也是她作品的要点。”①

丁玲也说过：“对群众要爱得深，只有爱得深才能发现他们可爱的地方，才能领会人民的至高无上的美德，才能发现新事物、新东西。②”

由此可见，丁玲创作以“情”为原动力。

丁玲塑造人物形象，能钻进人物的心里，写出人物在特定的历史时期、特定的社会生活中的特定地位和她复杂的心理状态、她的灵魂、她的情感、她的痛苦和犹豫。这是丁玲最喜欢的和最擅长的技法。她说：“你要不写出那个人的心理状态，不写出那个人灵魂里的东西，光有故事，我总觉得这个东西没有兴趣。”③

这样来看，这位最富于情感的作家，她关注的热点，也是刻画人物的心理情感。文学是人学，思想情感是“人猿相揖别”的一种重要标志。不写情感，何以写人！

半个世纪以来，丁玲一直不改初衷。当丁玲历遭劫难重新执笔的时候，她笔下风起云涌的感情波涛和浪漫情调比以前更为动人，因为这些作品融合了时代的精神和作家对社会、对人生的深刻认识与体验，因而焕发出迷人的光彩。有的评论家指出：新时期以来丁玲创作的《魍魉世界》《风雪人间》《访美散记》《我所认识的瞿秋白同志》

---

① 陈明：《丁玲及其创作——〈丁玲文集〉校后记》，见《丁玲文集》第6卷，湖南人民出版社1984年版，第677页。

② 丁玲：《文学创作的准备》，载《生活·创作·时代灵魂》，湖南人民出版社1981年版，第156页。

③ 冬晓：《走访丁玲》，转引袁良骏编：《丁玲研究资料》，天津人民出版社1982年版，第196页。

《悼雪峰》《鲁迅先生于我》等，洋溢着诗的激情和美感，具有一种崇高大气之美。

1984年，丁玲八十寿诞时，作为丁玲的同乡，与丁玲相识45年的老朋友李锐，赋诗一首以赠丁玲：

多情湘女总多愁，风雨华年苦索求。
处子文章惊海内，平生抱负蕴心头。
文身刺面寻常事，雪地冰原孺子牛。
笔底波澜随老壮，晚情无限耀高丘。[①]

这位多情的湘女，即使变为一个老妪，仍然“笔底波澜随老壮”，且“晚情无限”。譬如《风雪人间》《“牛棚”小品（三章）》等散文，在抒发情感方面，的确有许多独特之处，有无限的晚情。丁玲晚年的作品有以下几个特点。

第一，他虽也写伤痕，写苦难，可痛苦而不使人丧志，具有崇高大气之美。

新时期以来，出现了一些“伤痕文学”、反思文学。这些作品大都有郁结者激愤控诉之情、哀怨之声。按理说，丁玲所受的迫害最深、时间最长。从51岁被扣上“反党”帽子到80岁时才得到彻底平反，她肚子里的冤屈该有多少？如果要发牢骚，她的愤激哀怨之声应该比谁都大。但丁玲没有涕泪滂沱，怨天怨地。她也写自己一再遭难，脸上刺着“金印”，任人指点、笑骂，“就像一个人赤身裸体被严密包裹在一个满是钢针编织的麻包里，随时随地，上下左右，都要碰上许多扎得令人心痛的钢针”的刻骨之痛，也写“造反派”不准她睡午觉、不准她睡觉打鼾、不准她抽烟的可笑举动，但即使在写这些非人生活时，也没有把生活写得一团漆黑。而是透过这漫天冰雪封冻寒气袭人的严冬，仍然看到人间蓄有温热。“文革”期间，在“芸芸众生”中，

① 李锐：《怀丁玲》，载《丁玲纪念集》，湖南人民出版社1987年版，第127页。

仍然保留了纯真美好的一面，从而挖掘出潜藏在生活另一面的亮色，在人生苦难的边缘上构筑了一道美丽的风景线。

丁玲与陈明

在《见司令员》《李主任》《远方来信》《鱼肝油丸》《希望在阳光下》等篇章中，丁玲动情地写道：押送她的“解差”，走到没有人的偏僻处，就一变原来的凶相，友好地把丁玲背上的几件行李放在他的车架上，让她轻松地赶路；养鸡场的老王头看见夜深了，丁玲的房里还有灯光，便不放心推门进来，看见她呆呆地坐着，便问道：“出了什么事了？我一直看见你屋里灯光不灭，唉！陈明不在家，要多照顾自己呵！”说完了，给她倒水、添柴、加煤，最后扶她到床上，为她关了电灯。第二天，又派人去告诉正在修铁路的陈明，让他赶快回家；养鸡场的小组长也来看望她，要她休息；当她因营养不良，得了夜盲症时，是一位好心的医生给丁玲一瓶鱼肝油丸，治好了她的病；看守她的民兵似乎在自言自语：“连长可是个好人，对指导员可得小心……”“陈明就在这附近……”“如今哪个庙里没有几个屈死鬼”……片言只语，道出了对她的关心、同情、爱护与鼓励。使她体味到人民——母亲给予她的爱护。

在《火柴》一节里，写到农垦部部长王震同志来看陈明他们这些下放劳改的“右派”分子，对大家说：“我是来看你们的，是来和你们交朋友的，你们要不要呀？”“共产党准许人犯错误，人总是会犯错误的；错了就改，改了就好了。”

这一席话，是陈明在来信中激动地告诉丁玲的，那时陈明是在“北大荒”宝清县境的八五三农场劳改。当丁玲读了这封信之后，动情地写下了这些文字：

这一席话正是寒夜里的火柴，给在冰天雪地里的人们以温暖，给人们以光明，令人从一点儿微微的温暖里感受到人世间的炽热的感情；从微弱的一线光亮中，看到了伟大的母亲，看到了党；从点滴的希望中，就能积蓄起坚定的无坚不摧的力量。①

王震同志，这火柴是你划亮的，你这一席话，便是你那一份多情。你自己也许说过就忘了，你没有在意。可是在那个时候，在那种处境中，你这几句话，有千斤重、万斤重啊……一群踟蹰在茫茫愁海中的脆弱的灵魂，就因你这席话、你点燃的一根火柴，而振奋起生命的双翅，在暴风雨中翱翔，冲破层层乌云，沐浴在自由的蓝天之上。②

丁玲将王震同志这席多情的话，比喻为安徒生的童话《卖火柴的小女孩》手中划燃的那根火柴，她在圣诞节的夜晚，又冷又饿，火柴卖不出去，只好划一根取暖，在微光中看见她向往已久的、美丽的世界。

正是这些人间的温暖，才使丁玲虽然走进了但丁的地狱，却能在炼狱中越炼越坚。也正是丁玲这些充满激情的抒情文字，才让读者从乌云密布中看到了一线曙光。

---

① 丁玲：《风雪人间》，见《丁玲文集》第8卷，湖南文艺出版社1991年版，第227页。

② 丁玲：《风雪人间》，见《丁玲文集》第8卷，湖南文艺出版社1991年版，第227页。

有人说，丁玲是“歌德派”。但是，她绝不是连共产党的错误也歌颂的人：她在延安时期就敢于揭露太阳中的黑点；在《风雪人间》中，她对于党内错误的揭露和批判，是椎心泣血、刻骨铭心的。然而，她从不过多地计较个人的恩怨得失。她总是说，在她受难的时候，我们的国家、人民、党也都在受难，许多开国元勋、党和国家领导人、大功臣，他们比她的功劳大多了，不也是在受难吗？那么，她个人这点儿磨难又算什么呢？

再者，丁玲总是将少数人搞宗派主义、官僚主义、主观主义、以权压人给党造成的损失与整个党分开来，相信党会纠正错误，相信历史会给她公正的评价，相信她自己没有干过坏事，白天不做亏心事，半夜不怕鬼敲门。事实会胜于雄辩，时间会还她一个清白。因而，丁玲回忆往事，虽心情沉重，但依然保持了她的健康和乐观的情感。

第二，写患难与共、相濡以沫的生死之恋，写爱的勇敢与柔情。

爱在古今中外的文学作品中，是永恒的主题，古往今来的作家也给我们留下了许多经典名著。然而，像陈明与丁玲这样动人的黄昏恋，文学作品中的确罕见。

丁玲一生坎坷，个人情感生活也曲折复杂。她有过胡也频，但胡也频被敌人夺去了生命；她有过与冯雪峰爱而不得的痛苦；也有过与冯达短暂的无爱的同居；后在延安，她选择了陈明，这个个子瘦小却胸怀阔达、纯朴、坚定的男子。由于丁玲的牵连，陈明运交华盖，被打成“右派”分子，送到“北大荒”劳动改造。但陈明无怨无悔，始终护卫着她，在寒冷的“北大荒”，在阴森的秦城监狱，在山西长治的贫困小村庄，他始终与丁玲相伴相随。他是丁玲的生命，是丁玲力量的源泉、精神的支柱、活下去的希望。面对孤独寂寞的熬煎，面对生死的较量，哪怕是亲人一个温柔的微笑、一个鼓励的眼神、一句暖心的话语，都会给她增添百倍的力量！于是，丁玲“在这越来越冷的路边，踽踽独步，把思想，把思念，把依依难舍的恋情每天托付这灰暗的浮云寄了过去”。

1969年5月12日，“文革”中，丁玲从“牛棚”转移到农场21队劳动，接受群众“专政”，她是多么想见陈明啊！

我们何时才能再见呢？我的生命同一切生趣、关切、安慰、点滴的光明，将要一刀两断了。只有痛苦，只有劳累，只有愤怒，只有相思，只有失望……我将同这些可恶的魔鬼搏斗……我绝不能投降，不能沉沦下去。死是比较容易的，而生却很难；死是比较舒服的，而生却是多么痛苦呵！但我是一个共产党员（尽管我已于1957年底被开除了党籍，11年多了。我一直是这样认识，这样要求自己和对待一切的），我只能继续走这条没有尽头的艰险的道路，我总得从死里求生呵！

门呀然一声开了。他走进来。整个世界变样了。阳光充满了这小小的黑暗牢房。我懂得时间的珍贵，我抢上去抓住了那两只伸过来的坚定的手，审视着那副好像几十年没有见到的面孔，那副表情非常复杂的面孔。他高兴，见到了我；他痛苦，即将与我别离；他要鼓舞我去经受更大的考验，他为我两鬓白霜、容颜憔悴而担忧；他要温存，却不敢以柔情来消融那仅有的一点勇气；他要热烈拥抱，却深怕触动那不易克制的激情。我们相对无语，无语相对，都忍不住让热泪悄悄爬上了眼睑。可是随即都摇了摇头，勉强做出一副苦味的笑容。他点一点头，低声说：“我知道了。”①

这些文字，散发出浓郁的诗意。而这些诗意并非纯粹用诗的技巧创作出来的，而是从真挚深沉、热烈的感情中自然地生发出来的。丁玲正是以这支蘸满了情感的笔，抒写了与陈明的生死之恋！其中有陈明先到“北大荒”，丁玲寄居北京，望断山河，对鸿雁传书的企盼；有受到“意外判决”后与陈明不期而遇的兴奋；有在“牛棚”窗户的

① 丁玲：《“牛棚”小品·别离》，见《丁玲文集》第5卷，湖南人民出版社1984年版，第354页。

窄缝中意外地发现陈明的惊喜；有在看守的眼皮下暗递情书的欣喜和快乐；有生离死别的痛苦……丁玲将这比喻为“是一个浪漫的梦，是一首美丽的诗，是一段百读不厌的文章”。这种激情，似初恋的少女那样大胆；似热恋中的年轻情人那样炽热。那颗火热的心熊熊地燃烧起来了。她心中积压的情感犹如岩浆喷薄而出。

有人说，真正的爱情必定孕育着苦难，而只有在苦难中才能挖掘出莫大的喜悦。这话颇有道理，在苦难中，丁玲更加珍惜、赞美她与陈明的真挚的爱。

作家刘心武说过，爱情的确像一盘菜。初恋，往往如一盘百味杂陈、浓严刺喉的热肴；成熟的爱情、夕阳之恋，就像一盘清淡的菜肴。丁玲在《风雪人间》中所表现的激情，更像浓严刺喉的热辣的菜肴。苦难、离别对于爱情，就像风对于火一样，它熄灭了火星，但扇起狂焰。丁玲所抒发的对于陈明的这种感情，像熊熊的狂焰，像美丽的诗，像滋润心田的甘霖。

丁玲说：“我的散文，比较注重情，带一点儿画，力求做到情景交融。”[①]由于“注重情”，所以“情”才会无处不有，无处不在，无处不炽热。

第三，一些怀念故人的散文，或直抒胸臆，或委婉深沉，渗透着作家对人生的体味，富有诗情与哲理。

丁玲的散文，题材广阔，内容丰富。一些回忆朋友、亲人、同志的散文，尤为出色。他们大多是普普通通的人物，如“北大荒”农场的杜晚香，牺盟会的巡视员马辉，乡合作社主任田保霖，民间艺人李卜，母亲余曼贞，丈夫胡也频，朋友胡风、冯雪峰、瞿秋白，作家鲁迅、茅盾、萧红等。丁玲在写他们的时候，抒发情感的方式是多样的。

① 白夜：《当过记者的丁玲》，转引袁良骏编：《丁玲研究资料》，天津人民出版社1982年版。

在《诗人应该歌颂您——献给病中的宋庆龄同志》这篇散文中，丁玲是这样歌颂宋庆龄的：

诗人写过春天，写过盛开的花朵；但春天哪有您对儿童的温暖？任何鲜艳的花朵在您面前，都将低下头去。

诗人写过傲霜的秋菊，秋菊经受的风风雨雨，怎能与您的一生相比？几十年来，您都在风雨中亭亭玉立。

诗人写过白雪，描绘它的清白飘洒，但白雪哪如您的皎洁、晶莹？迫害您的豺狼，走在您的面前，却停步不敢向前，只能缩头夹尾。

妄图侮辱您的小丑，也不敢敲您的大门，只能偃旗息鼓，暗地诅咒。

……

然而您手无寸铁、无权、无钱，只是一个柔弱的女性。但您是一个伟大的、坚贞的、圣洁的女性。您的力量，可以摧毁魔窟；您的笔虽然纤细，可是力敌千军。

您的声音是吴侬细语，但锋利如剑，响彻寰宇。①

这些诗句，凸显了人物的精神和品格中最光辉的一面：一身正气，坚贞圣洁，力敌千军！散文中这些奔涌的激情，有如澎湃的大海，有如飞流直下的瀑布，有如大雨倾盆，富有很强的冲击力和震撼力。

然而，为数更多的怀念故人的散文，表现出来的情感，则是蕴藉、委婉与深沉。这些情感，不是凭空的抒发，而是或借助景物的描写，或通过细节的生动刻画，或借助心中的某些具象来传达作家曲折隐微的情感，并且将自己的人生经验与体味、思考与认识融进散文，给人以心灵的震撼。同时，这些散文还渗透了作家的个性，因而气韵

① 丁玲：《诗人应该歌颂您——献给病中的宋庆龄同志》，见《丁玲文集》第3卷，湖南人民出版社1983年版，第377页。

生动，诗意浓，情意更浓。

在《鲁迅先生于我》一文中，丁玲用深沉的思念和真挚的感情去描摹她所敬仰的鲁迅先生，因为开会迟到“像小孩子犯了小错误，微微带点儿抱歉的羞涩的表情”，以此突出鲁迅先生平凡、纯洁的一面。作家的情感似涓涓的细流，那绵绵的怀念之情，显得那样真挚、深沉。

《我所认识的瞿秋白同志》这篇散文与《鲁迅先生于我》抒情方式又不同：思鲁迅，在于赞美他伟大而又平凡的品格；思秋白，在于突出他是一个“复杂”而又勇敢的人。秋白一生处于“文化与政治的歧路”两难之中，他认为这是自己未能“从‘异己’的阶级完全跳出来”的原因，于是在敌人的监狱中写了《多余的话》。怎样看待《多余的话》？有人硬说它是“叛徒的自白”，但丁玲抒发了这样的感慨：“秋白明明知道自己的死期已经临近，不是以年、月计算了，但仍然心怀坦白，举起小刀自我解剖，他自己既是原告，又是被告，又当法官，严格地审判自己。他为的是什么？他不过是把自己当作一个完全的布尔什维克来要求自己，并以此来品评自己的一生。这正是一个真正的布尔什维克的品质……”[①]与此同时，丁玲在评价秋白的时候，还渗透了自己的许多人生体味与经验、认识与思考，情感蕴藉、深沉！

秋白的一生是战斗的，而且战斗得很艰苦，在我们这个不够健全的世界上，他熏染着还来不及完全蜕去的一丝淡淡的、孤独的、苍茫的心情是极可同情的。他说了一些同时代有同感的人们的话，他是比较突出、比较典型的，他的《多余的话》是可以令人深思的。但也有些遗憾，它不是很鼓舞人。

这段文字，既有赞扬，也有同情和理解，更含有某些遗憾，因为《多余的话》并“不是很鼓舞人”的。

① 丁玲：《我所认识的瞿秋白同志》，见《丁玲文集》第5卷，湖南人民出版社1984年版，第111页。

瞿秋白是复杂的，丁玲评论他的感情也是复杂的！

丁玲说："一篇好的散文也能就历史的一页、一束感情，留下一片艳红、几缕馨香……能引起读者的无穷思绪，燃起读者的一团热情，给人以高尚的享受，并从享受中使人的精神充实、净化、升华，使人得到力量，推动社会前进。"①

正因如此，丁玲的散文才有一种崇高豪迈之情、一种崇高大气之美。

① 丁玲：《我也在望截流》，见《生活·创作·时代灵魂》，湖南人民出版社1981年版，第220页。

喜欢“真情性”，“火热、火热”

在审美活动中，人的各种主观因素对审美活动所产生的影响是复杂的。同处于一个时代、一个社会的作家，因其出身、教养、经历、审美理想与审美能力的不同，其审美情趣也各异。同是生活于宋代，苏东坡喜欢的是大江东去的雄奇；辛弃疾欣赏的是西风塞马的苍劲；柳永吟唱的是晓风残月的旖旎清幽。同是生活在“五四”时代，鲁迅的审美情趣和郭沫若、茅盾、巴金就不一样。鲁迅喜欢深沉雄大的汉人石刻，不喜欢典雅、纤巧的“琥珀扇坠”。他写人物，喜欢“写真的活的人”。他曾说，“看一位不死不活的天女或林妹妹”，“不如看一个漂亮活泼的村女”。郭沫若的诗风，则有如乐山大佛那样豪放雄伟。

丁玲说：“我喜欢淡雅，但我更喜欢火热火热的……”①

丁玲将这种喜爱渗透进她的作品，她笔下的女性形象，富有火热火热的审美特质，有热辣之美。她们对工作有火一样的热情，对人民有火一样的心肠，对人生有火一样热烈的追求。她们不是一群没有灵魂的躯壳，她们不是一群混混沌沌的寄生虫，不是任人摆布的木偶，也不是一群懦弱无能的窝囊废。她们以其火一样的热情探索人生，探索女性的自我价值，探索社会，积极参与社会的变革。

丁玲说过：“人不只是求生存的动物，人不应该受造物的捉弄，人应该创造，创造生命，创造世界。”

丁玲笔下的女性，大多具有这种创造精神。陆萍为改善医院的环境，创造一个既卫生又舒适的医院而与环境作斗争；贞贞不愿留在

① 丁玲：《谈写作》，见《丁玲文集》第6卷，湖南人民出版社1984年版，第373页。

霞村，戴着“不贞洁的帽子，继续在某些人的嫌厌和鄙视的目光下生活”，她要到延安，在那里治病、学习，从头做起，创造一种崭新的生活；曼贞不愿过少奶奶生活，毅然放脚读书，为自己寻求一条自立之路，和男子一样在社会上工作，过一种全新的生活；杜晚香不愿当一个农工家属，而要亲身参加生产和建设的大军，为社会创造财富。她们身上，都有一种主体精神，有火热的情怀、火辣辣的性格。

这些女性少有忍耐、驯服、贤淑、柔弱的品性，而更多洒脱、豪放、强悍的男子汉气概。和丁玲本人一样，她们很少有脂粉气，更多地具有一种阳刚之美、雄强之美。她们像秋瑾女士那样：“身不得，男儿列；心却比，男儿烈。”她们不但有与男子求同的意识，甚至还有赛过男儿的大女子气概。

有趣的是，在丁玲笔下的男子汉，尚未有一个形象超过以上这些熠熠生辉的女性形象的。

如瞿秋白所言：“冰之是飞蛾扑火，非死不止。”丁玲也将自己这种“非死不止”的倔强劲儿、执着的意志、刚毅的性格注入莎菲们的体内。陈老太婆（《新的信念》）便充分展示了莎菲们这种“非死不止”的钢铁意志。这位农村老太婆“非死不止”的钢铁意志，就体现了一种阳刚之美。陈老太婆不沉湎于过去的痛苦，而是执着地追求着美好的未来，坚毅地、无所畏惧地面对人生，她是一个坚韧、顽强的时代女性。

丁玲赞美陈老太婆是黄土地上紫色的灵魂！

“女性而非女子气”的文体风格

作家的文体风格诚然要受到文化的制约。众所周知，“人之所以为人的根本特点就在于他的文化属性，亦即他创造和使用语言的能力。语言与文化之间具有可通约性，只有从文化的角度才能合理地解释语言现象；反过来，适用于语言学的东西，也适用于文化分析。”[①]由此可见：“人是文化的动物”，人能创造和使用语言，这是人的重要本质特征之一，而语言现象本身就是文化现象。因此作家创造的作品，其文体本身就必须充满着文化的意味。

马克思说，人的“类特性”是能够“自由地自觉地活动”。“自由”是指它符合事物的规律性；“自觉”，是指它能符合人类的目的性。正因为如此，作家的文体风格及其演变，也必须与现实相联系，受作家的思想观念、个性气质、审美情趣制约。“蓬勃着楚人的敏感和热情”的丁玲，“蛮”“倔”“辣”的丁玲，喜欢“火辣辣”“真情性”的丁玲，她的文体风格必然与她的上述特点密切联系。

尼姆·韦尔斯认为丁玲“是一个女性而非女子气的女人”。她是一个女性作家，有女性作家的敏感、细腻。她善于记录人物一阵阵心灵的悸动、一声声灵魂的叹息。人物丰富的心灵世界和情绪世界，往往被描绘得淋漓尽致，写得精确细腻。但丁玲又非“女子气”。司马长风认为“她直吐胸臆的风格，有男子气，有长风破浪的豪放”。苏雪林认为：她描写场面魄力沉雄，语气淋漓酣畅，有男子汉的作风。

许多评论者认为：丁玲的小说创作又往往将分析和议论糅进叙述

① 陶东风：《文体演变及其文化意味》，云南人民出版社1994年版，第129页。

和描写中，表达了自己对人生、人的命运、人的价值的认识与评价，对理想的追求与憧憬，对社会痼疾的忧患，对生活哲理的思考……这样，便为她的作品增加了力度和深度，表现出一种理性色彩。

赵园在她的《艰难的选择》一书中这样评论丁玲：

她把波澜迭起的人生带进她的人物世界，使她的人物在与环境的不断碰撞中备受折磨。也像一般的女性作者，她禁不住要参与她的人物的生活，但不是用抒情，而是用分析。至少在当时，还没有哪个女性作者，把如此浓重的“理性色彩”带进作品……她力求“广大”——潜意识中未始没有对女性的“传统世界”的否定，但她的力量却并不在于“广大”，而在她的思考的尖锐性与重大性，在于她特有的理性，以及调和理性与感性的富于个性的方式。这种特点尤其因为作者是“女性”而格外引人注目。①

的确如此，丁玲“引人注目”的原因在于她既有女性作家的细腻又有男性作家的粗犷雄浑；既有发人幽思的柔情，又有刚劲有力的笔锋；既像女性作家那样以情感的具象方式把握世界，同时也善于和男性作家一样作智者的理性思考，以抽象的方式把握世界。这样，丁玲的文体风格，便显示了刚柔相济的审美特质、从容朴厚的作风。但是，这种文体风格，有其形成和发展、成熟的过程。她在追随时代思潮的同时，对小说的表现方式和风格进行了广泛的卓有成效的探索，表现在以下几方面。

其一，早期创作中苦闷感伤、焦躁郁愤与精确细腻的文体风格并存。

一般来说，女性作家的创作一开始往往从女性局部经历中取材，以“表现自我”为目的，所以她们的创作往往带有自叙传的性质，丁玲早期的创作，也明显地有自叙色彩。她的《在黑暗中》《自杀日记》

① 赵园：《艰难的选择》，上海文艺出版社1986年版，第175页。

《一个女人》三个集子中所描写的全是清一色的在黑暗社会的重压下，痛苦挣扎、彷徨苦闷、追求幻灭的小资产阶级青年女性，一群莎菲式的现代女性。她们的处境和命运，与那时丁玲的处境和命运相似，有着丁玲的浓重身影。

“五四”以后，丁玲走南闯北，东奔西走，到处寻求出路，可是出路在哪里呢？她到处追寻理想，而理想又无影无踪。于是她感到孤独、寂寞、极端的苦闷。这位狂狷孤傲的女性，没有看清楚方向，她空有冲天的雄心，因而不得不抑郁、感伤、愤懑。就在这种情况下，她提起了笔，将自己的愤懑和不平，对封建传统的叛逆和反抗，对前途的迷惘和困惑，统统写进了《莎菲女士的日记》中，并使小说笼罩着一层忧郁和感伤的气氛。

同时，由于创作主体那时的“心里就像要爆发而被紧紧密盖住的火山”，她把对社会的反抗和批判、把心中的郁愤和焦躁似沸腾的岩浆般喷吐在她的小说中，因而，她的小说使人感到有一股似狂风暴雨般的冲击力、狂躁激越的情绪张力。与此同时，这种郁愤与焦躁的情思，又给作品带来了阴郁感伤的情调，给作品带来感伤的风格。

同时我们也应看到，她早期的小说，在描写人物内心的矛盾和痛苦时，尤其显得细腻。丁玲熟悉女性的生活，她天资聪敏，善于捕捉生活的细枝末节、人物心里掀起的波澜。如沈从文所言：她是“一个沉静的人，由于凝静看到百样人生，看到人事中美恶最细致部分，领会出人、事、哀、乐最微小部分”。[①]她观察细微，描写细腻。她用剖白式语体与大胆的心理分析，以女性的善感，细腻地去描写深受压抑而又善感的女性，揭示人物内心隐奥的一隅。

丁玲擅长捕捉人物心灵悸动或感情倾斜时一刹那的闪念，并由此引起的一系列连锁心理反应。阿毛只因为进了一次城，看到那繁华、热闹的城市，她因此迷醉，“由于这次旅行，把她在操作中毫无所用

① 沈从文：《记丁玲》，上海良友图书印刷公司1934年版。

的心思，从单纯的孩提一变而为好思虑的少女了”。这次进城，使阿毛的心理来了个突变，她羡慕城里人的生活、新式男女的享乐，喜欢摩登女郎好看的衣服。她懂得这都是因为她们有钱，或者她们的丈夫、父亲有钱，钱把同样的人分成许多阶级，“本是一样的人，竟有人肯在街上拉着别人坐的车跑，而也竟有人肯让别人为自己流着汗来跑的。自然，他们不以为羞的，都是因为钱”。阿毛不信“命”了。假如自己不是嫁给种田的小二，也不至于被逛城的太太们所不睬。阿毛逛城所起的变化，她的“一刻突变”，给她后来的生活带来了根本性的转折。要是她不进城，也许她只会眼光固守在这个家上，安分地和丈夫小二甜甜蜜蜜地生活下去，生儿育女，安贫乐道。但她终于要和命运抗争，要改变自己贫穷的处境，这种新的欲念促使阿毛发生了一系列的变化——由欲望挣钱而拼命干活而终于灰心，最终自杀。就这样，丁玲敏捷地捕捉了阿毛一次逛城心理变化的重要的一瞬，并浓墨重彩地发掘这一瞬在人物生活中的特殊意义，从而生动、细腻地将人物千变万化、难以捉摸的心理活动刻画出来，使读者清晰地看到人物感情的涟漪和心理的波澜旋涡。

这种细腻透视，得到许多评论家的赞誉，贺玉波就称赞过，“丁玲女士的作品是具有特殊风格的。她善于分析女子的心理状态，并且来得精确而细腻……”

其二，“左联”时期，由于语境的改变、创作的转型，丁玲小说的文体风格发生了变化，一扫早期苦闷感伤、焦躁郁愤而变为开朗、明快。

每一位作家总是生活在一定的社会关系和时代环境中，随着社会的变革，随着作家社会实践、生活环境和政治地位的改变，时代的文学潮流的发展、作家的艺术观及其文体风格也可能起某种变化。

20世纪30年代初，丁玲的生活和创作发生了转型。她跳出了小资产阶级知识女性生活的狭小天地，投入工农大众的火热斗争生活中，她的浪漫宣告了结束，她告别了莎菲们，也告别了苦闷和感伤，开始描写新的题材。

我们在丁玲这一时期的作品中，可以看到1931年波及中国大地16个省的空前大水灾给人民带来的灾难（《水》）；工人群众纪念“九一八”的爱国热情（《夜会》）；在蒋介石屠刀下英勇就义的革命者（《某夜》）；还可曲折地听到从另一个世界——革命根据地所带来的消息（《消息》）；看到农民无法生存，借债做盘缠，奔到上海而希望却被撞得粉碎的惨状（《奔》）……总之，作者从不同的侧面和角度，描绘了时代的风云、社会的侧影。作品的聚光镜对准了20世纪30年代严酷的社会现实：高压的政治环境、困厄的经济状况、无可抗拒的天灾。我们从她这一时期的作品中似可听到隆隆的炮声，看到刀光与剑影、遍地的饿殍、涂炭的生民、革命者殷红的鲜血……这些组成了一幅明明暗暗、色彩斑驳的历史画卷，展现在读者面前。

作者这一时期所描写的，正是这些重大的现实题材，以及新的主人公。题材、主题、人物形象的变化，必然带来作品形式的变化。这种变化的标志便是《水》。这篇小说与丁玲早期小说比较，有其显著特点。

第一，如冯雪峰所言，“作者有了新的描写方法，在《水》里面，不是一个或两个的主人公，而是一大群的大众，不是个人的心理的分析，而是集体的行动的开展”①。

丁玲自己也说过，她这一时期的作品，也由“从个人自传似的写法和集中于个人，改变为描写背景”。

《水》正是这样，侧重于刻画群体形象。小说写了待在堂屋里和在一个渡口抗洪抢险的老少农民们：絮絮叨叨悲叹老天不公平的老外婆，不信菩萨的大福，好讲点儿故事的大妈，从已溃了堤垸的牛毛滩逃难而来的妇女，遇险却有理智的长工李塌鼻，四面八方涌来的护堤

① 冯雪峰：《关于新小说的诞生——评丁玲的〈水〉》，转引袁良骏编：《丁玲研究资料》，天津人民出版社1982年版，第246页。

的男人，吼叫着要灾民们不要上当、不要相信官府的裸身的汉子……作者只是速写了集体的群像，因为这样做特别适合于描写重大历史事件、群众生活场面，表现群众的情绪、时代的气氛，灾前灾后农民的思想感情等。

第二，注重渲染环境气氛，注重背景的描写。

《水》有声有色地渲染了溃堤前紧张不安的气氛，渲染了农民彻夜未眠的忧心：男人们大多上了堤抢险，老的和小的，还有女人在家度过了一个不眠之夜。她们侧耳静听，远处有狗叫声，风在传送一些使人不安的声音，像有一根无形的绳索，在牵系着每个村民的神经，恐怖的不安的神经。老鼠也知道要涨大水，在忙着搬家。风带来了潮湿的泥土气，远远的模糊的男人说话的声音。火把向堤那边走下去……牛毛滩溃垸逃来的灾民，报告那里连人带屋被大水冲走的消息，这更增加了恐怖感。

从堤那边传来了铜锣的声音，虽说是远远地传来，声音并不闻耳，可是听得出那是在惶急之中乱敲着的，在静夜里，风把它吹得四散飘去，每一槌都重重地打在每一个人的心上。锣声，那惊人的颤响充满了辽阔的村落，村落里的人、畜、睡熟的小鸟，还有那树林，都打着战跳起来了，整个宇宙像一条拉紧了的弦，触一下就要断了。[①]

在这里，紧张不安的气氛被烘托得淋漓尽致。

第三，场面描写气势恢宏、粗犷、雄浑。

《水》是这样描写溃垸场面的：

人头攒动，慌急地跑来跑去，土块和碎石、田里的湿泥，不断地掩在那新的盆大的洞口上，黄色的水流，像山洞里的瀑布，从洞口上冲下来，土块不住地倾上去，几十把锄头随着土块捶打，焦急填满了人心。

一处地方忽然被冲毁了一个缺口，他们来不及掩上，水滚滚地流进来。

① 丁玲：《水》，见《丁玲文集》第2卷，湖南人民出版社1983年版，第379页。

……发亮的水朝这里冲来，挟着骇人的声响，猛然一下，像霹雳似的，土堤被冲溃了几十丈，水便像天上倾倒下来地卷来，几百个人，连叫一声也来不及便被卷走了……①

场面描写如此恢宏、粗犷、雄浑，令人叫绝，为许多评论家所赞叹。诚如苏雪林所言："描写恐怖的心情、紧张的气势，有天跳地踔鬼泣神号之概。文笔之排奡、魄力之沉雄、语气之淋漓酣畅，沛然莫御，可叹为观止。"②

水灾之后，又是一番情景：

天慢慢地亮了。没有太阳，愁惨的天照着黄色的滔滔的大水……那吞灭了一切、怕人的大水，那还逞着野性，向周围的斜斜的山坡示威的大水。愁惨的天空还照着稀稀残留下的几个可怜的人，无力地……用着痴呆的眼光，向高处爬去。③

大水淹没了大片的原野，埋在那下面的，是无数的农人和他们的辛勤劳作。水面上漂浮着婴儿的摇篮，房屋半睡在水中，树梢间漂浮着死尸……饥饿、瘟疫袭击着每一个村庄。饥饿的人群，日夜沸腾着叫号和啜泣。在忍无可忍的情况下，天将蒙蒙亮时，一队人，一队饥饿的奴隶，男人走在前面，女人也跟着跑，咆哮着，比水还凶猛地，朝镇上扑过去。

著名评论家杨义认为：《水》的作者"能够把握开阔场面的描写，把人群中复杂的、不断发展和激化的情绪交织在场面勾勒之中，一张一弛，起伏有序，常见眼泪与希望夹杂，在希望破灭中导向惨剧，在惨剧缝隙中吐露怒火。文字是冗赘的，冗赘中有沉重感，有力度"。④

① 丁玲：《水》，见《丁玲文集》第2卷，湖南人民出版社1983年版，第388页。
② 苏雪林：《二三十年代作家与作品》，广东出版社1979年版。
③ 丁玲：《水》，见《丁玲文集》第2卷，湖南人民出版社1983年版，第289页。
④ 杨义：《中国现代小说史（中）》，人民出版社1997年版，第263页。

除了《水》之外，丁玲这个时期还写了许多不同题材的小说。不同的题材，其本身有不同的性质和特点，它制约着作品的文体风格。作品的文体风格应当随着对象的不同而发生变化，也就是说，题材选择风格。

于是，在这一时期，从丁玲的小说中，可以听见都市喧闹的声音，看见明快的如电影蒙太奇式的都市镜头；这一时期有恬淡、宁静、乡野气息很浓的《田家冲》；有以从容舒展的笔墨展示一个封建大家庭的崩溃和女主人公曼贞的艰难历程的《母亲》；有被软禁于南京，隐晦曲折地表达自己政治倾向的小说《意外集》；还有在“孤冷的月亮在薄云中飞逝，把暗淡的水似的光辉，涂抹着无际的荒原”的背景下，写一个掉队的小红军的机智和勇敢及与老百姓的鱼水之情……其文体风格显得开朗和明快。显示了作品多样的题材、多样的文体风格，表现了这一时期文体风格的丰富性，作家艺术才能和创作个性得到充分施展和发挥。

开朗、明快是这一时期丁玲小说文体风格的主色调，但也仍然保存了早期的精确和细腻。比如1931年4月写的《从夜晚到天亮》，它是在胡也频遇难后两个月写的，此时的丁玲虽然仍在勉力奋斗，但是，爱人的牺牲，幼子寄养于远方家乡，孤身一人住在这个大上海，悲伤亢奋的心境使她采用意识流的手法去描写她从夜晚到天亮驰骋的思绪。这一晚，她时而怀念爱人，时而想念老母和幼子，时而又想到熟友的天真的幼女，时而又想起白天在电车上见到的一个身影，幻想她的爱人能从人堆里走出来……这些念头混乱地交叉于脑海，使我们看到一位于无限悲伤中怀念亲友、爱人还尚能自持、自勉“正确地、坚忍地向前走去”的女性的内心痛苦。这种淋漓尽致的内心描写，和她的早期小说一样，有异曲同工之妙。

其三，20世纪40年代，阳刚和阴柔相济，粗犷和细腻交融，单纯、明朗与丰富繁复结合。

20世纪40年代，丁玲在解放区创作了《我在霞村的时候》《在医院中》《夜》《太阳照在桑干河上》等优秀名篇，个人的文体风格更为成熟，其“女性而非女子气”风格更为突出，下面以《太阳照在桑干河上》为例。

从选择和驾驭题材方面看：一般来说，女性作家往往从女性自我出发，选择“自我”或身边琐事，如爱情、家庭、婚姻等微观地带；而男性作家的视线，则更多地注视广阔世界的大波大澜，注视人与自然、人与社会、人与现实、人与历史的宏观领域。《太阳照在桑干河上》正是属于后者。从小说的内容看：它不在于突出其“暴风骤雨”的特点，而在于从文化方面透视中国农民的文化心理，突出土地改革的复杂性、艰苦性、尖锐性。

小说不仅反映了暖水屯从社会、村落到家庭、个人所发生的深刻变化，也从政治、经济、思想、道德、文化心理等多个角度揭示这场斗争对农民旧的观念的冲击，揭示农民从政治、经济翻身到思想、心理翻身的艰难历程，从而，多元地反映土地改革给中国农村和农民带来的巨大的深刻的历史性变化。对于这种翻天覆地变化的展现，其气势之恢宏、磅礴，充分体现了一种雄浑之美。这种恢宏与雄浑，和前一个时期所写的《水》，是一脉相承的，也可以说是继承与发展。

第六章　附　录

桑干河畔忆丁玲

张玉春（涿鹿县文联）

毛主席《在延安文艺座谈会上的讲话》发表至今已70年了。70年来，广大文艺工作者，遵循《讲话》精神，深入生活，联系群众，写出了许多反映现实生活，人民大众喜闻乐见的不朽佳作，也产生了许多深受人民大众敬仰爱戴的作家、艺术家，其中丁玲就是杰出的代表。凡是了解丁玲的人，无不深情缅怀这位文坛巨匠。特别是她的第二个故乡——温泉屯的乡亲们更是神驰遐想，无限追忆这位老人的音容笑貌和丰功伟绩。让我一直不能忘怀的就是她那慈祥的面容、和蔼的神态及亲切的话语。

记得那是1979年中秋节的下午，阔别20年的丁玲老人又故地重游，回到了温泉屯。消息不翼而飞，我父亲委托我前去看望这位德高望重的老作家（丁玲到这一带参加土改运动时与我父亲相识）。

中秋时节，是丰收的季节。田野里碧波万顷的葡萄架上挂满了紫微微的葡萄秧，田埂、路边的枣树被一串串火红的大枣压弯了枝头。中秋时节，是飘香的季节。金黄的大鸭梨和鲜红的大苹果散发着诱人的郁香。虽是斜阳西下，然而天气依然很热。一路上，我兴奋得健步如飞，额头和手心都沁出了汗。

来到温泉屯大队部，只见两排砖瓦房在迎风飘舞的垂柳掩映下显得美观别致，两辆小轿车停在洁净的院中。我沿着走廊走到一间客房的门前，轻轻推开门，屋子里的人们正津津有味地交谈着。其中一位白发苍苍的老妈妈正端坐在靠窗边的床上，她就是我国著名女作家丁玲老人。

见我进屋，丁玲老人中断了与旁人的谈话，像招待故友似的，亲切地伸过了她那双温暖的手，笑着拉我挨她坐在床上，问这问那，谈趣甚浓。那时，丁玲已是75岁的老人了，但她那饱经风霜的脸上洋溢着非凡的神采。

陈明、蒋祖慧等人见丁老那么认真，怕打扰我们的谈话，都走了出去。

屋子里只有我和丁老。她问起我父亲的身体和生活情况，当得知在“文革”期间我父亲也惨遭摧残时，她十分痛心。听说后来给我父亲恢复了名誉，并且信任他，让他看机井、管仓库，生活也能过得去，丁老说：“林彪、‘四人帮’确实残害了一大批好人，‘文革’就是错误发动，又被坏人利用了，不过，我们总算挺过来了，活着就好。受点儿挫折，遭些磨难没什么，党不是也遭受了重大损失吗？我们的命运是和党连在一起的，只要党信任我们，我们就无怨无悔，为祖国的现代化建设生光发热……”

谈到创作《太阳照在桑干河上》时，丁玲告诉我，1946年夏天，党关于土改的指示传达下来，她请求参加晋察冀中央局组织的工作，来到怀来、涿鹿一带带进行土改，就住在房东曹永明家。当时老曹任温泉屯村党支部书记，我爹任龙王堂村党支部书记。《太阳照在桑干河上》的主人公张裕民的艺术形象就是取了我爹的姓，取了老曹的名，将他二人糅合起来的形象。丁玲说：“如果不深深根植于广大的人民群众之中，设身处地地为他们着想，与他们同甘共苦，就很难了解他们，就写不出受他们喜爱的作品。我在狱中通读了《马克思全集》和《恩格斯全集》，这是一套百科全书，这部书非看不可。要想在人生的道路上少受挫折，多得收获，就得树立一个正确的世界观，用马列主义的观点去观察，去分析和思考。不熟悉生活，不了解社会，不深入群众，即使凑合点儿东西，也不会有很强的生命力。生活是取之不尽、用之不竭的创作源泉，离开了生活，艺术之树就要凋谢。”

“在延安文艺座谈会上，毛主席早就为我们指明了方向。《讲话》给了我最大的信心和力量，我能活过来，还能为人民写作，是同这一段时间受的教育分不开的……”

当我们攀谈得正起劲的时候，丁玲的丈夫陈明来邀丁玲同老县委书记王纯、温泉屯村支部书记程有志、公安处副处长龚沧等人合影留念。丁老一边收拾衣物一边说：“实现四个现代化，首先是科学技术现代化，人才是关键，教育是基础，所以你们当教师的责任重大，好好干，前途会有的！”

“今晚我就走了，今后还来嘛，你们买书都到城里去，实在太困难了，你应该建议公社办个文化馆或图书室，以丰富青年人的生活，活跃农村的气氛……”

我们边走边谈，来到大队部西边的空地上，夕阳给正在施工的人们和脚手架镀了一层金辉。大家借着这样的背景合影留念。照了相，我们都朝程有志的家中走去。

一路上，老程兴致勃勃地向丁老介绍温泉屯的远景规划，丁老不住地点头微笑。从田地里收工回来的人们，都怀着崇敬的心情，自觉地站到路边迎送丁老。他们都想多看一眼这位曾经在温泉屯战斗、生活过并给他们带来温饱和幸福的老人。

借着夕阳的金辉，在程有志院内那几棵向日葵旁，我站在丁老的身边，丁老的女儿为我们拍下了一张永远值得珍藏的照片。此时此刻，我激动的心头顿然涌出“中秋夕阳分外红，桑水桥山迎月明。凤凰涅槃蛾扑火，俯首耕作续后人”的诗句。

傍晚，程有志和乡亲们用土改时的家乡饭——小米饭和毛豆角招待丁老一行。触景生情，她仿佛又回到了当年，觉得一切都格外亲切，她格外兴奋。

东方一轮金黄的圆月正冉冉升起。“月是故乡明。”是啊！丁老刚从山西获得自由回到北京不久，住处还没着落，就不顾身患病症，恳求医生推迟手术，急着重返温泉屯，看望她的农民朋友。她是多么惦记这里的父老乡亲呀！她惦记这里的山山水水，惦记这里的一草一木，这里是她曾经工作和居住过的地方，是她深入生活走向辉煌的地方，这里是她的第二个故乡……

流不尽的桑干河水呀，你是那剪不断的缕缕情思！

事情虽然过去30多年了，丁老那刚毅质朴、平易近人、精神矍铄的音容笑貌一直留在我脑海里，时时鼓舞我刻苦奋进。

今天我们缅怀这位功勋卓著的文豪，就是要学习她努力践行《讲话》精神，把一切都献给党、献给祖国和人民。我们应深深根植于人民群众之中，辛勤耕耘，创作出人民群众喜闻乐见的好作品，奉献出振奋人心、鼓舞斗志的精神食粮，以告慰丁老的不朽英灵。愿丁老深入群众、深入生活的精神发扬光大，愿丁老的艺术之树万古长青。

作于丁玲100周年诞辰之际

修改于《讲话》发表70周年之时

情系桑干河

李怀宇（涿鹿县文联）

桑干河源出于山西省宁武县的管涔山，它一路穿山越水，容纳了奔涌而来的灰河、浑河、壶流河，流到了著名的涿鹿县。县里有一个温泉屯，南依桥山，北靠桑干河，是个千年古老的村庄。温泉屯因丁玲的长篇小说《太阳照在桑干河上》而闻名于世。

1946年夏天，中国现代著名女作家丁玲和陈明、赵路、赵珂及区干部老董共5人组成的土改工作队来到桑干河下游南岸的温泉屯进行土地改革。丁玲与当地农民同吃同住，了解情况，与当地农民结下了深厚情谊。土改刚结束，内战又爆发，国民党几十万军队“围剿”解放区。土改工作队随军南下，进行战略性转移。温泉屯人民不顾敌机狂轰滥炸，冒着生命危险，护送丁玲等人转移。

丁玲说：“这使我想到温泉屯刚刚获得土地的男女老少，又要遭到还乡地主的报复迫害，我怎样都挪不开脚，离不开这块土地，我曾想留下，同这里的人民一道打游击……”“我爱这段生活，我要把他们真实地留在纸上，留给读我书的人”。经过两年多的酝酿，当她行军转移到革命老根据地阜平时，便开始创作《太阳照在桑干河上》这部长篇小说。

小说描写桑干河畔“暖水屯”的一场波澜壮阔的土地改革运动。小说中这个“暖水屯”的原型就是涿鹿县的温泉屯，小说中的主人公张裕民也是以当年作家的老房东、温泉屯的党支部书记曹永明为原型而创作的。

1948年9月，《太阳照在桑干河上》出版。1949年初，温泉屯人民收到丁玲寄来的书，村党支部书记曹永明赶快找来村里识字的先生，给丁玲回信："温泉屯人民想念你，盼望你回来看看。"

在丁玲一生中，她总是把温泉屯当作自己的第二故乡，生前曾三度踏上这方让她日夜眷恋的热土。新中国成立以后，丁玲担任了许多领导职务，工作繁忙。但是，她始终没有忘记与她结下深情厚谊的温泉屯。1953年秋，丁玲回到了温泉屯，受到了当地领导和乡亲们的热情接待。这次故地重游，当她看到了乡亲们的文化生活比较贫乏时，毅然从自己的稿费中拿出一部分送给温泉屯建立农民文化站。在农民文化站落成典礼那天，丁玲同志因工作繁忙，未能前来祝贺，便从北京发来了一封热情洋溢的贺信，并委派专人从北京为农民文化站送来了1000多册文学、艺术、科技类的图书和收音机、留声机、幻灯机，还有各类文体器材，丰富了乡亲们的业余文化生活。更让温泉屯周围十里八村乡亲们开心的是，还看到她特意请来的北京木偶剧团的精彩表演。乡亲们平生第一次看到电影《白毛女》，真是大饱眼福。

由作家丁玲亲手创建的温泉屯文化站，是我国第一所农村文化站，开创了中国农村文化活动的先河，具有深远的历史意义和现实意义。出于历史的原因，这座饱含着作家深情厚谊的群众文化活动场所，在"文革"初期被迫停办，站内所有的文体器具、图书等也随之荡然无存了。

历史悠悠，岁月如歌。1976年以后，中国的历史翻开了崭新的一页。在党中央的关怀下，丁玲恢复了党籍和职务，重新获得写作权利。1979年中秋时节，丁玲不顾自己年迈多病，在爱人陈明先生、女儿蒋祖慧等一行陪同下，再度踏上温泉屯这片让她魂牵梦萦的故地，受到了当地领导和群众的欢迎。在短暂的访问期间，她见到了阔别20多年的老房东曹永明一家，亲切地接见了被当地群众称为"桑干河畔土专家"的程有志同志及慕名前来拜望的文学青年。至今，这段故事还被当地人民广为传颂。

丁玲一生与桑干河温泉屯结下了不解的情缘。1986年2月，丁玲生命垂危。有一天她嘱咐守候在床边的丈夫陈明："你让曹永明他们来，我想再看他们一眼……"

曹永明接到丁老病危的消息，赶忙从家乡赶到北京。丁老在病床前，双手摸索着曹永明的手，凝望着眼前这位饱经沧桑的老人，想到因为把他作为《太阳照在桑干河上》一书的主人公原型而导致他在"文革"中挨批判、斗争之事，生命垂危的丁老不禁热泪纵横。病房里在场的人也不禁潸然泪下。丁玲与桑干河的情缘至死不渝。如今，丁老已去世20多年了，沧海桑田，桑干河已经发生了巨变，经济繁荣，人民安康，九泉之下的丁玲可以安息了。

生死之恋

李赫仁

死别：你慢慢地走……

1986年3月4日上午10点45分，一代文豪丁玲陨落了，世界文坛为之震惊。生前，美国文学艺术院授予她荣誉院士的称号。证书寄到木樨地，是北京时间3月25日。晚了21天，丁玲看不到了。

“死也这样难！”这是丁玲病危住院在病床上辗转反侧时的感喟。生，对她来说，何尝不是同样艰难。丁玲一生布满荆棘。在1927年开始的近60年文学生涯中，丁玲坐过两次监牢，第一次是1933年在上海昆山花园路被国民党特务秘密绑架，随即押到南京囚禁3年多。此前，她的丈夫胡也频被国民党杀害于上海龙华。第二次是1970年林彪、“四人帮”横行的时代，在北京秦城监狱被关押5年多。此前，丁玲本人已是“恶贯满盈”。1955年12月中央批发作协党组关于“丁玲、陈企霞反党小集团”的报告。1957年“反右”斗争中，升格为“丁玲、陈企霞、冯雪峰右派反党集团”，成员从原先两人增加到7人，包括艾青、罗烽、白朗、李又然。此后，丁玲去了“北大荒”，留下了20多年的文学创作空白：没有发表过一篇文章，没有出版过一本书。

这一幕幕的人生悲剧，旁人是难以理解也无法体味到的。只有一个人，他理解丁玲，体验到了丁玲的无限痛苦。他就是丁玲的丈夫、陪伴丁玲走完远较前半生更为崎岖更为险峻的后半生道路的伴侣——陈明。丁玲生前曾经不止一次地对人说：“如果没有陈明，我一天都活不下去！”这是丁玲对陈明的最高评价。

在丁玲病重住院的人生最后的四五个月里，陈明日日夜夜陪伴着她、照料着她。他憔悴了，衰老了，昔日的华彩消逝了，一双炯炯有神的眼睛爬满了血丝。弥留之际，丁玲从昏迷中醒来，她望着陈明那瘦削下去的脸颊，内心一阵疼痛。“我爱……我是爱你的，我只担心你，你太苦了，你也会垮的！”丁玲急切地寻觅着往日她爱看而看不厌的熟识的目光。

丁玲是多么渴望看到陈明那双大而有神的眼睛。她在《“牛棚”小品》中写道：“我们就可互相睨望，互相凝视，互相送过无限的思恋之情。你会露出纯净而炙热的、旁人谁也看不出来的微笑。我也将像30年前那样，从那充满了像朝阳一样新鲜的眼光中，得到无限的鼓舞，那种对未来满怀信心，满怀希望，那种健康的乐观，无视任何艰难险阻的力量……可是，现在我更是多么渴望这种无声的、充满了活力的支持。而这个支持，在我现在随时都可以倒下去的心境中，是比30年前千百倍地需要，千百倍地重要呵！”

可是这一回，泪水淹没了陈明的眼睛。医院几次发出病危的通知。左心室肥大、血压偏高、尿素氮指数上升到60多；气管炎发作，剧烈咳嗽不止，急性心力衰竭，呼吸困难；心、肾、肺等器官都出现问题，接着病毒性休克，几乎全天处于昏迷状态。病情在继续地恶化。陈明的心在继续地下坠。他怕丁玲难过，违心地避开了丁玲的眼光，转过身去抹掉泪花。

“你再亲亲我。”丁玲深情地望着陈明，嘴唇翕动着。陈明把头侧过去，耳朵贴到她的嘴上去，只听她说“亲亲我”。陈明的心颤抖了，他与丁玲患难夫妻40年，记不清丁玲说过多少回“亲亲我”，这一回他感到非同寻常。下午医生要给丁玲做气管切开手术，吸出堵在气管中的痰液以控制炎症的大面积蔓延。丁玲昏睡的时间越来越长，昏睡的次数越来越多……想到这一切，陈明害怕了，一阵恐惧犹如江潮汹涌而来。莫非今天，老丁意识到自己已经走到生命的尽头？陈明再也不敢往下想了，他强忍着眼泪，俯身轻轻地吻了她。丁玲闭上眼睛，安然入睡。脸上泛着宁静幸福的微笑。或许她还在回味着刚才老伴给她的那个吻，或许她又沉浸在刚才昏睡时做的那个梦：梦中有两尾鱼，她轻轻地一招呼，两尾鱼合成了一条，又突然化成了她和陈明。

陈明老矣，力不从心了。他未能留住丁玲。她走了，涅槃了，成佛了，走向天国……

“你慢慢地走，从容地走……”丁玲灵前摆着陈明献的花圈，白色缎带上的悼词这样写着。老丁，你为何去也匆匆？我们不是讲好，你出院以后什么事都不管，只管你的文章，我们还要在人间携手奋斗呢！你慢慢走，小心路滑……你放心走吧，你对中国的贡献与牺牲是问心无愧的……

生离：我要永远爱她

1942年2月丁玲与陈明结婚了。没有仪式，没有请客人，两人手携着手，兴高采烈地走在延安街头。他俩是特地到罗烽家向罗烽老母亲报喜的。见到罗老太太，丁玲噎住了，忍不住扑在她的怀里，“妈妈，我们爱得很苦啊！”

延安这个地方本来就不大，消息不胫而走。赞成的有之，嘲讽的误解的也有之，反对的更有之。好朋友柯仲平前来劝陈明：“丁玲和你相差十几岁，等她40多岁，你才30岁……”采访中，陈明对我说：“我是反封建的。男的可以找小十来岁的女的，女的就不能找小十来岁的男的？我们的婚姻，不计较社会地位，不讲究等级观念。我敬重丁玲，我爱丁玲。我喜欢她没有文化人那种爱摆架子的毛病；我喜欢她不像有的女人装腔作势扭扭捏捏；我喜欢她博大的胸怀，善于理解人体贴人。年龄相差悬殊，我不在乎。生活经历不一样，经过长时间的接触也有了了解，彼此间互相信任，在西战团我们已经是知己了。”

丁玲和陈明的认识，是在1937年8月12日，第18集团军西北战地服务团第一次会议上。丁玲受中宣部委托组织建团并出任主任。23个英姿飒爽的男女青年团员围着丁主任抢着与她握手。

和宣传股长陈明握手时，丁玲感到这位身材不高却生气勃勃的青年似曾相识，特别是他那两只大大的眼睛炯炯有神，有股青春的美丽。他不就是巴威尔吗？两个月前，丁玲看过他的演出。中国文协纪念高尔基逝世一周年，演出根据他的小说改编的同名话剧《母亲》，男主角母亲的儿子巴威尔由陈明扮演。他那双大眼睛具有多么大的震撼力，从此留在丁玲的心窝里再也无法抹去。

投奔革命圣地之前，陈明是上海中学生联合会的创始人和组织者之一，曾经组织过上海学生的大规模游行运动，并且担任学校剧社的社长，组织排演田汉、于伶等进步剧作家的话剧。丁玲需要的是这样的人。她喜欢上了这位来自上海的青年，把他作为自己的助手。可能是年龄之故，丁玲更多的时候把他看成她的小弟弟。

西战团从延安向东出发，在平渡口渡过黄河，直奔太原。当他们折回西进，在风陵渡再渡黄河转往西安时，战局日趋紧张。日寇逼近潼关。西安古城兵荒马乱。西战团在丁玲率领下进入西安。丁玲奔波于各种各样的招待会、纪念会、座谈会之间，走访国民党省党部、省政府等重重衙门，阐明宣传共产党抗日主张和西战团的宗旨，取得各界群众支持，争取演出权利。这时，丁玲感到她是多么需要陈明这样的精兵强将，帮助她一起披荆斩棘，开展工作，渡过难关！可陈明此时在哪里呢？陈明此时正在西安一家医院治病。西战团全团人马开进西安前，丁玲考虑到此番行动非同小可，因为西安是国民党在西北的大本营，军事上与延安南北对峙，以前曾是“剿共”前线指挥部所在地。出于安全与稳妥，渡过黄河后，丁玲下令西战团大部队人马暂住临潼待命，她自己带陈明两人进城联络。临潼车站，挤满外逃老百姓。陈明的胃病突然发作，脸顿时煞白，疼得他直弯下腰，动弹不得。后面老百姓一个劲地往前涌。丁玲急中生智，背起陈明就往车站挤。她叫来乘务员，请给病人安排卧席车厢。西战团进城后，丁玲疲于奔命，一直未能去看望陈明。这时她想到陈明一个人住在陌生的医院里是多么寂寞。她责怪自己太粗心，为什么不早点儿去呢？

1938年7月，西战团顺利完成三次公演任务，告别西安凯旋延安。

经过3个月的休整，当西战团开赴晋察冀前线时，组织上却让丁玲和陈明留下。一是陈明身体尚未彻底恢复，再者组织上已经考虑到丁玲与陈明的关系。同时留下的还有一对，是丁玲麾下的两员大将。男的叫王玉清，团党支部书记；女的是团里的台柱，叫夏革非。他俩是在太原结的婚，此时妻子即将分娩。

1939年，丁玲进延安马列学院学习。这年年底，丁玲调到陕甘宁边区文化协会，与艾思奇共同主持文协日常工作。陈明后来去留守兵团烽火剧团当团长。1941年年初，陈明从前方回到延安。他带了一个女人去看望丁玲。当他向丁玲介绍这个女人就是他的爱人、烽火剧团演员西萍时，丁玲惊愕了，但她很快便冷静下来。丁玲不愿当着另外一个女人的面流露出她内心的痛苦，同时也令那个女人难堪。她用宽容与理解去对待突兀而来的事情。她衷心祝贺他俩美满幸福。可是再掩饰也是徒劳的。陈明已经把他对丁玲的感情讲给西萍听了。陈明还一厢情愿地希望西萍能和他一样对丁玲好。西萍答应了。可当三人见面时，西萍无论如何也装不出笑容来，她的神情窘迫，板着面孔。

陈明陷入两难抉择的困惑，婚前他虽爱过一次，但他和丁玲感情之好，远远胜过他和西萍的感情。可相差悬殊的生活经历和社会地位总使陈明却步不前，不断传来的闲言碎语更激怒了他。就在这时，他察觉到同一剧团的西萍对他很好。西萍是一个柔弱的女性，又较多文人气，这在一个以工农为主体的革命化剧团里，常常会处于被人瞧不起的境地。性格热情的陈明很同情她，两人渐渐萌生出感情来。但婚后，陈明不愿意自己的爱人只是个团长太太。他明显感到西萍对于这个标准的距离。最糟糕的是他常常会把丁玲作为一个参照系，进行反复比较。

老战友呢，特别是和丁玲、陈明一起出生入死过的西战团老战友，这下也被陈明搞糊涂了。“这到底是怎么回事？”其中，有一个名叫洛男的女战友气极了，要去找陈明算账。因为丁玲与陈明的恩恩爱爱，她最清楚。她与丁玲同睡一个铺，有许多事情，丁玲都不瞒她。那天，洛男正在房间里，丁玲突然大哭起来。洛男感到很奇怪，又不是她惹了丁玲，为什么丁玲要哭呢？丁玲告诉洛男，陈明与西萍已经结婚了，而且有了小孩儿。洛男听了火了，骂陈明怎么能这样，你以前已经与丁玲好了，现在怎么能丢掉丁玲？说着便穿好衣服朝外跑，丁玲拦住没让去。“冤家路窄”，有一回在延安供销合作社，丁玲与洛男一同去吃饭，一进门丁玲就推推洛男说：“你看！”洛男这个人大大咧咧的，一下子还没有发现什么。稍后，她看见陈明在那边与一桌子人在吃饭，而陈明也早已看见她俩进来，假装没看见，因为他怕见丁玲。洛男忍不住了，扯开嗓子喊着：“陈明，你怎么不请我们一起吃饭？”陈明见状，非常窘迫，只得俯首听命地走过去，呵呵呵的一副尴尬相。此后，洛男一直没有放过陈明。后来，她跑到烽火剧团把陈明揪了回来，让他住到“文抗”去。当时，丁玲在“文抗”工作。对于这件事，丁玲还是忍耐着，她割不断对陈明的感情，但也不愿“逼”人太甚，听其自然。

西萍在延安中央医院生下一个男孩后，便与陈明离了婚。丁玲与陈明结婚的那天，他们在街上遇到中央组织部部长陈云同志。陈云同志特地叮嘱他们要把各方面的事都处理好。

陈明叙述了这段爱情纠葛，剖析自己的内心，忏悔道：“我伤了两个女人的心，特别是我伤透丁玲的心。从此以后，我再也不能让丁玲伤心，我要永远爱她！”

我无法解释陈明与丁玲这次生离是否意味陈明曾对丁玲的“背叛”。但是，尔后漫长的40多年颠沛流离的蹉跎岁月，陈明始终与丁玲共同用一支爱的彩笔，描绘了一部现代文明史上堪称爱之典范的恋史。这是有口皆碑的。

孤寂：陈明的困境

丁玲从容地走了，留给陈明的有美好的回忆，更多的却是孤独。孤独感，对陈明来说并不陌生。当他与丁玲分别关押在“北大荒”“牛棚”或北京秦城监牢里，他何尝未曾饱尝到孤独的滋味？那时陈明的心依然充实，他和丁玲早已有默契，为了他与她各自爱的人，每个人都要顽强地活着。现在人去楼空，木樨地高层公寓昔日的嬉言欢语不见了，人来客往的热闹不见了，取而代之的是一片死一样的寂静。只是墙上的石英挂钟颇有同情心地发出比往日更响亮的声音陪伴着孤单单的陈明。陈明感到孤独，深深地渗透骨髓里去的孤独。虽然，丁玲生前留下口头遗嘱，要五姑——陈明的五妹，陪她哥哥陈明一块儿住。但陈明怎么也排解不脱心头无底的愁绪。

两年前的春天，我去看望陈明。晚上当我告辞准备归去，陈明留住我说陪他一起到马路上散散步。春天的北京夜晚，春寒料峭。他挽着我的手臂，从木樨地走到科学院，从科学院走回木樨地。我们不知这样地来回走了多少次。

陈明告诉我，他准备结婚了。这回我也惊愕了。这到底怎么回事呢？白天他与我谈丁玲，滔滔不绝，情意绵绵，晚上他却要与丁玲“分道扬镳”。陈明见我不响，便径直地说下去。他说，他越来越感到孤独，越来越感到力不从心。他说，他老了，留在世上的时间不会多久了。丁玲逝世后，许多老战友一个一个倒下了，他好像听见丁玲和老战友呼唤着他的名字。他说，他有许多事情没有替丁玲做完，丁玲的文集没有编全，丁玲的遗稿佚信没有搜集整理，丁玲研究会没有正式批下来，丁玲的铜像没有在家乡落成……他说，他还想写丁玲回忆录。这许许多多的事他都想在有生之年争取完成，到了冥界也好向老丁交代，他没有辜负老丁的遗愿，没有对不起她对他的恩爱。可是，他搞不动了，他需要有一个帮手、一个伴，帮助一起完成。

陈明告诉我：“女方是张有鸾的女儿。”陈明说，“她刚退休不久，原先在中国社会科学院工作，曾经当过编辑，文字也比较漂亮。我与她谈过，我要整理丁玲遗作，我要写丁玲回忆录，希望她能协助我一起整理，希望她也能写一点儿。她说她尊重丁玲，愿意当我的助手……”

我望了望陈明，心里思忖着：莫非他真的老矣！他前两年曾对我说，他的感情里只有丁玲，要写她对他的爱，写她对新文学的贡献。现在他难道真的到了“我手难写我口”的时候了？我有点儿悲观起来。

陈明说：“我现在陷入四面楚歌的困境。亲人骂我斥责我，老战友不理我，有的编辑部同人劝说我，丁玲研究学者埋怨我，说以后对我连丁玲资料都会封锁坚壁起来。我越来越孤独，心里闷得慌，与你聊聊。”

我能说什么呢？想说的该说的全让陈明与对立的一方统统说去了。长安街上4只脚在嚓嚓嚓地磨响。夜深人静了。我的心却像开水在翻腾。鳏夫寡妇老年丧偶再娶再嫁，中华人民共和国明文规定着，做儿女的做亲属的做朋友的都无可非议。况且，法制教育深入人心，现在已不是问彬《心祭》所写的年代。问题恰恰在于陈明是丁玲的丈夫，一个有地位有名望的大作家的丈夫。历史在重复着过去，陈明似乎也跌进当年延安与丁玲结婚时那个怪圈。

陈明的晚年应该怎样度过呢？大家都在按照自己的思路替陈明设计着。最佳方案却是一致公认的，学梅志忠贞不贰、孜孜不倦继承胡风遗业。人家梅志多好，埋头几年写了几本很有分量的回忆录，出版了几本胡风遗作。何况，你陈明原先在与丁玲婚姻上惹出这么大的麻烦，你木樨地的家已经够麻烦的了，干吗要滚雪球似的再滚进一个同样麻烦的家来？有这点儿精力还不如集中心思抓紧为丁玲办几件实事。说此话者自然是熟悉内情的友人，他们知道陈明的日程表已经排得满满的。他们的担心不是没有道理。丁玲复出后口口声声说我要在有生之年完成3本书。结果呢？一本也未完成。长篇《在严寒的日子里》写了二十来章。长篇回忆录《魍魉世界》后两节是陈明根据丁玲生前有关文章衔接的。《风雪人间》写写停停，没有写完，丁玲即长辞人世，由陈明整理发表，其中有些章节是陈明补续的。丁玲抱此遗憾离开人间，陈明也感到“莫大的悲痛”。历史上曾经发生过的风风雨雨，唯有当事人最能写得清楚，因而最具历史价值。失去历史的见证，那么这部历史大书会因丧失珍贵的一页而变得残缺不全。这个教训，你陈明难道忘了？

1980年1月25日，党中央批准中国作家协会关于丁玲“右派”问题复查改正的意见，恢复其党籍和政治名誉，恢复原工资级别。1984年8月1日，中共中央组织部经中央书记处批准，为丁玲同志彻底平反，颁发〔1984〕第9号文件《关于为丁玲同志恢复名誉的通知》。该通知撤销了1955年和1985年中国作家协会党组呈报中央的两个报告，关于“右派反党集团向党发起猖狂进攻”的罪名和关于“丁玲历史上（在南京）自首变节的叛徒”罪名被彻底否定了。这是长期压在丁玲身上的两副沉重的枷锁，现在被彻底砸碎了。丁玲看到这个文件热泪夺眶而出，异常激动地对隔壁房里的秘书喊：“王增如，现在我可以死了！”丁玲健在时并非开玩笑而是非常严肃地要人等她成佛以后给陈明找个老伴。证人在，也可算作遗嘱吧。我总感到陈明往后的路会更难走。如今你陷入重重困境是否意味着你第二次对丁玲的“背叛”而得到的报应呢？让时间来作结论吧！

衷曲：今日的怀念

丁玲离开陈明越来越远了，屈指已届五载。陈明两年前成立了新家，他从木樨地搬走了。人们常说，人走茶凉。那么，5年后的陈明会怎样看待他的亡妻丁玲呢？我曾与陈明进行一次专题对话。

我：丁玲给你的印象最深刻的是什么？

陈明：“直爽，热情，天真。做事很认真，也很细致。”

“她的热情，给我印象最深的是在‘北大荒’养来享鸡。我们是戴着‘右派’帽子于1958年9月份、10月份一起到汤原农场的。刚到不久，丁玲就向农场提出要改良鸡种。经丁玲多次要求，农场同意丁玲和一位从部队转业到农场的副排长，两人赶到牡丹江畜牧总场去挑鸡种。畜牧总场鸡种很多，丁玲挑选了‘欧洲黑’等3个鸡种。然后，把鸡从牡丹江押运回来。当时天气相当热，在‘闷罐车’车厢里气温更高，鸡口渴，得给水喝。到了一个小站，那位姓邓的排长下车去引水。等他引来水时，车已经开动了，把他落下了。车厢里只剩下丁玲一个人，装鸡种的筐子摊满车厢，丁玲被挤到一个死角。半途停车，车刚停，丁玲拿了一只网兜到站外去买洋白菜。她急急忙忙赶回来，车刚启动，丁玲只能从另一节车厢上来。别人告诉她，有人想趁她不在的机会，把她的手提包和衣服拿走。当时，丁玲是54岁的人了，她不辞辛苦去选鸡种，是有点蛮劲的。丁玲押车先到，第二天那位排长才回来。农垦大军总指挥王震将军后来送给丁玲一本《养鸡学》。”

我：丁玲有没有脾气？

陈明：“有。对儿女要发脾气，朋友之间也有，但较能容忍。我们之间没有发生过什么大脾气，比较理智。她这个人主要说话比较直，不怕得罪人，但也得罪了人。”

我：她爱哭吗？

陈明：“不常哭。1984年在家时，有个年轻人来拍照，丁玲叫我与她一起拍。我对她说，你喜欢拍照，那你去拍吧！丁玲哭了。

“有年初春，丁玲要蹚冰水过河，我一定要背她，丁玲不肯，为了此事两人吵了一次。她在延河边上哭，一只小哈巴狗好奇地看着我们，一会儿跑到她那边，一会儿跑到我这边。

“我和丁玲从西战团留在延安工作。康生在中央党校大庭广众面前说，丁玲到党校来，我们就不要她。丁玲听到后，一个人躲在家里哭得可厉害呢！丁玲去找毛主席。毛主席叫中组部调查。任弼时受中组部委托多次找丁玲谈话。中组部部长陈云也找丁玲谈话。1940年组织书面结论是陈云和李富春签的字，认为丁玲同志仍然是一个对党对革命忠实的共产党员。陈云告诉丁玲，这是毛主席的意思。”

我：你认为丁玲作为一个党员，优点是什么？

陈明：“她很守纪律。1955年年底，作协党组传达‘关于丁陈反党集团’的报告，我回家后没告诉丁玲。丁玲也不来问我。后来我忍不住了，暗示她听说中央有一个文件是关于你的，你去问问中宣部党委有没有这个文件。1955年秋，批丁时，我没管她的事。她曾对我说，这些人批我的事，提得可高呢，你也不管我。我说你是文艺界的头，人家要批你，当然要提得高喽，批就让他们批吧，又不是拿这做结论。”

我：缺点呢？

陈明：“理论水平不高。宏观的东西注意少了点儿。”

我：作为一个作家，丁玲的长处与短处是什么？

陈明：“勤奋写作。唯一的安慰是写作，是写小说。她最讨厌有人在首长面前说人家坏话。在写《太阳照在桑干河上》之前，丁玲对干部中存在的‘地富思想’是有所察觉的，她真实地写了进去，难道作家因此也有‘地富思想’吗？地主女儿写得那么漂亮，农民写得很成问题。这是某位首长讲的。稿子在别人手里，这位首长没有看到。”

“短处呢？书看得比我多，但我觉得还不多。”

我：丁玲看问题还是比较简单。

陈明：“我看她写散文比较拿手，有激情，对人民对人物能理解。小说有的章节有散文化现象。”

我：作为一个女人，你认为丁玲有哪些优点、哪些缺点？

陈明：“有男人气。一般女人是做不到的。胡也频去世后她把孩子送回湖南老家，回沪后继续参加革命。当然，她对孩子很爱。离开南京去解放区前把两个孩子交给母亲后才放心走了。她很有母性，在延安时，她不顾工作多忙，总要给孩子做衣服、做鞋子。有一次，她骑马去延安乡下看望在那儿读书的儿女，没赶上参加江青的婚礼，结果江青很不高兴。”

我未曾来得及提问“作为一个妻子呢”，陈明便抢先说下去：“在阜平时，她给我缝了一件皮背心，是用一块一块碎皮拼缝起来的。在山西，她给我补棉裤，我的棉裤已经破得不能再补了。丁玲会女红活，小时候会绣花。她很温柔很细腻……”

我：丁玲对你的印象怎么样？

陈明：“她对我比较满意。年轻、乐观，有朝气。”

我：你对丁玲的创作有什么影响？

陈明："写《夜》时，我陪她到村子去。但我没有留下住。1944年调在边区文协一块儿工作，我开始管她的创作。我主要替她打开局面，认识朋友，我的朋友都成为她的朋友。1979年以后我修改她的稿子。以前我是她的第一个读者。"

我：你帮过丁玲倒忙吗？

"有！"陈明给我举了几个例子……

正当我要结束本文时，丁玲研究会寄来了《通讯》，有几条消息令我兴奋，或许与本文有点儿关系便随手抄录于下：

文化部正式批准成立"中国丁玲研究会"；第5次全国丁玲学术讨论会今夏在"北大荒"举行；《丁玲研究丛书》创刊第1辑即将出版；《丁玲研究论文集》选编工作正在进行；常德市"丁玲文学创作奖励基金会"设立3年来得到海内外朋友鼎力支援……

在陈明为丁玲办实事的表上可以划去几项了。这全靠丁玲生前友好学者、编辑、读者各界人士的努力，当然其中也有陈明出的力。

我的文章结束了。陈明与丁玲的生死恋永不会结束。

（该文刊载于《文汇报》1991年5月8日）

我心中的相思树——悼丁玲

彭漱芬

您说，您是一棵小草。我看您是一棵树，一棵妩媚的相思树！您让多少人相思……

一

3月4日，您走了，闭紧了双眼，宁静得像一湖秋水。您在文坛上驰骋了60年，出生入死，横刀跃马，现在您累了，该休息了。

多少人在呼唤着您，这呼喊的声音从家乡的临澧县到“北大荒”、桑干河、山西长治县；从美国到日本到德国……人们亲切地呼唤您：“丁奶奶”“丁大娘”“老丁”“丁老”“丁玲”……

您听到了我的呼唤吗？丁老！您可还记得和我的几次谈话？

我和您第一次见面是在1984年6月。全国首次丁玲创作讨论会在厦门大学召开。我应邀出席了这次会议。在此以前，我就很想见到您。在我看来，您简直是一个谜：一生遭受到这么多的坎坷、不幸，为什么还能活到今天？是什么力量支持着您？您对生活、对事业是什么看法？今后有什么创作计划？还有，您这位50多年前就出了名的大作家，是不是也像莎菲那样狷傲、不易接近呢？大会开幕的那一天，全体代表和您合影，我刚好站在您的后面，合影毕，我迎上前去喊了一声“丁玲同志”，您满面春风地回答了我，和我握手，亲切地攀谈起来了。那天，您穿着一件短袖白衬衫，戴着眼镜，满头白发，满脸笑容，显得那么慈祥、和蔼，就像我平日遇见的许许多多的老奶奶一样，没叫人有什么特别之感。我没有想到驰名中外、获得斯大林文学奖金的丁玲同志会这么平易近人，丝毫没有大作家的架子。过了几天，打听到您住在鼓浪屿疗养所，于是我们几个同志相邀来到鼓浪屿。

踏上光洁、平坦的小道，蜿蜒地穿过那些美丽的罗马式的、美国式的、西班牙式的，圆形的、尖顶的、拱形的建筑，来到了绿树掩映的疗养所。见到了您，大家没有拘束，无所不问：问您写的阿毛姑娘和包法利夫人是不是相似，是不是受了福楼拜的影响；问您为什么和王剑虹离开平民女校到南京去，是否受了无政府主义思想的影响；还有《意外集》中的陈伯祥这个人物是否有生活原型等。您不厌其烦，一一作了答复："我作品中的人物从生活中来，我写作品的时候，没有想到要模仿哪一个作家、哪一个作品……""在我的周围都是一些革命者，如向警予等，他们都拉我参加革命，我没有受无政府主义思想的影响，我和王剑虹离开上海到南京主要是想多读点书，觉得平民女校学不到东西……"您娓娓而谈，就像鼓浪屿轻轻拍打着岸边的波涛，叩击着我们的心扉。不知不觉，末班轮渡的时间快到了，我们依依不舍地握别。有一位同志问您为什么不住到厦大和我们一起开会，您说："我不参加你们的会，你们讨论你们的，愿意怎么讲就怎么讲，这与我无关。"我想也有道理，如果您正襟危坐在那里，甚至把女儿或女婿、儿子或媳妇、孙女或外孙都带来开会的话，那么也许发言的同志就会有所顾虑。

联想到开幕式上您的发言，更加令人深思！您说："我希望这次会议不是对丁玲一个人起作用，而是对文学的健康发展起作用。"现在回想起来，这些话含义是极深的。您所希望的是，这次会议通过对您走过的创作道路的研究、探讨，帮助您总结经验、教训。更为重要的是由此而进一步研究、探讨中国"五四"以来的革命文学运动的经验与教训，以便促进今天的文学事业的繁荣和发展。您始终把自己置身于中国革命文艺运动之中，把自己的成功与失败，自己的命运与中国革命文学运动的命运紧密地联系在一起。

您说不参加我们的讨论，我们愿意怎么讲就怎么讲。这是因为您深深懂得，对于自己的作品如何评价，不必由作家本人去说，而是要看作品的社会效果，看人民大众喜不喜欢。马克思在1842年就说过：“人民历来就是作家‘够资格’和‘不够资格’的唯一判断者。”别林斯基也曾说过：“读者群是文学的最高法庭，最高裁判。”正是基于这种认识，因此，当许多评论工作者把评论您的文章寄给您，请您提意见的时候，您总是不愿意对稿子发表任何意见，而且还常常叮嘱大家，不要只说好话，要指出缺点。您一直勉励自己：听到好话不骄傲，听到批评也应从各方面考虑，虚心学习才是。

二

1985年3月28日，我又一次见到了您。那是在“山水甲天下”的桂林，在全国一个高等学校的学术讨论会上，您就“创作自由”的问题发了言。记得当时您是从三方面来谈创作必须自由的。您认为：从文艺规律看，创作必须是自由的，这样，文学艺术才能发展；从领导者来说，必须让作家创作有自由，这样，才能发挥作家的创作才能、创作个性；从作家本身来说，创作自由，不是上面领导给你规定几条自由，你就自由了。如果你怕这怕那，计较个人得失，那还是不会有自由的。如果一个作家能抛弃一切个人的私心杂念，做到无私、无畏，那才会获得真正的自由。您还十分强调作家的思想修养问题，语意深长地说：生活在新时代的作家，自己要解放思想，首先要自己给自己争得创作自由的权利，而且要善于使用这个权利，真正成为时代和人民的代言人。

您讲得多么恳切，而且颇有见地。不但理论上讲得深刻，而且这也是您几十年从事创作的经验之谈。20世纪40年代初，您正是怀着对党、对延安无比热爱的心情，抛弃私心杂念，大胆地写了《“三八节”有感》《我在霞村的时候》《在医院中》等作品，大胆地对抗日圣地延安存在着的一些问题，如封建意识，小生产者的保守、苟安，革命队伍内部的官僚主义作风等进行了批评。当时，在一片光明的欢呼声中，您居然说延安也还存在着缺点，存在着问题，这确实是需要有艺术家的勇气和胆识的。一个胆小怕事、斤斤计较个人得失的人，是绝不可能这样做的。不幸，您因此受到形而上学的批判，蒙受了几十年不白之冤。但您不顾个人的荣辱得失，仍然是飞蛾扑火，追求光明，追求真理。明知会被火烧着，但还是振翅飞翔，向火扑去，即使满身烈焰，也在所不惜。正因为您无私，才能无畏，您的创作才是真正自由的，尽管当时没有给您这个自由，而这个自由是您以巨大的代价争得的。最为难能可贵的是，您长期运交华盖，但您心不灰、意不冷、气不馁，始终把挫折、逆境看成锻炼自己的机会。

三

桂林会议结束后，您顺路回到了湖南，住在蓉园宾馆。1985年3月31日，您约我到宾馆去谈谈对《中国》文学双月刊办刊的意见，于是，我第三次见到了您。

一见面，您就问我对《中国》有什么意见，然后就饶有趣味地和我谈起办刊中碰到的种种困难。听了您的话，我不禁叹了一口气，心里想：丁老呀，您这么大年纪了，在世之年不多了，只怕不是以年计算，而是以月、日计算了……您快点儿去写书吧！风雪人间的“北大荒”，魍魉地狱的南京生活，还有那严寒的日子里……您不是都想写吗？可别把时间花在这费口舌、磨时间的琐事上啊！然而您却不是这样想，您之所以筹办并亲自主编《中国》这个大型刊物，正如您在创刊号《编者的话》中说的，是“为那些把心灵浸入到新的社会生活中去的，把心灵与艺术创作难解难分地纠结在一起的那些年轻作家和奋发有为的文学爱好者鼓劲。欢呼他们健康地成长，开出美丽的花朵，结出肥硕的果实，攀登社会主义现实主义中国文学的新高峰”。

话题转到了具体作品上面，您问我看了《那山那人那狗》没有，称赞它写得好，还谈到张贤亮等中、青年作家的作品。我真有点儿惊讶！丁老啊，您哪儿来的时间？您要写作，开会，出国访问，还有疾病缠身，哪有时间去看青年人的作品？可是您不但看了，还禁不住要写评论。您赞《陈毅市长》《灵与肉》《牧马人》。您说："张贤亮同志的短篇小说《灵与肉》发表后，一下子就吸引了我。那一幅幅真实动人的人生画面，那熔铸于全篇的质朴的情感及其蕴蓄的深沉的爱国主义激情，都使我浮想联翩，欢愉之情油然而生。"但同样的张贤亮，您看了他的《绿化树》之后，却实事求是地指出它的缺点——缺乏给人向上的力量。您好处说好，坏处说坏，褒贬得当，给青年指引一条正确的文学道路，让他们健康地成长。我懂得了，您为什么要办杂志，而且亲自当主编，改稿子，您是想给青年提供一个发表习作的园地，同时也愿以自己辛勤的劳作，去培植这些繁花。因为您说过："我是一棵小草，做这些繁花盛开的肥料，我愿意这样。"您是一位园丁，优秀的园丁，您对青年人既反对"骂杀"，也反对"捧杀"，主张要给他们指出优点，也要指出缺点，正确地引导他们，尤为可贵的是，您积极地为青年作者铺路搭桥，甚至甘当人梯。就在您患病住院的时候，您还在病床旁边召开《中国》编辑会议，再三叮嘱编辑部的同志要关心中、青年作家，要给他们创造成长的条件。

四

正是北京最美好的晴秋季节，1985年9月，我因赴大连参加丁玲创作座谈会，路过北京，顺便去看望您。您刚从医院出来，坐在会客室里。秋天的夜晚，暖中透凉，您腿上盖着一块棉毯，但人还是那么精神，那么健谈，几乎看不出有病的样子。您说刚刚出院，不能到大连参加我们的座谈会，但是已经写好了一封信，是给参加会议的同志写的。这封信的标题是——"我是在爱情中生长"。您把要和我们说的话全写到信里了。看了信，真叫人感慨。信写得很有激情，令人不敢相信它出自一位81岁老人之手，倒仿佛是一个朝气勃勃、热情洋溢的小伙子或姑娘写的。

信上说："我曾是被打入另册的人，我在社会上曾非常孤立但却又拥有多数善良人的感情；我常常在一些仇恨的眼光中挣扎，但却又基本上是在爱情中生长。"是的，您虽也曾遭到白眼，但还是生活在爱——亲人的爱、同志的爱、人民的爱中。即使在戴着大"右派"的帽子下去"劳改"的日子，群众一看您的为人、处事，就不相信您会"反党"，也不把您当"右派"看待，而且还设法保护您，甚至把您从"牛棚"里抢出来，您爱人民，人民也爱您。

我最后一次见到您，是1986年3月3日下午，您已处于全昏迷状态，静静地躺在病床上，通过监视仪屏幕，可以看到您的心跳和呼吸已很衰微了。我轻轻地呼唤着您："丁老！丁老！"可是听不到您的回答。丁老呀，您可不能死，您才过了几天舒心的日子？您有多少事情要做？您还有三本书没有写完……您一生闯过了多少关隘，这一次也祝愿您战胜死神！我默默地祷告着。

很不幸，我的希望被粉碎了，第二天，您就离开了我们！您虽然与世长辞了，但您没有离开生您、养育您的中国大地；而人民、祖国母亲也永远不会忘记您！"北大荒"的人民送给您的锦旗——"丁玲不死"，就代表了全国人民的心意！汤原农场的农工怎会忘记，为了把刚刚出壳的小鸡养活，您就把小鸡搂在怀里；宝泉岭农民也永远忘不了您为了他们早日摘掉文盲的帽子，您这位大作家去当扫盲教员，兢兢业业地教他们识字。您从少得可怜的生活费中，省下钱给他们买纸、买笔、做黑板；山西省长治县嶂头村的农民也忘不了您，您把安家费拿出来给村里买了拖拉机……长相思啊，常相忆，您的心灵多么美好！在长达1/4世纪的时间里，您被剥夺了写作的权利和政治生命，而您没有抱怨，没有大作"离骚"。不怀好意的外国记者问您："共产党执政以来您老是挨整受苦，你为什么还相信共产党？"您回答说："不是共产党错了，是一些人错了，一些思想错了。"您正确地把党里的个别人、个别思想和整个党分开，维护了党！您还说："在我遭受不幸的时候，党和人民也同样受蹂躏"；"肉体的伤、心灵的伤、你的伤、我的伤，哪里比得过党的伤？”多么博大的胸怀！有一次您铿锵有力地回答了一个外国记者：“我宁愿在国内当‘右派’，也不愿到国外当‘左派’！”您不愧是祖国忠贞的儿女！您的一生给人留下多少美好的回忆和思念！您的老师鲁迅在《悼丁君》中写道：“瑶瑟凝尘清怨绝，可怜无女耀高丘。”他把您比喻为神女、湘灵；您的同志瞿秋白说您：“冰之是飞蛾扑火，非死不止”，您是一只永远扑向光明、扑向真理的飞蛾；您的文艺界同事说您是一枝“晚香的红杏”；您的老伴说：“你是海洋上远去的白帆，希望在与波涛搏斗”……啊，丁玲！您留给我们多少美好的回忆与思念。

回眸：我的丁玲研究之路

彭漱芬

窗外，已是绿肥红瘦之时。岳麓山下桃花坪那枝叶纷披的橘树，它的洁白芬芳之花，已结下小指头大小的绿色之果。拙著《迷人之谜：丁玲》业已搁笔，终于结下了一个小小的“青色果实”。这是我研究丁玲的第3本专著。

从20世纪80年代初至今，我研究丁玲已有30多个春秋。回想当初研究丁玲，只是出于一个偶然的机会，并非有心插柳。

那是万象复苏的1982年。丁玲已经复出，并经中共中央批准，恢复其党籍、政治名誉和工资级别。年初，北京的某家杂志刊登了一个青年给丁玲的信，信中言及丁玲复出后的作品似有“趋时”之嫌。不久，丁玲在该刊发表复信，表明自己并未趋时，而是由衷之见。本来，在我心目中，丁玲好像一件出土文物，我对她并不了解，因为她运交华盖，戴上“反党”帽子的时候，我还在读中学。现在刚刚得到解放，复出不久为什么又有人批评她？出于好奇，我开始读丁玲的作品，了解丁玲其人其作。过了一年，我发表了学术论文《试论丁玲创作道路的重要特色》，文章先在本校学报发表，后为人民大学复印资料全文复印，后又收入中国文联出版公司出版的《丁玲作品评论集》，受到社会各界的好评。

1984年6月14日，全国首次丁玲创作讨论会在厦门大学召开，我应邀出席了这次会议，结识了丁玲，并和丁玲交谈过，对她的为人、作品有了进一步的了解。面对着这位满头白发、满脸皱纹、满面笑容的老太太，我觉得她慈祥、和蔼，平易近人，她不像莎菲，更不是莎菲。她的脸上那深深的皱纹，记录了她的种种苦难和不幸；她那满面的笑容，表达了她的豁达和乐观；她那双大大的灰色的眼睛，仍炯炯有神，而且深邃，似有许多奥秘和遐想。

丁玲复出之后，厦门大学聘她为名誉教授。为庆祝丁玲八十寿辰，厦大校、系两级领导决定召开一个丁玲创作讨论会，邀请国内外知名学者和作家前来参加，共襄斯举，因而，才有此次的盛会。参加此次讨论会的著名作家有魏巍、马烽、马加、杜宣、杨沫、陈登科、峻青、刘真、周良沛等。舒群、杜鹏程、雷加、刘绍棠等写了贺信，来自国内外研究丁玲的学者、专家第一次聚会于厦门大学，对丁玲作品的时代精神、风格特色和对中国新文学的贡献等作了探讨。此次讨论会，初步形成了丁玲研究的队伍。就在此次会议上，一些代表倡议成立全国丁玲研究会，并决定1986年在湖南召开“丁玲创作60周年学术讨论会”。因为我来自湖南，所以大会委派我回湖南后向当时省作协主席康濯同志汇报。他很支持，并以省作协、文联的名义向省政府报告，又得到省里首肯与资助。

在厦门大学讨论会闭幕式上，丁玲讲了话：“我没有什么了不起的成就，以后更不容易有大的成绩了，因为我已经80岁了。你们把80岁当好事，我们把它当坏事。如果现在我是70岁、60岁该多好？80岁，就意味着我的时间很短了。你们祝愿我长寿，怎么能长寿呢？长不了多少了。（大笑）我只能利用这很短的时间做更多的事。”[①]

这话不幸被丁玲言中。1986年3月4日，丁玲去世了。她走了！原定的“丁玲创作60周年学术讨论会”仍如期于1986年6月6—13日在长沙召开。痛惜丁玲、怀念丁玲的诚挚感情，认识丁玲、研究丁玲的热切愿望把大家召唤到一起，共同探讨“丁玲与中国新文学”这一中心议题。会后，由我写了《丁玲创作60年学术讨论会述略》一文，

① 丁玲：《在丁玲创作讨论会闭幕式上的讲话》，见《丁玲创作独特性面观》，湖南文艺出版社1986年版。

发表于《文学评论》1986年第6期上。该文总结了这次讨论会的成绩，并作了展望。

自厦门大学首次丁玲创作讨论会到现在，已经召开了11届“丁玲文学创作研讨会”。研究队伍不断扩大，研究领域不断地拓展、深化。

作为研究丁玲队伍中的一员，30年来我的研究历程，大体上可分为三个阶段。

第一个阶段是横向开拓式的研究，从20世纪80年代初至80年代末。

此阶段对丁玲的研究，由《试论丁玲创作道路的重要特色》起步，而后主要是对丁玲的《母亲》《意外集》《太阳照在桑干河上》《在严寒的日子里》《莎菲女士的日记》等小说进行研究，并对丁玲早期小说的外来影响、小说的审美特质、对解放区文学的独特贡献等发表了一些意见，写下了10多篇丁玲研究系列论文。这些论文，并未停留在翻案层面上，也没有从单一的社会批评出发，而是多个侧面、多个角度地对丁玲及其作品进行横向研究，既有一定的广度，又有一定的深度。其中影响较大的有好几篇。例如对于丁玲被国民党囚禁于南京时所写下的《意外集》，过去因为批判丁玲时说她是“叛徒”，而当“叛徒”时写下的文章，就一定是“毒草”了。这样，对《意外集》的研究，倒成了个“禁区”。1984年4月，我所写的论文——《沿着〈水〉和〈奔〉的现实主义方向前行——评丁玲的〈意外集〉》一文发表在学报上。1985年，上海社会科学院文学研究所陈惠芬在《文学评论》上发表了《近年丁玲研究述评》一文，其中对拙著作了这样的评价：“以往不被重视的作品如《意外集》，也被纳入了研究的范围，指出《意外集》在丁玲的创作中虽然算不上佳作，却应视为丁玲整个创作的有机部分；而从这些作品所反映的内容来看，则可以看到，继《水》和《奔》以后，作者的视线仍然注意着半封建半殖民地的种种社会矛盾。这些作品尽管写于‘极不安和极焦躁’的心境之中，未免‘充满一种阴暗的气氛’，但基调仍然和《水》《奔》一致，是同一旋律奏出的又一组谐音。这样的分析或许还有所疏漏，但也已经为历来的丁玲研究弥补了一项空白，使人们能够更为全面地了解丁玲的创作倾向。”①

又譬如对拙作《从审美的角度看丁玲对解放区文学的独特贡献》一文，华东师范大学林伟民先生在撰写的评论文章中这样说：“值得一提的是，彭漱芬从审美角度审视丁玲在延安时期的创作，认为丁玲小说里富有一种深邃美，体现在作品形象所包含的深远含义和作品思想意蕴的深刻性以及作家审美体验上的深度性上。”②

第二个阶段是纵向梳理式的研究，从20世纪80年代末到90年代初。

1989年5月，全国第4次丁玲学术讨论会在西安召开。这次讨论会，思想活跃、气氛热烈。大会就丁玲的艺术个性进行了争鸣。1988年《上海文论》第5期上刊登的王雪瑛的论文《论丁玲的小说创作》，“成为引发与会代表展开不同观点争鸣的一个契机”。与会者大多认为“那种认为20世纪40年代的丁玲作品不再有艺术个性的看法恐怕是相当简单化的”。③

如何探讨作家的艺术个性？丁玲是否除了《莎菲女士的日记》之外的小说都是公式化、概念化之作？这些问题，引起了我极大的兴趣。而要弄清楚这些问题，势必对丁玲的小说作纵向梳理式的研究，不宜将各个时期割裂开来。在此次会议之前，我正在构思一本著作，也已经写好了全书的大纲，想对丁玲的小说发展轨迹作整体的勾勒，并梳理出作家的艺术个性的形成及其发展的轨迹。经过两年的努力，1991年4月，我的第一本丁玲研究专著——《丁玲小说的嬗变》在湖南文艺出版社出版了。

拙著从丁玲小说嬗递演变这个切口入手，着重从纵的和横的两方面探讨她的小说嬗变的轨迹。书中第1章至第6章，从纵的方面探讨

① 陈惠芬：《近年丁玲研究述评》，载《文学评论》1985年第6期。
② 林伟民：《丁玲小说研究六十年述评》，载《武陵学刊》1991年第16卷第1期。
③ 严家炎：《全国第四次丁玲学术讨论会闭幕词》，载《延安文艺研究》1989年第3期。

丁玲是如何从《莎菲女士的日记》走到《在严寒的日子里》的。分析丁玲各个阶段的创作成就与不足，从其发展趋势中，找出丁玲小说发展的承续性与整体嬗变发展的轨迹。书中第7章至第10章，又试图从一个个横切面上，如丁玲的审美追求、个性气质、风格特色、艺术个性等不同侧面，剖析其嬗变的轨迹，给读者一个轮廓式的印象。

诚然，在丁玲的整个小说创作中，也有过曲折。在某一时期的某些作品中，出于种种原因，其艺术个性也曾有过某种淡化，甚至迷失。但是，这只是探索中出现的失误，并不是作家有意丧失自我，总结了经验教训，她的艺术个性又得到回归并且得以拓展。《丁玲小说的嬗变》给读者描述了作家艺术个性的形成—迷失—回归—拓展的轨迹。

拙作出版以后，得到了同行专家及评论界的一些好评。有十多家报刊，如《上海文论》《文艺理论与批评》《理论与创作》等，发表了消息报道、作者专访及书评。

华中师范大学林伟民先生在《上海文论》上发表了《重要的在于超越自己：读彭漱芬〈丁玲小说的嬗变〉》一文，他这样说："无疑，这是新时期以来丁玲小说研究领域里的一部力作……如果要说从理论、现实到创作整体性研究，那么彭著不能不是国内第一部……《嬗变》纵横捭阖式的结构设计上凝聚着彭漱芬作为批评主体的时代意识和历史眼光……"①

美国加利福尼亚大学教授丁淑芳女士这样评价道："您的'纵剖'和'横切'的分析很彻底周到，对丁玲女士个性、气质的形成与发展也很有深刻的了解。"

北大中文系著名教授，原中国现代文学研究会会长、全国丁玲研究会会长严家炎先生在百忙中为拙著写了"序"，他这样说：

《丁玲小说的嬗变》这部20万字的书稿，不但理出了丁玲创作的曲折历程和发展脉络，而且细致考察了丁玲各阶段小说的特色；不仅

① 《上海文论》1992年第1期。

对一些重要作品作了具体周详的微观剖析，还从总体上对丁玲小说的嬗变作了宏观把握。书稿吸取了前人研究丁玲包括近10年国内外研究丁玲的成果，同时也力图在一些方面有新的进展和突破。书稿最后两章讨论的内容，尤其令人感兴趣。像小说家丁玲的个性、气质对其作品究竟有何影响，这样的问题在过去虽也有人涉及，往往语焉不详，彭漱芬同志却对此作了较认真的探讨。

彭漱芬同志还从母亲、师长对丁玲的影响，考察了丁玲反叛世俗的叛逆性格的形成及其对作品的渗透；从丁玲参加革命后性格“由倔强高傲变为喜群，由愤懑感伤变为开朗热情”，考察了丁玲小说风格的变化。丁玲成为尼姆·韦尔斯所说的“一个女性而非女子气的女人”，这使她的小说“能够留在我们脑海里的鲜明的艺术形象，是梦珂、莎菲、曼贞、阿毛、陆萍、黑妮等脱尽了脂粉气与闺秀气，具有现代人的意识，对鄙俗和虚伪的社会充满着反叛情绪的女性形象”。作家的气质、历练、才能、学识，综合形成了丁玲后期创作既有女性的温柔、细腻、沉静，也有男子的洒脱、豪放、雄浑，兼具阳刚与阴柔之美，从而迥异于“五四”以来冰心、庐隐等女性作家笔下的温婉风格。所有这些，我认为都是颇有见地的。①

严先生既肯定了拙著，也对书中的一些不足提出了中肯的批评，使我十分感动。我十分感谢严先生对我的鼓励与帮助。

第三阶段是文化寻根式的研究，从20世纪90年代初至90年代末。

新时期以来，当“新方法热”升温之时，也掀起了一股“文化热”。1985年5月，《北京大学学报》刊登了严家炎先生的《中国现代小说流派史漫笔》，这可以说是具有启发性的、导向性的一篇论文。1987年第1期的《中国社会科学》发表了张恩和先生的《从民族文化学的角度对中国现代文学的思考》，这也是一篇颇有见地的论文。接

① 严家炎:《〈丁玲小说的嬗变〉序》，转引彭漱芬著:《丁玲小说的嬗变》，湖南文艺出版社1991年版。

着，不少研究者试图在文化视角的审视下去研究现代作家作品。如从“文化伟人”，从家庭、伦理、个性、气质等方面探讨鲁迅，还有将鲁迅的小说与中国历史上刘义庆的《世说新语》、吴敬梓的《儒林外史》等进行比较，从中探讨鲁迅与源远流长的华夏文化的联系等。

除此之外，从文化视角审视郭沫若、茅盾、巴金、老舍、沈从文等作家也取得了可喜的成绩。1994年，严家炎先生主编出版了《二十世纪中国文学与区域文化丛书》，这是从区域文化的角度研究20世纪中国文学的范例。严先生说：这“并不是要为各个地区撰写20世纪文学史，而是要选择那些有明显区域文化特征的重要作家、文学流派或作家群体作为研究对象，探讨区域文化怎样渗透进了这种文学，为这种文学打上了多么独特的印记……20世纪中国文学出现过不少流派或作家群体，其中区域文化特征比较鲜明的，是‘海派’、东北作家群、‘山药蛋派’、京味小说……湖南作家很多，但如果研究湖南文学与楚文化，那么恐怕应该抓住几位典型的作家如沈从文、叶蔚林、古华以及20世纪50年代的周立波等，有些作家可略而不谈”。[①]

严先生的论述，给我启发很大。我想到了丁玲。丁玲是一位湘籍作家，虽然她不属于乡土派作家，但是，她与楚湘文化的联系是很紧密的，她是一个典型的湘籍作家，湖湘文化不仅影响了她的性格气质、审美情趣、艺术思维方式和作品的人生内容、艺术风格、表现手法等，而且她的精神个性也明显地打上了湖湘文化的印记。

正是基于这种想法，我选择了从文化的视角去审视丁玲，对丁玲作文化寻根式的研究。研究课题定名为“丁玲与湖湘文化”。通过申报批准，此研究课题列入了“湖南省属高校1998年度科研计划”，并作为省重点科研项目。专著《丁玲与湖湘文化》于2000年12月由南方出版社出版。孙景阳教授、华南师大文学院博士生导师吴敏老师、上海华东师范大学硕士生吴晓晨、浙江大学博士生高俊生等七八位同

① 严家炎：《二十世纪中国文学与区域文化丛书》，湖南教育出版社1995年版。

志发表了评论。

吴晓晨在《丁玲研究的再度超越》(《理论与创作》2001年第4期)一文中说道："10年前，彭先生所著《丁玲小说的嬗变》一书轰动了整个丁玲研究界，此著一度被誉为迄今为止丁玲小说研究专著中最好的一本。10年后的今天，彭先生的丁玲研究新作《丁玲与湖湘文化》的出版，标志着丁玲研究的又一次重大突破……正如著名文艺理论批评家王先霈先生在'序'中所说：此著是'对丁玲研究的一个新的贡献'。"

第四个阶段是整体观照式研究，从20世纪90年代末至今。

1997年，王蒙同志的《我心目中的丁玲》一文在《读书》杂志第2期上发表，引起了艾农、陈明、周良沛等同志的商讨与争鸣，其主要焦点是对丁玲其人的评价，争论双方，尖锐对立。为了弄清事实的真相，我阅读了《丁玲文集》，并对有关于丁玲其人其事的争议，作了仔细分析，有了新的体会。为了深入一层揭开丁玲这个谜，我写了《迷人之谜：丁玲》这本著作。

一个“自讨苦吃”的人

——记《丁玲小说的嬗变》作者彭漱芬教授

曾　焱

窗外，叶绿花红的夹竹桃开得热烈。客厅里，小束洁白的栀子花插在朴素的花瓶里，淡淡的清香和着满屋的书卷气扑面而来。在这样的情境中，听彭漱芬教授娓娓叙谈谜一样的女作家丁玲，和她沉浸了10多年的丁玲研究，实在是一种享受。自彭教授的专著《丁玲小说的嬗变》于1991年由湖南文艺出版社出版后，她的名字已为国内外文学研究界的朋友所熟悉。对这部著作，好评如潮。有人认为“这是迄今为止丁玲小说研究专著中最好的一本”。中国现代文学研究会会长严家炎也赞扬该书“有见解……有深度……文字也活泼，写得相当好”。

面对从美国、日本等文学研究机构纷至沓来的称赞信函和国内慕名而来的拜访者，彭教授总是笑眯眯地说一句：“太过奖了。”一如她的著述风格。眼前这位50岁开外的女教授看起来沉着平易、朴实无华。欣赏了那张1984年彭教授和丁玲女士在厦门大学丁玲创作讨论会上的合影之后，我忍不住问：“您为什么对丁玲这么感兴趣？”

彭教授说：“是好奇把我引上了这条研究之路。作为一个研究现代文学的学者，我被丁玲那种罕见的文学才能和创作个性强烈地吸引着想去探个究竟。她既能写出《莎菲女士的日记》，又能写出在内容和艺术表现手法上迥异的《太阳照在桑干河上》，这在世界文学史上也是不多见的；而作为一名女性，我则对这位有着独特个性的女作家的心路历程渴望有所了解，她既有女性的温柔、细腻、沉静，又有男子汉的洒脱、奔放。总之，是丁玲谜一样的人生与性格引发了我探索的兴趣。”

也正是基于后者，彭教授寻找到一个独特新颖的研究视角：《嬗变》一书没有走按政治和历史的分期去分阶段论述丁玲小说创作的老路，而是采取横切和纵剖的方式，紧紧把握住了丁玲女士的个性、气质在创作中留下的轨迹。

写一部几十万字的书本不易，要博得评论界与读者“颇有见地”这四个看似平淡却难得予人的赞语则更难。不说3年埋头案牍三易其稿的个中艰辛，单是为这一课题所做的系统化研究就是10多年，论文数十篇。彭教授感叹地说：“女性做学问往往有三大障碍，一是怕苦，二是自卑，三是易满足。只有具备了‘自讨苦吃’的精神，能够看准目标，集中精力，督促自己闯过了这三关，成功才会青睐于你。”

临告辞时，瞥见彭教授的书桌上又摊开了厚重的卷帙和文稿，却已不是丁玲研究，而是《中国现代著名小说家研究》。彭教授解释道：“这是我的另一部专著手稿。”这淡淡的一句话，意味着她的又一次冲击，意味着她又将于书房寂寞中“自讨苦吃”，也自得其乐。

（原载《湖南妇女报》1994年7月8日第2版）